글로벌 리더를
위한 암호

글로벌 리더를 위한 암호

Elliott Park(박중현) 지음

TOP SECRET

BOOKQUAKE

신(新) 대항해시대

하루는 시드니 외곽에 있는 한 헌책방에 쭈그려 앉아서 테오 네스토(Theo P. Nestor) 작가가 쓴 〈Writing is my drink〉라는 책을 읽고 있었다. 작가는 많은 이들이 책을 쓰기를 두려워하는 이유 중 하나가 에고이스트(이기주의자)라는 시선을 받지는 않을까 하는 것을 두려워하기 때문이라고 분석했다. 하지만 그녀는 정작 다양한 사연 많은 작가들로 부터 써진 수많은 책이 가장 힘든 시기에 큰 위안이 되었고, 또 인생의 방향을 설정하는 데 도움이 되었다고 하며 책을 써서 세상과 소통한다는 것의 소중한 의미를 말하고 있었다. 즉 인간은 본질적으로 누구나 이기적이고 자기현시욕이 있기 마련이지만, 그것을 어떤 방식으로 승화 시키는지가 관건이라는 것이다. 아마도 그래서 나온 말이 좋은 책은 필력이 뛰어난 사람보다는 경험과 스토리가 많은 사람이 쓴다는 것이 아닐까 싶다. 그리고 그 소재가 무엇이든 각자의 경험을 바탕으로 자기만의 콘텐츠를 자유롭게 세상에 내놓고 또 그러한 문화가 자리 잡아가고 있는 세상이 온 것은 환영할 만하다고 본다.

이 책은 한국, 싱가포르 그리고 호주 3개국에서 약 14년간 다양한 커리어 경험을 쌓아온 것뿐 아니라 호주 기업에서 인사팀장 직을 수행하며 인재를 관리하고 또 다양한 사회 멘토 활동을 했었던 선배가 2030들에게 전해주고 싶은 이야기를 쓴 멘토링 전문서이다. 저자가 개인적으로 흥미롭게 읽었던 신영준 & 고영성 작가의 "뼈 있는 아무 말 대잔치" 라는 책에서 약간의 모티브를 얻어 차세대 글로벌 리더들이 가져야 할 필수적인 지식과 미래형 의식 구조에 대한 상식과 노하우가 집약된 책을 구상하게 되었다. 구성은 크게 1부, 2부 그리고 3부로 나누어져 있으며 우선 1부에서는 한국의 사회구조를 재맥락화하여 현재의 2030세대가 미래 선도국가의 리더로서 성장하기 위해 가져야 할 마인드 셋 구축에 포커스를 맞추고 있다. 2부에서는 글로벌 커리어 빌딩을 할 때 얻을 수 있는 이점들과 처세 및 생존 전략을 말한다. 마지막 3부에서는 실질적인 외국계 또는 해외 취업 노하우를 다루고 있어 마치 한 권의 책으로 여러 권의 책을 읽는듯한 느낌을 주어 더욱 극대화된 생각 전환과 '고정관념 파괴'의 효과를 볼 수 있도록 설계가 되어 있다.

각자의 위치에서 리더의 역할을 맡기 위해서는 지속적으로 발전하고 진화하는 과정을 거쳐야만 한다. 이를 위해서 우선 가장 중요한 것은 다양하고 농도가 짙은 경험이며, 아마도 그것은 2030시기에 쌓을 수 있는 최고의 자산일 것이다. 그러한 맥락에서 글로벌 무대에서의 커리어 빌딩은 '경험 금수저'가 되는 최고의 도구가 될 것이다. 물론 저자의 경험과 이 책의 특성상 멘토링의 초점이 글로벌 환경이나 외국계 기업에 맞춰져 있지만, 국내 기업에서 직장 생활을 하는 경우라도 이 책을 읽어야 할 이유는 존재한다. 가령 국내에 거주하는 외국인 수는 2007년 처음으로 100만 명을 돌파했고 2020년 기준 약 250만 명으로 증가했지만, 전체 인구수는 큰 변화가 없는 점을 보면 알 수 있듯이 한국인 비율은 지속적으로 줄어들고 외국인 비율은 가파르게 늘고 있는 추세이다. 현재 세계 1위를 자랑하는 초저출산율 현상과 급격한 인구 고령화는 이러한 추세를 더욱 가속화시킬 것이며 현재 2030이 4050이 되는 20년 뒤에는 한국도 미국, 호주, 캐나다 등의 국가처럼 뚜렷한 다문화 국가로 변모해나갈 것이 매우 자명해 보인다. 향후 10~20년간 이민 국가로의 전환은 더 이상 선택이 아닌 생존의 문제가 될 것이고 그때 사회 곳곳에서 리더의 역할을 수행해야 할 지금의 2030은 더 높은 의식 수준을 바탕으로 다양한 문화를 포용하고 다룰 수 있는 큰 그릇을 가진 리더들이 되어야 할 것이다.

흔히 '글로벌 리더'라고 하면 다국적 기업의 CEO나 유엔(UN) 기구의 고위직에 있는 사람들을 떠올리기 쉽지만, 진정한 의미에서의 글로벌 리더란 글로벌한 환경에서 크고 작은 리더의 역할을 제대로 수행할 수 있는 역량을 가진 인재를 말하는 것이다. 꼭 대단한 위치

에 있는 사람이어야 할 필요는 없고 반드시 외국에서 살아야 한다
는 뜻도 아니다. 다만 현대사회에서 리더의 역할을 올바르게 수행하
기 위해서는 문화 초월적 관점과 마인드를 바탕으로 인종과 민족을
넘어서서 모든 사람과 소통하며 긍정적인 영향력을 만들어낼 수 있
는 능력이 필수이다. 이것을 최대한 실용적인 관점에서 설명하는 동
시에 시중에 널린 뻔한 소리 들을 되풀이하고 싶지는 않았기에 수
많은 시행착오를 겪으며 깨달은 노하우와 다양한 심리학 및 자기계
발 이론을 하나의 개념으로 묶는 '새로운 장르'의 책을 만들려는 시
도를 하였다. 이 콘텐츠를 통해 후배 세대들이 더 넓은 스펙트럼의
경험을 하고 각자에게 주어진 소명을 실현하기를 바라며, 나아가 우
리 사회의 높은 정신 수준을 가진 글로벌 리더 인프라 구축에 도움
이 되었으면 한다. 그것이 이 책의 핵심 기획 의도이다.

CONTENTS

(1부)

차세대 리더의 멘탈모델 (WHY)

1장   선도국형 사고방식 (발상의 전환)

2부

글로벌 리더의 성장 (WHERE)

3부

취업 메커니즘 정복 (HOW)

6장   **이력서, 내가 가진 패 (극대화)**

1부

차세대 리더의 멘탈모델
(WHY)

선도국형 사고방식
(발상의 전환)

불안정하게 설계된 인생이 정상이다

무언가 예측이 불가하거나 어려울 때 인간은 불안을 느낀다. 그러나 이를 바꿔말하면 불안이 없다는 것은 뻔한 예측 가능한 삶을 사는 것과 같다. 미국의 소설가 마크 트웨인(Mark Twain)이 어느 날 시를 썼는데 그의 지인이 어떻게 이런 훌륭한 시를 쓸 수 있냐고 감탄을 하자 그는 이 시를 쓰기 하루 전만 해도 내가 이 정도를 쓸 수 있을 줄 몰랐다고 답했다. 본인도 예상하지 못했을 정도로 의외로 좋은 결과가 나온 경험이 누구나 한 번쯤은 있을 것인데 이처럼 무엇이든 새로운 것에 부딪혀 봐야 결과가 나오는 법이다. 인생의 행복을 논할 때 사람들이 가장 크게 착각하는 것이 모든 것이 안정적인 상태 여야 한다는 것이지만, 본디 인생 자체는 안정적이도록 설계가 된 것이 아니라 사실은 불안정성이 더 정상에 가까운 상태이다. 이미 우리는 모두 원하던 원치 않든 지속적인 시장 상황의 변화, 경쟁 등 수 많은 리스크 속에서 살고 있고 결국 지속적인 변화와 불안정성을 받아들임을 통해서 성장이 이루어진다는 것이다. 그래서 편한 상태에 안주하는 Fixed mindset(고정형 마인드) 보다는 지속적인 성장을 지향하는 Growth mindset(진화형 마인드)을 갖추고 부딪혀보는 것이 당장은 조금 불안해 보일 수 있어도 장기적인 관점에서 보자면 더 큰 성장의 발판이 될 것이다. 우리가 이 세상에 온 이유는 틀에 맞추어 살기 위함이 아니라 마음껏 저질러보고 내 삶을 살기 위해서 온 것이다.

목표를 얼마나 높게 잡아야 하는가

컬럼비아대학교 심리학과 토리 히긴스(Tory Higgins) 교수의 조절초점이론(regulatory focus theory)은 사람들의 동기부여 요소와 목표를 대하는 방식의 차이를 설명하는데, 이 이론에 따르면 사람은 크게 도전과 성장에 무게를 두고 이기기 위한 게임을 추구하는 성취지향형(promotion focus) 인간과 현재 상태를 지키려거나 지지 않기 위한 게임을 하려는 안정지향형(prevention focus) 인간 두 유형으로 분류를 한다. 그의 연구팀이 20년간 다양한 국적의 사람들을 임상시험 한 결과 미국인의 경우 약 65%, 유럽인의 경우 약 70%의 사람들이 성취지향형인 데 반해 한국인의 경우에는 거꾸로 약 65% 정도가 안정지향형 성향을 지닌 것으로 조사 되었다. 이것이 한국 사회에서 공무원 및 공기업 등 안정형 직장을 추구하는 경향이 유독 심하게 나타나는 이유 중 하나이기도 한데(최근 그 추세가 꺾이고 있기는 하다.) 이는 농경 사회를 벗어난 지 비교적 오랜 기간이 지나지 않은 것과도 어느 정도 연관이 있다고 볼 수 있다. 정체된 사회와 집단에서는 새로운 것을 창조하여 더 큰 것을 얻으려는 관점보다는 현재 있는 것을 유지하여 생존하는데 초점이 맞추어져 있기 때문이다. 물론 모든 것에는 양면성이 있어서 리스크 회피형 목표가 무조건 나쁜 것이 아니라 양쪽 다 장단점은 있지만, 그래도 최소한 20대나 30대의 시기에는 목표를 크게 잡는 것이 좋다고 생각한다. 자신의 분야에서 성공한 사람들을 잘 살펴보면 모두 성격이나 성향은 다르지만, 그들이 가지고 있는 공통점은 바로 큰 비전과 목표이다. 그들은 목표를 단순히 크게 설정할 뿐만 아니라 이를 본인에게 맞게 구체화, 정량화시키고 본인의 무의식이 그것을 완전히 믿을 때까지 끊임없이 되뇌고 생각하는 경향이 있다. 그렇게 이상은 높게 잡되 다만 한 가지 유의할 점은 큰 꿈을 단박에 이루겠다는 욕심은 갖지 말아야 한다는 것이다. 내가 처한 상황에 따라서 내 분수를 객관적으로 파악하고 한 발짝씩 나아가려는 자세가 중요한 것인데 쉽게 말해 내가 궁극적으로는 사업을 해서 큰 성공을 거두는 것이 목표라 하더라도 지금 당장은 직장 생활을 하며 버티는 연습도 필요한 인생 수업이라는 큰 그림을 이해할 줄 알아야 한다.

무의식: 인어공주를 그린 아이들

호주의 한 심리학자가 라디오에 출연해 인터뷰한 내용 중 흥미로운 것이 있었다. 트렌스젠더 성향의 어린이들(특히 남자 몸에 여자의 아이덴티티를 가진 아동들)에게 자기 자신을 그려 보라고 하면 놀랍게도 아주 많은 아이들이 인어공주(Mermaid)를 그린다고 한다. 그 이유는 자신의 하체를 부끄럽게 생각하는 무의식의 심리가 작용하는 것이다. 우리는 우리 자신을 잘 안다고 착각하지만 실제로는 인간의 욕구나 사고, 감정 등은 대략 5%만 겉으로 드러나고 95% 정도는 무의식의 지배를 받는다. 이렇게 무의식이란 영역은 우리도 모르는 사이 우리의 생각을 만들어내고 습관이나 행동을 이끌어내는 뿌리가 되는 부분이고 나아가 인생에서 결정적인 선택을 하는데 큰 영향을 준다. 성장 과정에서 켜켜이 쌓여진 과거의 기억들이 방어기제가 되어 우리도 모르는 사이에 끊임없이 우리의 생각에 제동을 걸고 한계를 마음대로 정해 버리거나, 또는 우리가 진정으로 원하는 것이 무엇인지 알아차리는 것을 방해하기도 한다. 그래서 많은 사람들이 계속 쉽고 안정적인 것만 찾거나 안주하는 삶의 패턴에서 벗어나지 못하는 경향을 띠는 것인데 이는 특정 에너지 장에 갇혀있다는 의미이다. 이러한 메커니즘을 알아차리고 이해하는 과정에서 내가 정말로 원하는 것이 무엇인지 찾고 나의 장단점을 객관적으로 파악하여 나에게 꼭 알맞은 목표 설정이 가능해진다. 이러한 과정을 거치면서 자아상이 변화하는 것인데 이는 곧 스스로 운명을 개

척하고 바꾼다는 의미와 같다. 각자의 분야에서 리더 역할을 할 인
재는 대부분 그렇게 탄생한다.

리더 국가의 지표: 의식 수준의 성장

윤석열 대통령이 취임사에서 유난히 강조했던 키워드가 '세계시민'인데 그는 국제사회에서 책임을 다하여 존경받는 국가가 되겠다는 포부를 밝혔다. 존경받는 국가가 되려면 우선 리더 국가란 어떤 의미인지부터 정확히 짚고 넘어갈 필요가 있다. 일반적으로 선진국의 정의를 살펴보면 고도의 산업 및 경제 발전을 이루고 그로 인해 국민의 발달 수준이나 삶의 질이 높은 국가들을 지칭한다. 정확히 선진국을 분류하는 기준은 없지만, 대체적으로는 국가의 외적인 지표들이(군사, 경제, 외교, 과학기술 등) 기준이 되며, 근래에 들어와서는 국민소득에 중점을 두기보다는 기대수명이나 교육 등의 복지적 요소가 강화된 인간 개발 지수(HDI)가 높은 국가가 선진국이라는 인식이 대세로 자리 잡아가고 있다. 국제사회가 막강한 힘을 가진 중국이나 돈 많은 중동의 산유국을 선진국이라 부르지 않는 이유이기도 하다. 이에 더해 국민들의 의식 수준도 선진국을 결정하는 가장 중요한 요소인데 얼마 전 미국 여론 조사기관 퓨리서치센터가 실시한 조사를 보면 그 의미를 대략 짐작할 수 있다. 일반적으로 선진국이라 분류되는 17개 국가의 성인 1만 9,000명을 대상으로 '삶을 의미 있게 만드는 것이 무엇인가'를 물었는데 그 결과 대부분인 14개국이 1순위로 '가족'을 뽑았다. 나머지 3개국의 경우는 스페인의 '건강', 대만의 '사회'라는 답변이 각각 1위를 차지했고 '물질적 행복(돈)'을 1위로 꼽은 유일한 나라는 대한민국이었다. 외형적으로는 충분히 선진국의 면모를 갖추었으나 평균적인 정신 인프라가 아직 일류 국가의 수준에 미치지 못한다는 것을 간접적으로 보여주는 대목이다. 현재의 2030세대가 글로벌 스탠다드에 적합한 차세대 리더가 되려면 수준 높은 생각과 문화가 어떤 것인지 그 개념을 잘 이해하는 것이 중요하다. 나아가 한국 사회를 객관적으로 바라보며 경험과 지식을 재맥락화 할 수 있는 능력도 필수이다.

국가의 수준 #1 공공의 안전을 대하는 태도 (호주)

내가 호주에 있을 때, TV 채널을 돌리다 보니 한 뉴스 채널에서 토론 프로그램이 진행 중이었는데 그 내용은 대략 이랬다. 파라마타(Parramatta)는 시드니의 제2의 중심가(CBD)이고 고층 빌딩이 많은 지역인데 이 지역에서 큰 화재나 재난이 일어난 적이 아직은 없다. 하지만 이렇게 사람이 많고 고층 빌딩이 많은데 만약 재난이 일어나면 어떻게 대처할 것인가에 관해 소방청의 관계자들과 각 분야의 전문가들이 나와서 대책을 논의하는 중이었고 이것이 생방송으로 나오고 있었다. 오랜 호주 생활에 적응이 된 나였지만 여전히 신선한 장면이었다. 당장 무슨 일이 난 것도 아닌데 미리 이런 걱정을 하고 또 이를 주요 방송사가 생방송 토론 주제로 편성해 줄 정도로 시민들의 생활과 안전에 진심으로 신경을 쓰고 있다는 방증이다. 안타깝지만 한국의 경우라면 무슨 일이 터지고 난 뒤에야 부랴부랴 대책을 논의하는 분위기가 항상 반복될 뿐 아니라, 당장 아무런 사건 사고가 없는데 주요 언론이나 방송사가 이러한 주제로 관심을 가지고 생방송을 편성 할 리가 만무할 것이다.

국가의 수준 #2 동물을 대하는 태도 (스위스)

호주의 한 여성 방송인은 인터뷰에서 동남아시아 여행을 더 이상 못 다니겠다고 발언했는데 그 이유가 "길거리에 굶주려 뼈와 가죽만 앙상히 남은 개들과 고양이들이 너무 많아서 여행 내내 눈물이 나고 하늘이 원망스러워서"라고 했다. 동물 애호가인 나로서도 상당히 공감이 가는 말이었다. 몇 년 전 시드니 소재의 한 동물 보호 센터에서 주말 자원봉사를 하고 싶어서 여러 번 지원했지만, 지원자와 대기자가 너무 많아서 끝내 하지 못했던 기억이 있다. 그러고 보면 말 못 하는 동물들의 팔자도 태어난 국가에 따라 크게 좌지우지되는 것이다. 역사 속 지식인들의 발언을 살펴보더라도 마하

트마 간디는 동물을 대하는 태도를 보면 그 나라의 수준이 보인다고 했고, 철학자 칸트도 동물을 대하는 태도가 그 사람 영혼의 수준이라는 말을 한 바 있다. 몇 년 전 게나 가재 등의 갑각류 동물들도 고통을 느낀다는 것이 과학적으로 증명이 된 후 스위스 정부는 랍스터 (가재)를 살아있는 채로 끓이는 것을 금지하는 법안을 발효했는데 이렇게 하나를 보면 열을 알 수 있는 것이다. 가장 취약하고 홀대받기 쉬운 동물들의 고통을 공감할 줄 알고 또 어떻게 대하느냐야 말로 그 사회의 전반적인 윤리의식 상태를 여실히 보여주는 지표이며, 결국 성숙한 의식을 가지고 있는 사람들의 비율이 많은 나라가 곧 리더의 자격이 있는 나라이다.

국가의 수준 #3 세계 최초의 국립공원 (미국)

미국의 옐로우 스톤 국립공원은 세계 최초의 국립 공원이다. 1800년대 초 아메리카 대륙은 일부 미개척지가 있었고 이를 탐사하기 위해 탐사대가 대륙 육로 횡단에 성공하고 돌아오던 중 처음으로 이 공원을 발견했다. 그들은 너무나도 아름다운 그 대자연에 감동하여서 이곳은 모든 인류와 생물에게 행복을 주기 위한 신의 선물이라고 보았고 절대 사유물로 하거나 소수의 이익을 위해 개발되어서는 안 된다고 생각했다. 그 후 정부에 이 땅을 영구히 보존해야 한다고 주장하여 1872년 세계 최초의 국립공원이 지정되었다.

이 스토리를 별생각 없이 들으면 '그냥 그렇구나' 정도를 느낄 수도 있겠지만, 약 150년 전에 이러한 발상을 했다는 것을 곰곰이 생각 해보면 그 앞선 생각에 경외감이 든다. 선도 국가란 단순히 좋은 물 건을 뚝딱뚝딱 만들거나 초고층 빌딩을 많이 올리는 나라가 아니 다. 압도적으로 앞선 생각을 하는 리더들이 함께 만들어가는 나라 가 일류로서 존경받는 국가가 된다.

국가의 수준 #4 장애인을 대하는 태도 (캐나다)

일반적으로 장애인 복지라고 하면 캐나다의 케이스가 세계적인 스탠다드로 불리는데 우선 세계 최고의 장애인 정책과 재정적인 복 지에 더해 100% 저상버스 등 모든 대중교통이나 시설들이 장애인 이 이용하기에 불편함이 없도록 촘촘히 설계되어있기 때문이다. 그 뿐만 아니라 장애의 개념도 일반적으로 매우 확장되어 있다. 상점 의 점원들은 장애인 손님들이 올 때 어떻게 대처해야 하는지에 대 한 교육을 철저히 받고 있는데 이 과정에서도 그들의 세심함을 엿 볼 수 있다. 신체적인 장애를 가진 사람들 뿐만이 아니라 가령 아기 를 안고 있어서 양손을 쓸 수 없는 등의 특정한 상황에서 발생하는 신체 활동의 제약 또한 '일시적인 장애'라고 인지하고 이에 대한 대 응 방법등을 교육 받기 때문이다. 어디를 가든 장애를 가진 사람들 을 반갑게 맞이하고 도와주는 문화가 일반적이고 그래서 캐나다는 장애인의 천국이라 불린다. 국내의 한 설문조사에서 약 90% 정도의 장애인 가족이 돈만 있으면 이민을 가고 싶다고 답변한 것을 보면 그냥 지나칠 대목은 아니다.

국가의 수준 #5 인종의 다양성 포용

인종차별은 어느 나라에나 일정 부분 존재하지만 사실 한국도 남 이야기를 할 때는 아니다. 스웨덴의 경제학자들이 각국의 인종 차별 정도에 관해 연구한 내용이 워싱턴 포스트에 기사로 실린 적이 있다. 전 세계 약 80개국 시민들을 대상으로 "이웃집에 이사를

Share that answered "people of another race" when asked to pick from groups of people they would not want as neighbors

- 0% – 4.9%
- 5% – 9.9%
- 10% – 14.9%
- 15% – 19.9%
- 20% – 29.9%
- 30% – 39.9%
- 40% +

Click to enlarge. Data source: World Values Survey

〈이미지 출처 : The Washington Post〉

오지 않았으면 하는 사람은?"이라는 질문에 People of a different race(다른 인종인 사람) 라는 항목을 선택한 사람의 비율이 높을수록 인종 차이에 관한 관용(tolerance)가 부족하다는 전제하에 조사를 진행한 것이다. 결과를 보면 한국보다 차별이 심한 나라는 대략 인도나 요르단, 사우디아라비아 등의 국가밖에 없다. 실제 기사 원문에서도 한국(South Korea)의 경우는 부자 나라이고 교육 수준이 아주 높은데도 불구하고 나타나는 특이한(outlier) 현상이라며 그 배경을 아예 따로 자세히 설명해 놓았다.

난민의 지위에 관한 협약이 유엔(UN)에서 채택된 지 70년이 지났고 대한민국이 이 협약을 비준하고 제도를 갖춘 지도 약 30년이 지났다. 하지만 난민 심사를 하는 정부 기관에서 통역 단가가 너무 낮게 책정되어 통역하려는 사람이 없다는 담당 공무원들의 진술은 한숨이 나온다. 그뿐만 아니라 지난해 정부가 400여 명의 난민을 받아들인 것에 대해 온갖 혐오 발언을 쏟아내는 여론을 보면 한 가지 확실한 것은 한국 사회의 포용력은 여전히 낮은 편이다. 난민 인정률이 협약국 중 최저 수준이라 국제 사회에서 한국이 난민협약 가입한 국가가 맞냐는 비판도 나오지만, 이 부자 나라의 국민 중 상당수는 "세금이 아깝다." 또는 "치안이 걱정 된다."는 핑계로 여전히 외국인 혐오를 노골적으로 드러내고 있다. 당장 지구촌 사람들의 어려운 처지를 품어 주는 아량도 없으면서 SNS에는 '선한 영향력'을 미치고 싶다는 문구가 유행처럼 번지는 아이러니한 나라이다. 하지만 절대 손해는 하나도 안 보면서 선한 영향력을 미치겠다는 것은 조금 진화된 형태의 트렌디한 겉멋일 뿐이라는 것을 기억해야 한다. 영화 〈세상을 바꾼 변호인〉은 1970년대 미국 내 성 차별에 대항하여 세상에 맞섰던 여성 변호사 루스 베이더 긴즈버그에 관한 실화를 바탕으로 만든 영화인데 극 중 이러한 대사가 나온다. "Law can't be affected by the weather of the day, but can be changed by the climate of era(법은 그날의 날씨에 따라 영향을 받아서는 안 되지만, 시대의 기후(분위기)에 영향을 받을 수는 있다." 즉 시대적 진보란 한 사회가 진화해 나가는 긴 여정에서 사회 구성원들의 의식 수준의 상향 평준화라고 볼 수 있다. 그리고 사회 곳곳에서 본연의 역할을 다하며 자신이 속한 조직 내에서 이러한 진화를 주도하는 사람들이 바로 글로벌 스탠다드에 걸맞은 리더이다.

영국 여왕에게는 전 세계가 페인트 냄새

영국의 유머 중에 "The Queen must think the whole world smells like fresh paint." (여왕은 전 세계 모든 곳의 냄새가 페인트 냄새라고 생각할 것이다) 라는 재미있는 표현이 있다. 그녀는 세계 어디든 가는 곳마다 최고의 의전을 받으니 항상 그녀가 도착하면 깨끗이 청소되어있고 새로 페인트가 칠해져 있는 경우가 많다 보니 생겨난 재미있는 표현이다. 물론 과장된 표현이지만 우리가 정보를 받아들이는 프로세스의 한계를 잘 보여주는 비유인데 실제로 누군가 태어나서 살면서 A 라는 냄새만 맡은 사람이 있다고 가정을 한다면 그(녀)는 당연히 세상의 냄새가 A라고 생각할 것이다. 그 외의 냄새가 존재한다는 것을 누가 설명해도 믿기 힘들 것이고 그 이유는 당연히 경험을 못 해봤기 때문이다. 어떤 정보를 진리/진실이라고 믿는 것은 그것 밖에 볼 줄 모를 때 생기는 현상인데 그래서 다양한 경험을 통해 심리적 부자(Psychologically rich)가 되는 것이 중요하다. 일정 수준이상 성공한 사업가들의 학교 성적을 보면 1등만을 한 사람이 오히려 드물며 그들의 행동 패턴을 유심히 관찰해보면 다양한 경험을 소중히 여기는 경향이 있는 경우가 많다. 사람은 경험에 따라 개념과 생각이 달라지기 때문에 이를 바탕으로 여러 가지 분야에서 공통점을 찾아내거나 한 분야의 특성을 다른 분야에 적용을 시킬 줄 아는 리더의 기질이 자라나는 것이다. 고가의 가방이나 신발, 시계 등 표면적인 것에 집착하기보다는 배낭여행, 오페라 관람, 다양한 강연 참가 등 뭔가 기억에 남고 두뇌에 신선한 자극을 주는 경험을 많이 해야 한다는 것을 리더 유전자를 가지고 있는 사람들은 본능적으로 알고 있다. 단순히 학교 공부만이 배움이 아니라 과거에 미술관에서 다양한 작품들을 보고 난 뒤 무의식 저변에 남아있는 어렴풋한 이미지들이 세월이 지나 예술적 감각으로 다가온다는 것을 깨달을 수도 있는 것이다. 다양한 인생의 스펙트럼을 경험하며 거기서 넓게 보고 듣는 자세를 가진 사람들은 삶의 본질을 더욱 깊이 알 수 있게 되며 이러한 능력을 통해 편견과 고정관념을 무너뜨리고 자신을 새장 밖으로 나오게 하는 것이 가능해진다.

부티를 좇는 촌티 나는 마인드

외국에서 살다 보면 외국의 모든 것을 극찬하며 한국을 비하하는 한국인들은 어디를 가나 있다. 물론 이는 어리석은 생각이며 세상에 완벽한 나라는 존재하지 않지만, 비교를 통해 어떤 부분을 고쳐 나가야 하는지 정도는 간접적으로 진단해 볼 수는 있다. 한국의 골프웨어 시장 규모는 작년 기준 5조 1,250억 원으로 골프 의류 지출 비용 세계 1위 국가인데 일본은 물론 심지어 미국도 제쳤다. 사회 심리학자들의 말에 따르면 이 작은 나라에서 이런 영광스러운(?) 타이틀을 달게 된 문화적 배경은 소위 장비빨 옷빨 없이는 쪽 팔려서 필드에 못 나가겠다는 심리와 골프를 하는 모습을 SNS에 올려야 하는데 똑같은 옷을 입고 올리기 창피하다는 심리라는 것이다. 한마디로 마인드의 촌티를 아직 벗지 못했다는 의미인데 이 때문에 이제는 카푸어에 더해, 골프를 치느라 적자에 허덕이는 골푸어라는 신조어까지 등장했다. 인간의 허영심과 사회적 비교(social comparison)심리를 마케팅에 적극적으로 활용하는 기업들에게 마인드를 조종을 당하고 있는 대표적인 현상 중 하나이다. 상대적 박탈감을 극대화해 소비 욕망을 이끌어내고 나아가 소비물에 자신을 투사해 마치 내가 지닌 물건이 '나' 또는 '나의 위치'가 되는 듯한 착각에 빠지게 하는 것이다. 여기에 '군중심리'가 더해지면 비로소 명품에 집착하는 문화가 완성되는데 일반적으로 주입된 이론 이외에 독자적인 이론을 갖지 못하는 군중의 특성을 파악한 소수 엘리트들은 그들이 쉽게 현혹되는 것들을 이용하여 마음을 조종하기 위해 최선을 다한다. 많은 사유를 통해 본인의 생각이 제대로 정립된 사람들이라면 능력이 되는 한도 내에서 명품을 당연히 '선호' 할 수는 있어도 적어도 그것들과 나를 동일시 하지 않는다. 인간이 명품이 되는 것이 더 중요하다는 것을 깨닫기 때문이다. 누구나 인정하는 소위 일류 국가라고 평가받는 나라에서는 드러내놓고 돈 자랑을 하면 격이 낮은 사람으로 바라보는 경향이 있고 물질에 휘둘리며 집착하는 것을 '병'으로 인식을 하는 문화가 짙다. 이쯤에서 이 질문을 안 해볼 수가 없다. 과연 사회 구성원 모두가 아프다면 모두가 아픈 것일까 아니면 아픈 것이 아니게 되는 것일까?

정신적인 성숙이란

한국 최초의 국제기구 수장 역할을 맡았던 사람은 고 이종욱(6대 WHO 세계보건기구 사무총장) 박사이다. 반기문 전 유엔 사무총장의 화려함에 가려 비교적 대중적인 인지도는 크게 없었지만, 사명감 하나로 글로벌 이슈를 해결하기 위해 인생을 바쳤던 학자이며 마지막까지도 WHO 총회 준비 도중 과로로 쓰러져 세상을 떠난 인물이다. 그는 살아생전 국제기구 사무총장 신분임에도 연간 150일 이상 출장을 다니며 수행원은 2명만 대동했다. 본인 소유의 집도 없었고, 자동차도 중고 토요타 차 한 대뿐이었다. 누군가 차에 관해 물을 때면 그는 "사무총장이나 직원이나 차가 아닌 업무 능력으로 승부해야 한다."고 답했는데 이런 것을 보면 확실히 정신 수준에도 범접 불가한 타고난 금수저들이 있다. 얼핏 들으면 내가 물질적 풍요를 배척하는 메세지를 던지는 것처럼 보이지만 전혀 그렇지 않다.

인간이라면 누구나 세속적인 욕망과 신성해지고 싶은 두 가지 욕망을 동시에 가지고 있으니 남들과 차별화되고 싶고 특별해지고 싶은 인간의 본성을 억지로 누르려고 할 필요는 없다. 열심히 노력하여 돈과 명예를 얻는 것이나, 사고 싶은 것을 수준에 맞게 사는 것은 멋진 삶임이 틀림 없다. 하지만 문제는 진정으로 내가 원하는 목표를 이루는 삶과 명품에 마음을 빼앗기는 삶은 전혀 다른 방향성을 가진 에너지라는 것이다. 적어도 내 마인드와 태도를 조종하는 것이 무엇인지 그 근원적 이유를 인지는 하고 있어야 적절한 수준의 경계가 가능해지며 카푸어 또는 골푸어 같은 물질의 노예가 되지 않는다. 본질적으로 인간은 각자의 페이스로 진화의 방향으로 나아가며 그 대표적인 특성들이 단순한 의식 구조에서 복잡한 의식 구조로, 이기적인 방향에서 이타적인 방향으로, 물질적인 것을 추구하는 방향에서 정신적인 것을 추구하는 방향 등으로 드러난다. 뭔가 거창한 말 같지만, 정신적으로 성장하고 성숙한다는 것은 대단하고 특별한 것만은 아니다. 우리가 어릴 적 장난감이나 사탕을 좋아하고 거기에 욕심이 생겼지만 커가면서 그 욕심은 자연스레 줄어드는 것처럼 차나 신발, 가방 등에 대한 욕심도 비슷한 개념이다. 다만 그 욕심이 투영되는 대상이 '업그레이드'된 것일 뿐이다. 보통 산업화가 급격히 진행되는 사회나 그 이전 단계의 사회에서는 내면 의식과 정신적인 성숙에 관심을 가지는 사람들은 내성적이거나 나약한 사람들로 치부될 확률이 높지만, 선진화가 어느 정도 완료된 국가에서는 이러한 성향을 오히려 열정이 넘치고 새로운 것을 배우기를 좋아하는 모험가 정신으로 인정하는 경향이 높다. 그러한 높은 의식 수준을 가진 외유내강형 모험가들에게 '물질적인 부'가 자연스레 딸려온 케이스가 바로 오프라 윈프리, 빌 게이츠, 스티브 잡스, 구글의 래리 페이지, 테슬라의 일론 머스크 같은 인물들의 삶이다.

남이 잘되는 꼴은 보기 싫다

한국에서는 중소기업의 계약직이 가장 정신 승리를 한 집단이라는 우스갯소리가 있다. 그들은 부자는 일도 많이 안 하면서 돈을 번다고 욕할 자격이 있고, 대기업이나 정규직 직원들은 일도 덜 하면서 연봉과 복지 혜택 더 받는다고 욕할 자격이 있고, 가난한 사람들이나 실업자들은 끈기와 투지가 없다고 욕할 자격이 있다는 것이다. 또한 주변에서 인터넷 방송을 하는 BJ들이나 인기 유튜버들에게 쉽게 돈을 번다고 손가락질하는 몇몇 사람들도 어렵지 않게 찾아볼 수 있다. 이렇게 남이 잘되면 배가 아프고 인정하기 싫고, 반대로 실수를 하거나 실패를 할 경우에는 고소함을 느끼는 사람의 심리는 인간의 내면에 숨어있는 나쁜 본성 중 하나이다. 이는 비단 한국에만 있는 문제는 아닌데, 미국에서도 재미난 실험이 있었다. 하버드 경영대학원의 졸업반 학생들을 대상으로 설문 조사를 했는데 그 질문 중 하나가 졸업 후에 희망 연봉을 묻는 것이었다.

Option A) 내 연봉은 16만 달러, 나머지 동기들의 평균은 15만 달러

Option B) 내 연봉은 20만 달러, 나머지 동기들의 평균은 22만 달러

결과는 놀랍게도 87% 학생들이 '옵션 A'를 선택했다. 대다수의 학생이 내가 차라리 돈을 더 적게 받더라도 내가 동기들의 평균보다 더 높아야 한다는 것을 더 중요하게 여긴다는 조금은 의아한 결과이다.

Your win is my loss mentality (너의 승리는 나의 패배)

이러한 인간의 Your win is my loss mentality(너의 승리는 나의 패배라는 사고방식)를 설명하는 심리학적 용어로 샤덴프로이데(Schadenfreude)가 있는데 이는 타인의 기쁨에서 고통을 느끼고 타인의 불행에서 기쁨을 느끼는 심리를 말한다. 실제로 교토대 의학대학원 다카하시 히데히코 교수의 실험에서도 참가자들을 대상으로 설문과 fMRI영상 분석을 했더니 나보다 더 잘 나가는 사람을 볼 때 뇌가 강한 반응을 보이면서 질투를 느꼈다. 이때 뇌에 나타나는 반응은 고통의 감정이었으며, 반대로 질투를 하는 그 대상이 불행을 겪는 것을 관찰할 때는 우리 뇌의 기쁨과 만족감을 느끼는 보상회로가 활성화되었다고 한다. 물론 이러한 성향은 인간이 가진 본성 중 하나이니 완전히 없애기는 힘들 것이지만, 적어도 이런 감

정을 어느 정도 객관적으로 인지할 수 있어야 스스로 경계를 하는 것이 가능해진다. 우리 주변에는 무슨 말만 하면 남에 대해 부정적인 이야기를 하는 사람들이나, 남의 성공을 사기나 착취 또는 운빨 정도로 폄하하려하거나 또는 남들이 실패하기만을 바라는 사람들이 있는데 이러한 사람들은 주위에 두지 않는 것이 좋다. 부정적 감정과 시기와 질투에 매몰되기보다는 나는 그저 내 목표에 집중함으로서 자존감을 스스로 끌어올리고 나아가 다 같이 잘살자 주의로 멘탈 모델이 바뀌어야 한다. 세상을 살면서 어떠한 생각을 가지고 살아가느냐가 굉장히 중요한 것이 그 생각 때문에 원하는 목표를 이루기도 하고 실패를 하기도 하기 때문이다.

한국 사회의 갑질 문제

대한민국의 국가 위상과 전반적인 국민들의 지적 수준이나 의식이 이전에 비해 높아지고는 있지만, 구조적인 갑질 문화는 여전히 만연하다. 흔히 사람들은 힘을 가진 자들이 낡은 세계관과 관습을 유지하려고 버티고 있다고 손가락질 하지만, 사실 문제는 힘을 가진 자들뿐 만이 아니다. 모두가 일상 속에서 만나는 사람에 따라 갑을 관계가 지속적으로 순환을 한다. 가령 내가 누군가에겐 고객이 되기도 하고 반대로 누가 내 고객이 되기도 하는데 한쪽에서 을의 입장을 경험하면 보상 심리 때문에 본인이 다른 장소에서 갑의 위치에 갔을 때 이를 되돌려주려 하는 악순환의 고리가 구조적인 문제이다. 가령 평소에는 안 그런 사람이 백화점이나 식당에서 점원들에게 반말을 하고 고압적인 태도를 취하는 사람이 있다. 이처럼 상황에 따라 말투와 태도가 자주 바뀌는 사람은 내적 열등감이 많은 경우가 많은데 평소 억눌려 있는 감정이 많기 때문에 그것을 표출해도 될만하겠다 싶은 자리에서만 선별적으로 그것을 터뜨리는 것이다. 요즘은 그나마 갑질이라는 것이 사회적 논란이 된다는 것 자체가 아예 문제 인식조차 못 하던 과거보다는 더 나아졌다는 의미이기도 한데 이처럼 불합리하거나 보편적인 양심에 반하는 사안에 대해 구성원의 '평균적 민감도'가 올라가는 것이 전반적인 의식 수준이 선진화된다는 의미이다.

갑을관계의 관념 재설정하기

작년 호주와 중국의 무역 갈등이 국제적인 이슈로 부상되던 초창기에 국제 사회는 호주가 약자의 입장이라고 판단했고 중국도 호주를 신발에 붙은 껌 정도라는 저급한 표현까지 써가며 무시하는 태도를 보였으나 막상 뚜껑을 열어보니 그 반대였다. 오히려 호주는 수출 다각화나 동맹국과의 관계를 더 공고히 하며 적극적으로 디커플링을 하며 전혀 기죽지 않고 기세가 등등했던 반면, 수입국(갑)의 입장에 있다고 할 수 있는 중국이 석탄 가격 인상 등으로 인한 극심한 전력난에 시달려서 제대로 혼이 났다. 아무래도 중국 지도부는 호주인들이 자신들이 가진 갑을관계의 개념을 가지고 있을 것이라 크게 착각한 것 같다. 내가 호주에 와서 회사 생활을 하던 초창기에 인상적이었던 문화 중 하나가 고객사라고 특별히 고개 숙이는 문화가 거의 없다는 것이다. 내가 고객사의 입장에 있을 때도 우리 회사가 조금만 인보이스를 늦게 처리해서 간혹 예정된 지불일의 기한이 넘어가는 경우 Subcontractor(하도급자)나 Supplier(공급자) 회사 측에서 칼같이 거래를 정지시켜버려서 급하게 필요한 소모품을 구매를 못 한다거나 서비스를 이용하지 못하는 불편함이 발생한 적도 있다. 그뿐만 아니라 일상적인 업무나 대화, 이메일을 주고받을 때도 공급자가 자세를 낮추거나 하기보다는 피차간에 똑 부러지게 할 말은 다 하는 문화가 일반적이다. 물론 서로 기본적인 예의는 당연히 갖추지만 대체로 바이어와 셀러가 서로 필요에 따라 대등한 조건에서 거래를 한다는 비즈니스 파트너의 개념이 강하지 크게 갑을의 느낌이 드는 경우는 드물다. 호주와 중국의 무역갈등은 이러한 호주의 문화가 외교 관계에서도 그대로 드러난 예시 중 하나인데 호주인들은 한번 내린 꼬리는 다시 올리기 힘들다는 것을 잘 알기에 애초부터 그런 문화를 피차간 만들지 않는 것이다.

갑을 도치: 영원한 갑도 을도 없다

바티칸 시국의 시스티나 성당의 천장에는 〈창세기〉, 〈그리스도의 조상〉등 미켈란젤로가 그린 전설적인 그림들이 그려져 있다. 미켈란젤로는 당시 교황 교황 율리우스 2세의 주문을 받고 제작을 시작했는데 교황이 계속해서 언제쯤 작업이 끝나냐고 물었고 그의 대답은 항상 똑같았다고 한다. "It would be finished when it is finished."(끝날 때가 되면 끝나겠죠) 간접적으로 유추해 보자면 이 일화에서 심리적 갑은 미켈란젤로이다. 전형적인 갑을 도치인데 흔히 일상생활 속에서 친구에게 돈을 빌려준 사람이 기한이 지나 지속적으로 갚아달라고 요구할 때 심리적 을이 되고 정작 돈을 빌린 친구가 갑이 되는 것과 유사한 개념이다. 한때 전기 자동차의 수요가 급증하던 당시 진짜 수혜자는 전기 자동차 업체들이 아니라 이들에게 전기차용 배터리를 생산하는 기업들이란 말이 있었다. 배터리 공급이 수요를 따르지 못해서 배터리 업체(공급자)와 자동차 회사(고객사)의 갑을 관계가 바뀐 것 이라는 말이 공공연하게 나돌았고, 실제로 공급자 회사가 일방적으로 공급 물량을 원래 계약보다 줄인 사례(다른 회사에 더 비싸게 팔기위해) 등 고객사에게 갑질을 하는 현상도 있었다. 이처럼 갑을 관계는 본질적으로 유동적인 개념이지 위치에 따라 고정적으로 정해지는 것이란 착각을 하지 말아야 한다.

특권 의식의 세분화

호주에서 한창 회사 생활을 하고 있을 때 휴가차 잠시 한국을 방문했다. 온 김에 치과 진료를 받으러 가서 기다리는 동안 탁자에 놓인 신문을 읽고 있는데 기분이 씁쓸해지는 기사 하나가 눈에 띄었다. 내용인즉슨 서울에 한 초등학교가 있는데 그 학교를 중심으로 왼쪽 편은 소위 메이커 아파트들이 자리 잡은 신도시 느낌의 동네이고, 반대편인 오른쪽에는 그 동네의 토박이들이 주로 거주하는 좀 오래된 느낌의 아파트들이 자리 잡은 곳이란다. 기가 막힌 부분은 왼쪽 편의 동네 학부모들이 자녀들에게 오른쪽 동네의 아이들과 절대 놀지말라고 교육을 시키고 아이들 스스로도 알아서 친구들을 사귈 때 그렇게 반으로 갈리는 양상이라는 것이었다. 기사를 읽으며 외국에도 이런 문화가 있는가를 한번 생각해 보았는데 물론 머릿속에 딱 떠오르는 것은 호텔의 스위트 룸, 부자 동네, 비행기의 일등석 혹은 VIP 라는 개념이었다. 분명 특권 계층에 있는 사람들이 특별한 대우를 받기를 원하는 것은 동서고금을 막론하고 틀림이 없다. 특별해지고 싶은 욕구는 인간이 가진 본성이기 때문이다. 하지만 한국에서 드러나는 문화의 특징은 그러한 특권 의식이 지나치게 '세분화' 되어 있다는 것인데 즉 군이 드러내 표현하자면 상위 20프로의 집단이 상위 30프로의 집단하고도 겸상을 할 수가 없다는 식의 마인드이다.

지독할 정도로 한국적인

사람의 가치를 일일이 따져 점수로 평가하는 결혼정보회사 따위의 개념에 거부감이 없는 문화나 전 세계 어디에서도 찾아볼 수 없는 "연예인 싸움 순위" 등의 키워드가 대중문화에서 지속적인 화두가 되는 것을 보면 비교 서열 문화가 얼마나 극심한 사회인지 엿볼 수 있다. 물론 아무 생각 없이 본다면 그냥 재미로 보일 수 있지만, 나는 그 의식 저변에 서열을 나누고 복종하는 원시적인 심리가 매우 깊이 자리 잡고 있다고 판단한다. 다양한 인종이 어우러져 사는 싱가포르와 시드니에서 오래 산 것에 더해 많은 여행과 출장 등으로 40개국 이상을 활발하게 돌아다녀 보았다. 습관적으로 세상을 매우 세밀하게 관찰하는 버릇이 있는 내 경험에 비추어 볼 때 외형적인 모습을 기준으로 이토록 심하게 사람을 구분 짓는 문화는 다른 나라에서는 찾아보기 힘들다. 피는 못 속인다고 어느 나라를 가던 교민 사회에도 비슷한 문화가 있다. 타 국가에서 온 이민자들에 비해 같은 한국인끼리도 서로를 경쟁과 질투의 대상으로 바라보는 시각이 강하며 구분 짓기를 좋아한다는 것이다. 가령 시드니의 경우 한인들이 많이 거주하는 지역의 학교에 가면 한국인 엄마들 사이들에서 시민권자 – 영주권자 – 취업비자 – 학생비자 등 비자의 종류로 일종의 계급을 나누어 사람을 구분하고 친분 관계를 형성한다. 심지어 어느 동네가 8학군인지 따져대는 문화도 존재하며 외국에서 살면서 서로 격려하고 사기를 높여주기 보다는 어떻게든 구분을 지어 우월함을 뽐내지 못해 안달인 문화도 그대로 닮아 있다(물론 모두가 다 그런 것은 아니다). 새로운 삶의 방식을 찾아갔음에도 똑같은 틀을 만들어 그 속에 갇혀 살면서 외국 생활을 한다고 착각하는 것이다. 결국 이 책에서 말하고자 하는 핵심 내용은 미래형 글로벌 리더로서의 기본 소양인데 이처럼 편협한 세계관을 가진 사람들은 누군가를 이끄는 리더 역할을 맡지 않는 것이 상책이다. 규모가 크건 작건 한 조직을 순식간에 망가뜨리거나 양분화시킬 확률이 높기 때문이다.

노예들의 쇠사슬: 반지성주의를 경계하라

무엇이 정상이고 비정상인지 너도 나도 내 기준에서 내 잣대로 평가하다 보니 때로는 자기의 삶을 주체적으로 살아가려는 사람들이 오히려 이상한 사람 취급을 받기도 한다. 미국의 음악가 리로이 존슨(Robert Leroy Johnson)의 말처럼 노예들이 그들의 삶에 아주 익숙해지면 서로의 발에 묶여있는 쇠사슬이 누구의 것이 더 크고 반짝이는가를 놓고 서로 자랑하며 경쟁을 하게 되고 오히려 이를 끊으려는 사람을 비웃는 특이한 습성이 생겨나는 것이다. 이는 옳고 그름에 상관없이 권위에 순응하고 복종하며 그 상황을 인지하지도 못하는 인간의 본성에 대한 불편한 질실을 이야기하고 있다. 스스로 한번 자문해보자. 만약 당신이 북한에서 나고 자랐다면 탈북을 선택했을까? 아마 많은 사람은 막상 그 상황에 놓이면 그런 생각조차 못하게 될 확률이 높고 실제로 탈북자의 수는 북한 인구 대비 1%도 안된다. 물론 두려움이라는 감정때문에 시도를 못하는 사람들도 있겠지만, 그 사회의 대다수 구성원들 눈에는 여전히 탈출을 시도하려는 자가 특이하고 유별난 존재로 보일 것이다. 이는 다소 극단적인 예시이긴하나 어느 사회나 특정한 시기에 통용되는 사고방식이 있고 그것들이 모여 규범이 되며 나아가 개개인의 신념에 절대적인 영향을 미친다는 그 본질은 같다. 신념은 태어난 직후부터 공동체 안에서 지속적으로 보고 들은 것들이 쌓이면서 형성된 것인데 이것을 의심하지 못하는 것은 사회가 규정한 룰에 종속되는 것과 마찬가지이다. 실제로 한 사회심리학 연구에 따르면, 개인적 정체감이 약한 사람들일수록 집단적 규율과 규범을 잘 따르는 경향이 높다고 한다. 그래서 흔히 이들이 사회 내부적으로 적응을 잘하는 것처럼 보이는 경우가 많으며 자연스레 그 틀에서 벗어난 사람들을 용납하지 못하고 손가락질하는 경향을 띠게 된다. 이러한 집단주의적 사고의 문제점은 집단 정체감이 잘못된 방향으로 빠질 때도 그 결속감 때문에 내부적으로 제동을 거는 목소리를 허용하지 않는다는 것이다. 특정한 방식으로 사고하고 한 가지 신념에 치우치고도 그것이 편견인지 모른 채 보이는 것만 보고 들리는 것만 들으려 하며 그 좁은 시야와 잣대로 남을 평가하는 버릇이 생기게 되는 것이다.

메타인지와 본질: 지식의 지능과 지혜의 지능은 다르다

과거에 한 지인은 나와 대화 도중에 본인은 정치에 전혀 관심이 없다고 말하며 이런 말을 했다. "높은 사람들은 다 엘리트들이니 알아서 잘하겠지, 뭐하러 신경써." 과연 그럴까? 그렇다면 왜 남한과 북한의 명운이 불과 반세기 만에 극명하게 갈려 버렸는지 설명이 안 된다. 양쪽 다 엘리트들이 모여 정치를 했던 것은 똑같기 때문이다. 혹자는 정치 이념의 차이라고 하겠지만 그렇다면 왜 다들 '똑똑한' 사람들인데 이념의 차이가 생기고 문제가 드러나면 이를 인정하고 수정, 보완하는 능력이 없는지가 이해되지 않는 부분이다. 적어도 메타인지라는 개념을 정확히 이해하기 전까지는 말이다. 메타인지는 심리학자 존 플라벨(J.H. Flavell)에 의해 만들어진 용어로 상위 인지라고도 불리는데, 한 마디로 고차원의 생각하는 기술(higher-order thinking skill)이다. 그 용어는 2010년대 이후 한국 사회에서도 대중적으로 잘 알려지게 되어 일반인들에게도 꽤 익숙하지만 그 속뜻을 정확히 이해하고 있는 사람은 드물다. 존 플라벨에 따르면 무언가를 학습하는 것보다는 학습하고 있는 것에 문제가 있다는 것을 깨닫는 능력 또는 특정 부분을 받아들이기 전에 한 번더 체크를 해볼 필요가 있겠다고 의심할 줄 아는 능력을 말한다.

새 시대의 엘리트 모델

인지가 정보에 대한 이해과정이라고 한다면 메타인지는 자신의 인지 과정에 대한 이해 과정이다. 이는 흔히 강의식 수업으로 촉

진되기 어려운 능력이라 단순히 공부를 잘 하는 것과 직접적인 연관성이 있는 것은 아니다. 가령 우리 주변에서 학벌은 좋지만 올바른 판단을 내리는 능력이 부족한 사람들을 볼 수 있는데 그들에게서 매우 흔하게 나타나는 일반적인 특성은 특정 신념이나 이념, 단일 목표 또는 조직 논리에 쉽게 빠진다는 것이다. 그들은 비교적 유연한 사고방식을 가진 사람들을 배신자 또는 변절자, 회색분자 등으로 프레임을 씌우기를 좋아한다. 변치 않는 어떤 신념을 가진다는 말은 사람의 의견이나 생각, 사고가 바뀌면 안된다는 무서운 전제를 깔고 있는 것인데 이런 사고의 틀에 갇히면, 특정 목표나 조직과 신념을 수호하는 것만이 최우선의 목표가 되기 쉽다. 자신의 사고 과정을 제3의 눈으로 바라볼 수 있는 능력, 즉 상위 인지 능력이 부족하니 학습하고 정보를 습득하는 능력은 있지만, 그 정보를 처리하는 '정신 활동'이 제대로 일어나고 있지 않은 것이다. 가령 중국 당국이 코로나에 대응하기 위해 인구 2400만 명의 상하이시 전체를 오랜 기간 봉쇄했던 정책을 보면 이해가 쉽다. 전체 도시를 막무가내로 완전히 봉쇄하여 집 밖으로 나오는 사람들은 공안들이 폭행하고 심지어 확진자의 집 대문에는 나무를 대어 못질까지 하는 집단 광기를 보여 주었다. 정책 결정권자가 현실을 외면하고 '제로 코로나'라는 특정 목표에 집착하니 식량과 식수조차 구하지 못하고 아우성치는 사람들은 눈에 보이지 않는 것이다. 그리고 이러한 일차원적인 발상을 하는 사람은 중국 최고의 대학을 나온 사람(들)이다. 스위스의 정신분석 심리학자 칼 융에 따르면 독재자들이 지닌 가장 큰 특성 중 하나가 특정한 단일 목표나 논리에 집착하여 전체를 균형있게 보는 눈이 없는 것이라고 한다. 한 마디로 '지능'보다는 '지혜'가 더 중요한 리더의 자질이라는 것이다.

우리 사회의 지적 무능

조선 말 당파싸움에 한창일 때 세계를 너무 몰라도 몰랐던 일부 지식인들은 우리의 가치만 우월하다고 착각하여 쇄국정책만이 정답이라 여겼다. 당연히 그 당시에 그런 생각을 했던 사람들은 자신들이 틀렸을 것이라 생각지 못했을 것인데 이 또한 역시 똑똑(공부/학습)하지만, 무식(생각/마인드)하다는 것이 무엇인지를 보여주는 예시이다. 사회적 민감성을 피하고자 일부러 중국과 과거의 사례를 들긴 했으나 사실 현재 우리 사회에도 정도의 차이일 뿐 이와 유사한 메커니즘으로 사고하는 문화는 차고 넘친다. 당장 TV를 틀어 한쪽으로 편향된 이념을 가진 정치인이나 사회 지식인들을 보면 된다. 현안만 다를 뿐, 본질적으로 조선 말 쇄국정책의 논리와 유사한 사고 메커니즘을 가지고 있는 것이 쉽게 눈에 들어온다. 또는 과학자들이 본인의 속한 조직의 방향성에 부합하는 쪽으로만 의견이 치우치는 것도 흔히 볼 수 있는데, 가령 제약회사에 근무하는 연구원은 백신의 순기능에만 집중하고 역기능에 대해서는 일단 눈과 귀를 가리는 것이 기본 스탠스일 확률이 높다. 미국의 사회학자 소스타인 베블런(Thorstein Veblen)은 이를 교육된 무능(educated incapacity)이라고 표현했는데 한 분야에 대해서 너무 많이 알거나 전문성을 가질 때 갈수록 시야가 좁아져 도리어 전체 흐름이나 문제의 본질을 보지 못하는 것이다. 현재까지 우리 사회는 생각하는 능력이나 메타인지가 현저히 떨어져도 명문대 졸업장이나 좋은 직업, 그리고 박사 학위를 가지거나 또는 많은 책을 읽은 사람들을 가차 없이 '엘리트'라고 부르며 그들의 말을 무비판적으로 수용하는데 매우 익숙했다. 과연 시험을 잘 치는 능력이 있지만, 생각하여 본질을 파악하는 능력이 없는 사람을 새로운 시대에도 여전히 엘리트 또는 지식인이라고 부를 수 있을지 다시 한번 생각해봐야 할 부분이다.

히틀러가 정권을 잡을 수 있었던 이유: 올바른 가치를 분별하는 눈

너무나도 당연하지만 우리가 사는 세계는 상대계이다. 본질적으로 '크다'라는 개념을 인지하지 못하면 '작다'라는 개념은 없다. 아름다움과 추함의 개념 등 사실상 모든 반대의 개념은 그 뿌리가 같다고 할 수 있다. 무지와 앎의 개념 또한 마찬가지인데, 나에 대한 무지의 상태를 인지하는 것이 바로 앎을 인지하는 것과 같다는 것이다. C.S. 루이스의 책 〈순전한 기독교〉를 보면 이런 구절이 있다.

"인간은 현명해질수록 사물을 선과 악으로 구분하지 않게 되며 모든 것은 어떤 점에서는 선하고 어떤 점에서는 악하다는 사실을 깨닫게 된다. 우리가 신적 관점에 조금이라도 가까워지면 이런 구분은 거의 완전히 사라져 버린다."

즉 인간이 만들어낸 가치체계가 우리의 선과 악에 대한 개념을 지배하고 있을 수 있다는 것을 알게되면 대중들이 어떻게 세뇌가 되어가고 선동을 당하는지도 눈에 보일 것이다. 이러한 일차원적인 논리들에 사로잡히면 세상에는 본질적으로 양면이 다 필요하기에 존재한다는 것을 이해하지 못하고 선과 악의 구도에 갇혀버리고 그 사고방식에 지속적으로 노출되면 단단하게 내면화가 이루어진다. 그리고 다른 생각을 가진 사람들에 대한 공감 능력도 상실하게 된다. 과거 히틀러가 정권을 잡고 국민들의 압도적 지지를 얻을 수 있었던 것은 근본적으로 당시 독일의 대중들이 악마라서가 아니라 단순히 이 간단한 원리를 모르는 '무지'의 상태였기 때문이다. 정말로 깨어난 사람들이 많은 사회라면 빛과 어둠이라는 대립 구도를 만들어내는 선동질이 애초에 먹혀들지가 않게 된다. 자신이 하는 일이 무조건적인 정의라고 외치는 한 사람의 신념에는 대부분 해결되지 못한 억압된 심리적 갈등이나 불안이 내재되어 있다. 이러한 것을 간파하는 눈을 기르며 타인에게 아픔이나 고통을 주지 않는 선에서 내 양심을 따르는 것이면 그것이 정답이다. 즉 균형 잡힌 리더가 되려면 겉으로 보기에 '선한 가치를 표방'하는 특정 도그마나 가치를 신봉하는 것이 '선한 것이 아닐 수 있다'는 것을 반드시 기억해야 한다.

우리가 선한 가치라고 '믿어야만' 하는 것들

내가 호주에서 한 토론 프로그램을 시청하고 있었는데 패널로 직업 군인이 나왔다. 그는 중동에 여러 차례 파병을 다녀온 사람이었는데 수많은 총격전을 경험하고도 여전히 자원해서 계속 파병을 갔던 군인이었다. 왜 그렇게 계속해서 자원해서 파병을 가려 했었는지 사회자의 질문에 그는 정의롭고 옳은 일을 한다는 취지로 나름에 답변을 했지만, 사회자는 조심스럽게 추가 질문을 이어나갔다.

"혹시 *아드레날린 중독일 수도 있다는 생각은 해보셨나요, 거기에 대해서는 어떻게 생각하시나요?"

아마 한국의 방송에서 이러한 장면이 나왔다면 시청자 게시판이 난리가 났을 것이다. 아마도 항의를 하는 사람들의 입장에서는 응당 옳은 일을 하는 사람 또는 애국자, 정의로운 사람, 용감한 사람, 영웅 등 '당연해야만 하는' 그들의 고정적인 프레임을 벗어났기 때문에 이를 참을 수가 없을 것이다. 하지만 인간의 심층 심리에 대한 대중적인 이해도가 비교적 높은 일부 국가들에서는 단순히 겉에 드

---

*아드레날린 중독: 아드레날린 러시로 불리는 에피네프린 분비를 유발하는 활동을 끊지 못하는 것. 익스트림 스포츠, 스릴 넘치는 경험, 위험한 추격 등 스릴 있고 강렬한 활동 또는 심지어 자기 목숨을 시험하는 등의 활동에 참여하는 것을 즐긴다.

러난 모습보다도 그 껍데기를 벗겨내고 더 본질적인 심리상태를 파악하려고 노력하는 명민함이 좀더 자연스러운 것이 눈에 띈다. 그래서 대략 심리상담사들이나 할 법한 질문을 방송 진행자가 하고, 내면에 자리 잡은 불편한 진실을 끄집어내고 투명하게 토론하며, 이를 시청자들도 크게 이질감 없이 받아들이고 공감하는 것이다. 그리고 그렇게 대중의 평균적인 의식 수준은 조금씩 올라간다.

선한 영향력, 그 진짜 의미는

소설 〈참을 수 없는 존재의 가벼움〉을 썼던 작가 밀란 쿤데라 (Milan Kundera)는 "이 세상을 지옥으로 만드는 사람들은 이 세상을 천국으로 만들어야만 한다는 신념을 가진 사람들로부터 만들어진다." 라고 했다. 그렇다면 리더 역할을 할 사람들이 가져야 할 올바른 마인드는 무엇인가? 앞서 잠시 언급했지만, 한때 SNS상에서 '선한 영향력'이라는 표현이 유행처럼 번지던 적이 있었다. 좋은 사회를 만들기 위한 개인의 노력은 당연한 것이지만 간혹 선한 영향력을 전파하기 위해서 착해져야 하는 것으로 오해하는 사람들도 꽤 있는 것 같다. 결론부터 말하자면 이 사회에 선한 영향력을 미치는 정도와 얼마나 선하고 착한지가 꼭 정비례하는 것이 아니다. 창작이나 창조 혹은 다양한 유무형의 서비스를 통해 내가 하는 행위나 일이 어떤 형태로든 사회 또는 누군가의 인생에 도움이 된다면 그것

자체가 선한 영향력 즉 홍익인간 정신에 부합하는 행위이다. 그리고 현실적으로 그 영향력의 크기는 '착함'의 정도보다는 오히려 '실력'과 더 밀접한 관련이 있는 경우가 많다. 가령 성격 까칠한 천재 작곡가가 수많은 히트곡을 탄생 시켜 대중들을 즐겁게 해 주는 것과 성격은 선하고 착하지만, 실력이 없어 히트곡이 없는 작곡가가 그런 경우일 수 있다. 단순히 기부라는 행위만 놓고 보더라도 전 재산이 1,000억 있는 이기적인 사람이 1억 기부를 하는 것쯤이야 큰일이 아니지만, 전 재산이 1억인 사람은 아무리 이타적인 마음이 크더라도 1억을 기부할 수 없는 노릇이다. 결국 이기심과 이타심도 분리된 개념이 아니라 근원적으로는 하나라는 뜻인데 남의 부탁을 거절 못하는 인간의 심리를 보면 조금 더 이해가 쉽다. 얼핏 겉으로 보기에는 이타심처럼 보이지만 조금 더 파고 들어가 보면 결국 자신이 무리(사회)에서 살아남기 위한 생존 본능이 내재화된 이기심이 함께 자리 잡고 있다. 결국 하나의 개념이다. 즉 진정한 의미에서의 선한 영향력을 발휘하기 위해서는 인간의 본성인 내면의 이기심을 감추고, 억지로 착해져야 한다는 강박관념을 가질 필요 없이 내 이기심을 최대한 발현하되 그것이 공공의 이익에 부합되도록 점검하고 따져보는 자세면 충분하다.

이분법적 사고의 나라 대한민국

한국의 문화에서는 자라면서부터 튀면 안 된다는 마법에 걸리고 교실에서는 학기 초에 손들고 질문을 몇번 했다가는 바로 '설치는' 사람으로 인식된다. 나아가 취직, 결혼, 출산 등 어느 정도 나이에 무엇을 해야 하고 어느 정도가 되어야 한다는 삶의 궤적에 대한 고정적 관념도 매우 강하다. 이렇게 사람들을 협소하게 범주화하거나 개성과 생각이 표준화되는 것이 당연한 사회 분위기에서 살고 있다 보니 A or B 라는 양분법적 사고방식이 굉장히 깊숙이 자리 잡고 있다. 이것은 우리가 자라면서 수도 없이 들었던 일상적인 가벼운 대화의 형태에서도 쉽게 드러난다.

- 태권 브이와 마징가가 싸우면 누가 이기나,
- 호랑이와 사자가 싸우면 누가 이기나,
- 남자와 여자는 친구가 될 수 있는가 없는가,
- 남자A와 여자B가 결혼하면(연예인 포함) 누가 더 아깝냐,

- 시댁이 먼저냐 처가가 먼저냐
- 최근의 깻잎논쟁 등.

사실 정답은 당연히 어떤 사자냐 어떤 호랑이냐 따라 다르고, 친구 사이 가능 여부는 어떤 남자냐 어떤 여자냐에 따라 상황별로 다 다르다. 한 남성과 여성이 서로 만나서 사랑을 하고 결혼을 하는 그 과정도 그 내막을 모르는 남들이 표면적으로만 판단 할 수 있는 성격의 문제가 아니다. 이렇듯 아무런 의미가 없어 다른 국가에서는 논쟁의 가치조차도 없거나 혹은 대화 소재 자체로 생각도 못되어지는 주제들이 A or B 로 이분법의 형태만 갖추면 한국에서는 논쟁의 거리가 된다.

이분법적인 사고의 배경

이분법적 사고가 매우 짙은 성향은 조직 문화 구석구석에서도 그리 어렵지 않게 발견된다. 가령 부하 직원이 직장 상사보다 더 좋은 차를 타서는 안 된다거나 혹은 더 일찍 퇴근해서는 안 된다는 등의 비합리적, 비효율적 사고방식이 암묵적인 룰이라는 형태로 곳곳에 녹아들어 가 있다. 왜 한국이 유독 이런 문화가 강할까. 누군가는 조선 시대 당파 싸움으로부터 시작된 것이라는 사람도 있고 또 남북 분단의 오랜 역사로 세상을 아군과 적군으로 바라보는 세계관이 강하다는 것이라 주장하기도 한다. 모두 나름의 일리가 있는 말이다. 그 외에 추가로 내 눈에 들어오는 것은 세상과 사물을 매우 단정적으로 구분짓는 경향이 강한 교육 방식이다. 가령 학창 시절을 회상해보면 많은 선생님들로 부터 이런 말을 아주 많이 들으며 자랐다. "한국어는 표현이 다양하다. 봐라, 영어는 Red(빨강색) 하나밖에 없는데 한국어는 빨갛다, 붉다, 불그스름하다 등등 하나의 색을 표현해도 아주 다양한 표현이 있지 않느냐." 학창 시절 한국어의 우수성을 자랑하는 예시 중 아주 흔하게 들었던 상투적인 표현 중하나였다. 정말 많은 선생님들이 같은 말을 반복했고 우리는 그냥 그런 줄 알면서 자랐지만, 진실을 알고 나면 조금 우습다. 사실 영어에도 하나의 색을 표현하는 수많은 표현들이 존재하는데 단지 잘모르니까 그냥 없다고 단정 짓고 말하고자 하는 의도에 부합하는 하나의 논리를 창조해 버린 것이다. 게다가 당시에는 그러한 오류를 지적해 줄 만한 사람들이 흔하지 않다 보니 널리 쓰이는 레파토리가 돼버렸다. 결국 학생들만 피해를 보며 자란 셈이다.

미세한 색의 차이를 표현하는 영어단어 예시

Red(빨강)의 다양한 영어 표현: scarlet, vermilion, ruby, ruby red, ruby-coloured, cherry, cherry red, cerise, cardinal, carmine, wine red, wine-coloured, claret, claret red, claret-coloured, blood red, flame, flaming, coral, cochineal, rosy, brick red, maroon, rusty, foxy, rufous, reddish, literary damask, vermeil 등.

Green(녹색)의 다양한 영어 표현: greenish, viridescent, olive green, forest green, moss green, pea green, emerald green, lime green, bottle green, lincoln green, sea green, sage green, acid green, aquamarine, virescent, glaucous, verdant, grassy, grass-covered, leafy, verdurous 등.

'4류' 마인드

이러한 이분법적 사고는 결국 개성과 다양성을 파괴한다. 이렇게 틀 안에 갇히다보면 나(우리)는 맞고 너(너희)는 틀렸다고 하는 대립적 사고가 당연하게 자리잡게 되는데 이는 사회 지도층이나 언론, 정치인들이 대중들을 선동하여 공동체를 분열시키고 본인들의 원하는 목적을 달성하기에 너무나도 효율적인 도구이다. 평등이라는 하나의 가치에 몰입하면 이 세상에 존재하는 대기업은 무조건 나쁜 것이거나, 반대로 자유라는 가치에 몰입하면 복지나 인권의 필요성에 둔감해진다. 또는 우리와 종교관이 다르면 악의 무리인 상대방을 몰살시켜야 하고 지옥에 보내야 한다는 논리의 함정에 빠질수도 있다. 이러한 일차원적인 신념이 무서운 이유는 어느 쪽이던 한번 편향성이 형성되면 그것은 좀처럼 변하지 않기 때문인데 그래서 어떤 상황을 큰 그림이나 연속 선상에서 생각하지 못하고 하나의 방향으로 바라보려는 '인지적 왜곡'이 생긴다. 자연스레 세상을 바라보는 시각이나 종교, 국가관, 조직 논리, 사람을 평가하는 방식 등에서 이분법적 성향을 띠게 되며 단순히 정치 성향만 하더라도 양극으로 나뉜다. 그래서 '극우'나 '극좌'가 정신 수준이 똑같다는(본인들은 정반대인 줄 알지만) 말이 나오는 것이다. 본질적으로 구분과 방향성의 개념이 명확하지 않은 무의식 영역의 특성에 비추어보면 나와 다른 세력을 혐오하는 감정이 크면 클수록 본인의 내면세계에 자리 잡고 있는 자기혐오의 감정이 더 크다는 방증이기 때문이다. 이처럼 단순히 우리 편이냐 아니냐는 잣대로 세상을 바라보거나 사안의 표면적인 부분만 본다는 것은 매우 유아적인 사고 과정이다. 1995년, 삼성의 이건희 전 회장은 베이징 출장 중 특파원들과의 간담회 자리에서 "정치는 4류"라는 발언을 해서 큰 파장을 일으켰다. 보통 '최하'를 지칭할 때 '3류'라는 표현을 쓰는데 오죽했으면 '4류'라는 단어를 썼을까? 당시 이 발언으로 많은 정치인이 분노했고 삼성 그룹은 적잖은 곤욕을 치러야만 했다. 그리고 27년이 지난 지금, 시간이 많은 것들을 증명했기에 우리는 어렴풋이나마 그 말의 뜻을 짐작해 볼 수 있다. 한 치 앞도 내다보기 힘든 치열한 국제무대에서 세계 최고들과 경쟁하고 더 앞선 생각을 하며 미래를 내다봐야 했던 한 사람의 시선으로 한번 들어가 보자. 그 사람의 눈에는 좁은 땅덩이에서 편 가르기를 주 무기 삼아 개인의 영달과 조직의 기득권을 유지하겠다는 좁디좁은 마인드가 얼마나 저급하게 보였을까.

중도, 진정한 리더의 가치

흔히 진보적이고 선진적인 생각을 한다는 것과 진보 정치 이념을 갖는다는 것을 동일 선상에 놓고 보는 사람들이 많은 것 같다. 하지만 이는 전혀 다른 개념이므로 착각을 해서는 안 된다. 정치 이념은 진보든 보수든 결국 조직의 방향성이 우선이기 때문에 어느 쪽도 완전히 진보적이거나 보수적일 수는 없다. 프랑스 혁명의 표어이자 국기의 세 가지 색깔이 상징하는 것이 자유(Liberte), 평등(Egalite), 박애(Fratenite) 인 것처럼 그들은 자유와 평등을 상호보완적인 가치로 본 것이지만 이것이 현대 사회에서는 보수와 진보의 대립적 가치로 둔갑하여 중도를 지킨다고 하면 흔히 이도 저도 아닌 회색분자로 매도되는 구조가 만들어졌다. 하지만 중도의 진정한 의미는 모든 것에 중간적 또는 중립적 입장을 취한다는 것이 아니라, 전체의 틀과 흐름을 파악할 줄 알고 개별적 사안 하나하나에 대해 껍질이 아닌 알맹이를 보는 눈을 가져 독자적인 판단을 내리는 것이다. 즉 무조건 어느 한쪽의 편을 드는 것은 당연히 아니거니와, 모든 사안에서 아무 의견이 없는 중간적 입장을 취하는 것(이것은 무지)도 결코 아니라는 것이다. 철학자 니체는 이런 말을 남겼다. "많이 생각하는 자는 당원으로서 적합하지 않다. 왜냐하면 그는 너무나 빨리 당파를 초월해서 생각하기 때문이다." 여기서 '당원'을 '팀원'으로 바꾸어 본다면 역설적으로 모든 곳에서 통용되는 리더의 자질이 무엇인지 알 수 있는 대목이다.

2장

선도국가의 글로벌 리더
(깨어남)

엘리트의 개념이 바뀌고 있다

초기의 불경과 성경이 전해 내려오던 방식은 외우는 것에 통달했던 그 시대의 엘리트들이 있었기 때문에 가능했다. 이처럼 전통적으로 엘리트의 자질로 가장 중요한 것은 잘 외우는 능력이었지만, 현대 사회에서의 지식이란 더 이상 많이 기억하고 있는 것이 아니다. IBM에서 자체적으로 실시한 조사에 따르면 조직 내 직원들 간의 Skill gap(능력 격차)을 줄이기 위해서 내부 교육이 필요한 시간이 2014년 약 3일 정도였던데 반해 2018년에는 약 36일 정도라는 결과가 나왔다. 이 통계가 의미하는 바는 그만큼 새로운 것들이 쉴 새 없이 쏟아져 나오고, 갈수록 시스템이 복잡, 다양, 고도화되고 있어서 교육과 트레이닝의 효용성이 시간이 지날수록 떨어지고 있다는 의미다. 그리고 이 트렌드는 더욱 가속화될 것이 필연적으로 보이는데 한마디로 지금은 세상이 너무 빠른 속도로 복잡 다양화되고 있기 때문에 고시형 엘리트 (시험/ 암기/수동적 인재)로는 더 이상 감당이 안 되는 것이다. 과거 산업화 시대에 우리가 맹신하던 아이큐 검사도 리더십, 창의력, 지력, 영성 및 사회적 판단력 등의 매우 중요한 인간의 궁극적인 지능을 철저히 무시한 채로 진행되어 은연중에 사람의 서열을 매겨왔지만, 앞으로의 세상에서는 더 이상 통하지 않을 확률이 매우 높다.(이미 상당 부분 그렇게 흘러가고 있다) 과거 소수 특권층에 의해 정보가 독점되던 구조가 이제는 모든 것이 다 공유되는 정보의 평등 시대로 바뀌었고 많은 기업들이 창조와 융합, 혁신 그리고 편집 능력을 갖춘 능동적 인재의 중요성을 인지하고 이러한 인재를 선점하기 위한 경쟁을 하고 있다. 빨리 변화를 받아들이고, 적응하고, 무언가를 비틀고, 여러 가지를 짜집기해서 새로운 뭔가를 만드는 능력이 그 어느 때 보다 각광받는 시대이다.

콘텐츠와 기획력

시대적 변화와 트렌드에 민감한 사람이라면 최근 사무직을 바라보는 근본적인 인식도 많이 바뀌고 있다는 것을 알 것이다. 과거에는 사무직 노동자를 소위 '화이트칼라'라고 했다면 디지털라이제이션(Digitalization)이 본격 가속화되고 있는 지금은 반복적인 사무 업무들이 급격히 로보틱 처리 자동화(RPA)가 되어가고 있고 생산직과 사무직의 '지식격차'에도 근본적인 변별력이 없어지고 있는 시대이다. 한 마디로 사무직이 '블루칼라'화 되어가고 있고 이제는 인공지능이 할 수 없는 창조적인 일을 하는 사람이 '뉴 화이트칼라'

이다. 진화학자 폴 길버트(Paul Gilbert)에 의하면, 진화된 인간 사회의 주된 힘은 자원 확보 능력(Resource Holding Power)이 아니라 사회적 관심 확보 능력(Social Attention Holding Power)이다. 이 능력을 확보하기 위해 가장 중요한 두 가지 능력을 꼽으라면 나는 콘텐츠를 창조하는 능력과 기획력이라고 꼽고 싶다. 콘텐츠를 창조해 낸다는 것은 많은 정보를 보고 그중에 꼭 필요한 것들을 발견해내고 무의미해 보이는 것들을 연결하는 과정을 통해 새로운 개념이나 가치를 창조하는 능력이다. 가령 책을 열 권을 읽고 혼자 점잔 빼고 있는 것보다 차라리 두세 권을 읽고 중요 내용을 취합하고 무관해 보이는 개념들을 연결해서 유튜브 콘텐츠를 하나 만들어 내는 것이다. 또는 느낀점을 블로그에 올리거나 SNS에 공유하여 사람들과 소통하는 등의 행동이 지식 큐레이터로서 현대적 모델의 지식인에 더 가깝다. 기획력은 내가 가진 아이디어를 구체적으로 실현을 하기 위해 어떤 행동을 해야 할지 전략을 짜고 이를 실천하는 능력이다. 기획이라 하면 흔히 특별한 부서에 있는 사람이나 임원급의 직원들만의 특수한 업무로 오해하기 쉽지만, 사실은 우리가 살아가는 모든 일에 적용이 되며 심지어 취업을 준비하는 과정에서도 같은 조건을 가지고도 기획력에 따라 채용 여부가 결정되는 경우가 매우 흔하다.

엘리트 교육(?): 코딩 열풍의 내막

대한민국은 그야말로 코딩 교육의 광풍이 몰아치고 있다. 초등학생들마저도 코딩을 배우고 심지어 정규교육도 여기저기서 그 유행을 타고 코딩 교육 의무화를 하고 있는데, 시류에 민감한 나라의 특성이 여기서도 엿보인다. '코딩이 미래'라는 등의 문구가 범람하며 생겨난 현상이지만, 정작 지금 초등학생들이 직장 생활을 할 약 15년 후를 가정해본다면 어떨까? 사실 대단한 전문적인 지식 없이도 IT업계의 변화에 조금만 관심을 가진다면 코딩하는 AI가 급격히 발전하고 있다는 사실을 알 것이다. 결국 기술은 컴퓨터 언어를 따로 배울 필요 없이 인간의 말이나 글을 AI가 직접 코딩하는 방향으로 진화할 것이고 실제로 이러한 기술들이 매우 빠른 속도로 발전하고 있다. 코딩 없이 일반인들도 자유자재로 원하는 프로그램을 만들 수 있는 기능을 소위 노코드(no-code) 또는 로코드(low-code)라고 하는데 가령 아이콘을 클릭하는 등의 직관적 과정만이 필요하거나 사람이 하는 말을 AI가 알아서 변환하여 프로그래밍하는 식이다. 최근 마이크로소프트(MS)는 자연어로 된 명령어를 코드로 변환해 주는 AI모델 코덱스(Codex)를 소개하며 기존에 2시간 걸리던 작업을 이제는 2분 만에 할 수 있게 되었다고 발표했다. 시장조사업체 가트너의 조사에 따르면 당장 2년 뒤인 2024년 미국에서 출시될 앱의 70%가 노코드 또는 로코드 플랫폼에서 나올 것이라고 예측했다. 한마디로 지금 어린 학생들이 직장인이 될 시기에는 코딩 기술이 필요할 확률은 매우 적거나 제한적이라는 것인데 가령 과거에 DOS 명령어가 윈도우의 등장으로 무용지물이 되었던 것을 떠올리면 이해가 쉽다. 이미 많은 IT 개발자들은 노코드나 로코드를 경계하고 있는 분위기이지만 그들의 우려와 상관없이 이러한 기술이 더욱 발전할 수밖에 없는 근본적인 이유는 따로 있다. 프로세스 단순화와 비용 절감 효과를 누릴 수 있기 때문에 결국 최종 의사결정권자인 회사의 경영자들이 반가워할 수 밖에 없는 기술적 진보이기 때문이다. 흔히 사람들은 지금 당장 생존에 가장 유리한 스킬이 무엇인가에 집중하며 그 유행을 좇아가지만 장기적인 관점에서 본다면 본인이 진짜 원하는 일을 찾는 과정을 오히려 제한할 위험도 크다는 부분을 이해할 필요가 있다.

창의력에 대한 오해와 진실

국내의 한 출판사가 새로 나온 책을 광고하며 교육의 중요성을 강조하고 있었는데 그 중 눈에 띄는 카피가 있었다.

"수능 44만 명 응시하는데 공무원 35만 명 응시하는 창의성 없는 나라"

그러고 보면 국내에서도 '창의력' 또는 '창의성' 등의 키워드가 화두가 된 지 오래되었지만, 여전히 근본적인 차원의 변화는 뚜렷이 보이지 않는다. 적어도 내 눈에는 그렇다. 물론 창의성이 중요하다는 그 총론 자체를 부정하는 사람은 없겠지만, 학교 및 기업에서 이를 대하는 태도를 보면 일상을 벗어난 어떤 특별한 날에 하는 특별한 활동쯤으로 이해하는 경향이 짙다. 가령 메타버스 열풍이 일어나니 입시 설명회 또는 채용 설명회를 게더타운(Gathertown) 등의 메타버스 공간에서 하는 방식으로 진행하며 그것을 창의적인 발상이라고 인식하는 식이다. 또는 비재무적 요소인 ESG(환경/사회/지배구조) 경영을 외치지 않으면 안 되는 사회적 분위기가 되니 대부분의 기업에서 이것을 강조하지만, 정작 직원들은 구색을 갖추기 위하여 기존에 하던 일을 살짝 포장할 뿐이다. 업무 성과를 측정하는 근본적인 방식까지 전면적으로 수정하는 조직은 드물기 때문이다. 이처럼 적당히 빨리 시류에 편승하는 것(Bandwagon)과 창의적인 행위는 전혀 다른 개념이라는 것을 이해하는 것이 먼저다. 사실 '창의적'이라는 말이 제대로 성립하려면 기본적으로 인과관계가 불편하고 자연스럽지 않아야 하는데, 뭔가 불편해야 어떤 사안을 바라보는 새로운 시각이 원천적으로 차단되지 않았다는 의미이기 때문이다. 그렇다면 이러한 Value-action gap(가치와 행동의 격차)이 발생하는 근본 원인은 무엇일까?

수용적 사고력의 한계

교육학자인 이혜정 박사가 서울대 학생 1,111명을 대상으로 실시했던 조사에 따르면 학생들의 학점이 높아질수록 수용적 사고력은 높아지고 반대로 비판적 사고력이 더 낮아지는 것으로 나타났다. 쉽게 말하면 학점이 높은 구간으로 갈수록 그대로 받아들이는 능력은 뛰어나나 평균적인 창의력은 떨어진다는 것인데 모든 전공에서 유사한 결과가 나왔다고 한다. 그 외 추가적으로 '시험을 치거나

과제를 할 때 교수의 생각과 내 생각이 다르면 어떻게 하는가?'라
는 질문에 학점 4.0 이상의 학생들 중 90% 이상이 "교수 의견대로
적는다."라고 응답했다. 대체로 자신의 의견에 상관없이 배운 것을
잘 외우고 그대로 받아쓰는 학생에게 점수를 더 잘 주는 문화가 여
전히 지배적이니 그냥 그렇게 적응하며 사는 것이다. 과거에는 이것
이 더 심했을 것이라는 말인데 이러한 수용적 사고력이 높은 인재
들이 사회 각계에 진출해서 주류를 형성하고 있는 셈이다. 결국 특
출난 리더가 나오지 않는 한 대부분의 조직에서 진정한 의미에서의
창의성을 구현하기에 현실적인 장벽이 존재할 수밖에 없다. 삼성의
이건희 전 회장 사례를 하나 더 들어보자. 1974년, 그가 반도체 사
업을 시작하려 할 때 내부적인 저항이 강했던 것은 잘 알려진 사실
이다. 당시 TV도 제대로 못 만들던 국내 기술력으로 반도체 사업을
한다는 것은 거의 비즈니스적 자살행위와 다름없었기에 일본을 포
함한 다른 국가의 조롱은 물론이고 약 3분의 2 정도의 삼성 사장단
및 임원들조차도 어림없는 일이라고 반대했던 사업이었다. 더구나
이때 그는 최종 결정권자가 아닌 후계자의 위치였고 또 아무리 훌
륭한 리더라 하더라도 내외부적 반발과 의심은 부담이 되는 법이다.
결국 사재를 털어 사업을 밀고 나가는 단호함을 보이며 주변을 설
득했고 그 선견지명은 오직 시간이 지나서야 증명되었다. 이 전 회
장이 생전에 회고한 글을 보면 지금의 대성공이 어쩌다 보니 얻어
걸린 것이 아니라는 것도 여실히 드러난다.

"시대 조류가 산업 사회에서 정보화 사회로 넘어가는 조짐을 보이고 있었고 그중 핵심인 반도체 사업이 우리 민족의 재주와 특성에 딱 들어맞는 업종이라고 생각하고 있었다."

공부를 잘하는 머리와 세상을 읽고 꿰뚫어 보는 머리(창의력/통찰력 등)가 다른 영역이라는 사실이 이 사례에서도 선명하게 보인다. 당시 그 사업을 반대했던 삼성의 사장단과 고위급 임원 중 '시험 잘치는 능력'을 기준으로 한다면 최고가 아닌 사람은 없었을 것이기 때문이다.

창의력 부족과 지적 유행

지난해 한국의 한 정치 정당에서는 'Make Korea Great Again'이라는 슬로건을 들고나왔다. '한국을 다시 위대하게'라는 그 뜻은 좋지만 누가 봐도 미국 공화당의 선거 구호였던 'Make US Great Again'을 그대로 카피한 것이다. 속된 말로 그냥 갖다 붙인 것인데 이처럼 뭔가 새로운 것을 만들어 낼 생각을 못 하고 그저 외국의 좋아 보이는 것을 따라 하는 예시는 수도 없이 많다. 가령 청와대를 블루 하우스라고 지칭하고, 라인강의 기적을 따서 한강의 기적이라고 칭하며 뉴욕의 센트럴 파크를 따서 연남동의 숲길을 연트럴 파크라고 부른다. 대한민국에도 훌륭한 의사나 간호사들이 있었음에도 아직도 헌신적인 면모를 보이는 의료인을 칭찬하는 수식어는 한국의 슈바이쳐 또는 나이팅게일이다. 그 외 한국의 톰 행크스, 한국의 소피 마르소, 한국의 마돈나, 한국의 리차드 기어, 한국의 워렌 버핏, 한국의 베니스, 한국의 나폴리, 한국의 헐리우드, 한국의 실리콘 밸리 등 셀 수 없을 만큼 넘치는 유사 표현들이 우리에게 매우 익숙하다. 이처럼 뭔가 좋은 것이 있으면 외국의 이름과 명칭을 따라해야만 하는 문화 역시 한국보다 심한 나라는 없다. 그뿐만 아니라 K-POP 과 K-DRAMA가 유행하자 이제는 국내에 존재하는 거의 모든 것에 'K'를 갖다 붙이기도 한다. 내가 이 원고를 쓰는 도중 잠깐만 검색해도 수 많은 표현이 뜨는데 아래는 실제로 신문 기사들에 실렸던 표현 중 일부이다.

"K-방역, K-땅콩 K-배터리, K-조선, K-위성, K-반도체, K-바이오, K-주사기, K-게임, K-가스펠, K-가든, K-담배, K-뷰티, K-치료제, K-원전, K-농기계, K-소주, K-메디컬, K-저작권, K-경운기, K-부동산, K-가전, K-예절, K-막걸리, K-팩트체크 등."

일부 사회의 지식인들이나 정치, 언론이 아무런 생각 없이 천편일률적 따라 하기 문화를 주도하며 국민들의 생각을 차단하는 과정에서 창의력은 점점 먼 나라 이야기가 되어가며 무지를 기반으로 한 '지적 유행'에 불을 지핀다. 그리고 사람들은 이러한 문화에 가랑

비에 옷 젖듯 익숙해지고 무엇이 문제인지 문제 인식조차도 못 하게 된다. 결국 새로운 것을 창조해 내는 사람은 남들이 못 보는 면을 보는 사람들이기 때문에 새로운 시각과 안목, 즉 세상에 돌직구를 던져주는 역할을 사회 내 일정 비율의 누군가는 지속적으로 해야만 한다. 그 역할의 의미를 아는 것이 바로 선도국가형 인재이자 미래의 글로벌 리더가 가져야 할 기본 소양이다.

창의력을 노력으로 키울 수 있을까

흔히 창의력은 어린아이들이 더 뛰어날 것이고 나이가 들면 들수록 감퇴하는 능력이라고 생각하는 사람들이 많다. 정말로 그럴지 한번 살펴보자. 한 연구에 따르면 사전 조사에서 어린이들과 어른 중 창의력이 어느 쪽이 더 뛰어날 것이라고 생각하느냐에 대해서 약 70%의 응답자가 어린이가 더 뛰어날 것이라고 응답했다. 하지만 실제 연구 결과는 그와 반대로 어른이 더 창의력이 뛰어난 것으로 조사되었다. 그 이유는 어린이의 발상이나 생각이 비교적 좀 더 색다른 시각을 가질 순 있지만, 아직 사회적 지식이나 경험이 부족하여 다양한 방식으로 조합하는 연상 능력이 최적화되지 않았기 때문이라고 한다. 흔히 조합하는 연상 능력이라고 하면 조금 뜬구름 잡는 소리처럼 들릴 수 있는데 한 가지 예를 들어보자. 내가 몇 년 전에 관찰이 시작되어야 수많은 가능성의 상태인 중첩상태가 깨어지고 거시세계의 한 상태로 드러난다는 양자물리학의 개념을 듣고 나서 머릿속에 바로 떠올랐던 것이 김춘수의 시 〈꽃〉의 한 구절이었다.

"내가 그의 이름을 불러주기 전에는 그는 다만 하나의 몸짓에 지나지 않았다. 내가 그의 이름을 불러 주었을 때, 그는 나에게로 와서 꽃이 되었다."

즉 관찰자가 무언가를 인지하고 난 뒤부터 그것이 관찰자의 인생에 들어오는 것이고 그전까지는 실존(입자)이 아닌 가능성(파동)의 형태로 존재한다는 양자물리학의 개념에서 이미지의 유사성을 떠올린 것이다. 억지스럽게 현학적인 체를 하고자 하는 것이 아니고 과학적으로 깊게 따져 들자는 것도 아니다. 다만 얼핏 보기에 별로 연관이 없어 보이는 개념들이 머릿속에서 연결되어 딱 떠오르는 것이 연상 능력이고 이는 창의력의 핵심이라는 말이다. 즉 연상 작용이 대단하고 거창한 것이 아니라 사소한 연결 고리들이 떠오르는 능력이며 이러한 사고가 습관화되면 남들이 생각하지 못하는 것을 생각하는 확률이 그만큼 올라간다는 의미이다. 창의력은 오히려 더 많은 것을 알고 경험한 뒤에 더 발달이 될 수 있는 능력이고 평소에 생각을 많이 하며 그것을 붙잡고 통제하거나 부정하려 들지 말고 그저 흘러가는 대로 가만히 내버려 두고 따라갈 때 가장 활성화된다. 그리고 무엇보다 이 능력은 꼭 거창한 발명이나 창작, 사업 등에만 국한되는 이야기가 아니라 모든 것에 적용이 되며 많은 2030들의 눈앞에 당면한 과제인 취업을 더 잘하는 요령이나 더 나은 커리어를 만드는 방법에도 그대로 적용이 될 수 있다.(4장 이후부터 자세한 설명을 할 것이다.)

Transferable skills(호환가능능력) 의 중요성

Transferable skill(호환가능능력)은 하나의 직장에서 다른 직장으로 가더라도 없어지지 않는 스킬들을 말하는데 흔히 Portable skill 혹은 Soft skill이라고도 불린다. 팀 워크, 커뮤니케이션, 작문, 문해력, 기획력, 추진력, 코디네이션, 창의성, 발표력, 리더십 등등 이러한 스킬은 특정 코스를 밟아서 얻어지는 것이 아니라 가정환경, 학교 생활, 자원봉사, 사회생활, 여행, 동호회 등등 다양한 활동과 경험을 하면서 자연스레 얻어지는 것들이 많다. 어떤 회사의 A라는 지원자가 소위 스펙 적인 측면을 충족시켰다고 가정할 때 본인은 그 직장에 쉽게 들어갈 수 있다고 착각하기 쉽지만, 현실은 절대로 그렇지 않다. 그 이유는 대부분의 고용주들은 단순히 일만 잘 할 수 있는 직원보다도 같이 성장할 수 있는 사람이나 Well-rounded(전인격을 갖춘) 한 사람이기를 원하기 때문이다. 실제로 세계적인 취업 사이트인 커리어빌더(CareerBuilder) 의 조사에 따르면 92%의 고용주가 Transferable skill을 중요시한다고 답했고 그래서 내가 가진 학력이나 기술만이 나를 대변하는 것이라는 그런 착각에 빠지지 말 것을 조언한다. 주관적인 요소가 들어가고 정확한 지표라는 것이 없기 때문에 정확히 어떤 부분을 준비하라고 단정 지어 말을 하기가 조금 애매한 측면은 있지만 중요한 포인트는 어디를 가든 사회적 지능이 높다는 것을 보여줘야 한다는 것이다.

커뮤니케이션 능력

MBA 과정 중인 사회 초년생 직장인들 1만 명을 대상으로 어휘력 테스트를 실시한 뒤 나중에 추적 조사를 했더니 상위 10%는 대부분 관리자로 승진한 반면 하위 25% 그룹에서는 단 한 명도 없었다는 연구 결과가 있다. 물론 조사 방식이나 기타 변수에 따라 오차는 있겠지만 큰 흐름 정도를 이해하는 데는 무리가 없을 것이다. 흔히 커뮤니케이션을 잘한다고 하면 아무나 만나서 스스럼없이 대화를 잘하는 소위 싹싹한 사람의 이미지를 떠올리는데 그것은 오해이다. 커뮤니케이션이란 단순히 사람들과 잘 어울리는 대화를 의미하는 것이 아니라 전화 통화나 이메일, 문서작성, 프레젠테이션, 협상, 갈등 중재, 상담 및 조언, 동기부여, 글쓰기 등 모든 소통 방법을 다 내포하는 것이다. 그래서 현대적인 조직 문화에서 커뮤니케이션 능력은 Transferable skill 중에서도 가장 중요한 능력으로 꼽히며 프로젝트 관리(PM)에서도 성공의 필수 요소 중 담당자의 커뮤니케이션 능력을 최우선으로 꼽는다.

런던 비지니스 스쿨(London Business School)의 학장을 지냈던 앤드루 리키어먼(Andrew Likierman) 교수는 한 언론사와의 인터뷰를 통해 그가 20대에 고수했던 세 가지 버릇이 훗날 다양한 분야의 커리어에서 성공적인 역할을 해내는 데 큰 힘이 되었다고 밝혔다.

1) 영역을 넘나들며 여러 가지 학문에 관심을 두고 공부했던 것
2) 외국(다른) 문화에 관심을 갖고 자신을 많이 노출 시켰던 경험
3) 커뮤니케이션 스킬을 기른 것

그는 젊은 시절, 이 세 가지를 철저히 지켰던 것이 나중에 정부 기관, 기업, 대학 등 다양한 영역을 넘나들며 각각의 분야에서 청장, 사장, 학장 등 모두 최고의 위치에 오르며 커리어적으로 성공한 인생을 살 수 있었던 원동력이 되었다고 한다. 그리고 놀랍게도 그가 말하는 이 세 가지는 내가 이 책에서 말하고 있는 핵심 내용과 정확히 일치한다.

Learning Agility(학습 민첩성)가 더욱 중요해지는 이유

인간은 본능적으로 무리에서 낙오하는 것을 두려워하는 심리가

있다. 이를 이용해 학생들을 관료주의적 필요에 맞추고 미래
의 고용주들이 원하는 행동 양식에 맞추기 위해 가장 효율적인 도
구 중 하나가 시험이다. 즉 기존 교육 시스템의 방향이 생산성은 높
되, 자신들이 생산하는 가치보다 적은 돈을 받고 일하는 순응하는
노동자를 생산하는 것에 포커스가 맞춰져 있던 것이다. 학창 시절
배움이란 개념이 단순히 열심히 공부하고 성적으로 보상 받는 일
차원적 개념쯤으로 주입이 되어 막연한 거부감을 가질 수밖에 없
던 이유이다. 아마도 지나친 양의 공부와 경쟁, 시험의 압박이 없는
사회 시스템이었다면 무언가를 배운다는 것이 즐거운 일로 인식이
되었을 수도 있다. 심리학자이자 직업 상담사인 메기 에번스(Maggi
Evans) 박사는 배움에 있어 명민한 감이 있는 사람들 즉 Learning
Agility(학습 민첩성) 가 있는 사람들이 새로운 환경에 적응을 잘하
고 문제 해결 능력이 뛰어나다는 내용의 연구 결과를 발표했는데
Learning Agility란 암기를 잘하고 공부를 잘하는 능력을 말하는
것이 아니라 경험을 통해 성찰하고 배우는 자세, 그리고 그 배운 것
을 새로운 상황에 유연하게 적용 할 수 있는 능력 정도로 이해하면
쉬울 것이다. 복잡하고 다양한 리스크가 혼재하는 현대 사회에서
는 상황에 맞게 끊임없이 변화하는 것이 핵심적인 능력인 만큼 최
근 다양한 기업에서 이 학습 민첩성의 개념을 직원 교육에 적용하
고 있다. 이것이 뛰어난 사람은 주로 다음과 같은 특성을 보인다고
한다.

- 당신은 호기심이 많은가 / 질문을 하고 더 많이 이해하려 노력하는가
- 겉으로 드러나는 문제 해결 대신 문제의 근본을 해결하려 노력하는가
- 서로 다른 것들에게서 연관성을 찾아내는가
- 늘 스스로에 대한 피드백을 생각하는가
- 나 자신의 영향력에 대해 이해하는가
- 타인의 필요를 이해하는가
- 새로운 아이디어를 실행에 옮기는가
- 변화를 받아들이는가
- 상황이 바뀌면 플랜을 즉각 수정하는가
- 다른 사람들을 돕는가

직장 생활은 공부의 과정이다

사회 경험이 많이 없는 20대 혹은 30대 초반 청년들과 대화를 나눠보면 꽤 많은 친구들이 좋은 직장만 구하면 끝이라는 착각에 빠져 있는 경우가 있는데 이는 큰 오산이다. 신데렐라가 왕자를 만나 결혼에 골인한 것은 동화이지만 현실은 그 후 결혼 생활의 하루하루가 더 중요한 것처럼 취직도 직장을 잡은 이후부터가 진짜 시작이며 장기적으로 개인적인 성장을 해나가는 플랜을 잘 짜고 이행하는 과정들이 더 중요하다. 좀 더 거시적인 관점에서 보면 20대나 30대에 주어지는 직장은 단순히 돈 벌고 먹고 살라고 주어지는 것이 아니라 나에게 주어진 숙명적인 인생 공부의 환경이며 인격 수양의 터전이다. 어느 나라에서 근무하건 사람 사는 세상은 다 똑같아서 직장 생활은 많은 미묘한 갈등과 문제 해결의 과정이 끊임없이 되풀이되며 이런저런 인연을 맺고 부딪히며 모난 돌을 부드럽게 하는 과정의 연속일 수 밖에 없다. 결국 이러한 경험과 올바른 성찰의 과정을 되풀이하며 비로소 전체적으로 상황을 볼 줄 아는 지혜와 현실 파악 능력이 조금씩 생기는 것이다. 가령 '위기 대처능력'이라는 단어를 들었을 때 직장 생활 경험이 전혀 없는 25세 청년과 직장 생활 15년 차인 40세 부장님의 머릿속에 순간적으로 스쳐 지나가는 데이터의 양과 질에는 엄청난 차이가 있을 것이다. 나중에 리더 역할을 하려면 우선 실력을 쌓아가는 과정이 반드시 필요하므로 내공을 하나하나 쌓아 나간다는 명분을 가지고 나에게 주어진 자리를 대하는 것이 좋다. 세계적인 미래학자였던 엘빈 토플러(Alvin Toffler)는 뉴욕대학교를 졸업한 뒤 5년간 공장에서 용접공으로 일했다. 그는 그 후 노동 분야에서 칼럼을 쓰는 작가로 활동했고, 또 사회주의 혁명에 많은 실망을 한 뒤부터는 미래학자의 길을 걸었다. 그가 인류에게 남긴 유산은 시대의 큰 흐름을 이해하도록 한 것인데 그러한 안목을 가질 수 있었던 것은 결국 다양한 모습의 삶을 살아 봤기에 가능했던 것이다. 그가 노동자의 삶을 직접 살아보고 해당 분야를 대변해 칼럼을 쓰며 많은 사유를 했던 그 시간들이 없었다면 그만한 깊은 통찰을 가진 시대를 대변하는 미래학자가 하늘에서 별이 떨어지듯 한순간 탄생할 수 없었을 것이다.

레벨 업의 과정

물론 현실적으로 매일의 삶의 현장에서 보람과 성취감을 듬뿍 느끼며 사는 직장인은 극히 드물고 아무리 꿈에 그리던 직장을 들어 왔다고 해도 시간이 지나면 매너리즘에 빠지기 마련이다. 대기업은 대기업대로 중소기업은 중소기업대로, 어느 조직을 가나 그 구성원이 되어 시간을 오래 보내다 보면 단점들이 커 보이기 시작하고 눈은 높아지고 불만과 욕심은 커져간다. 하지만 직장 상사를 바꾸고 싶다던가, 남들보다 더 많은 연봉 인상을 받고 싶다던가, 더 빨리 승진하고 싶다는 등 내가 직접적으로 컨트롤 할 수 없는 생각들에 지나치게 매몰되면 직장 생활이 아주 괴로워질 수 있다. 대신 하루를 보내면서 내가 오늘 무엇을 배웠고 어떤 교훈을 얻었는지 등 컨트롤 할 수 있는 것에 집중을 하는 것이 좋은데 가령 업무 실수를 통한 배움, 사소한 깨달음, 좋은 멘토의 말 한마디, 프레젠테이션을 성공적으로 한 것에 대한 자부심과 뿌듯함, 또는 소소하게 엑셀의 유용한 기능 한 가지를 배운 것도 좋다. 내 자신감의 레벨이 한 단계 올라가는 데 도움이 되었다면 그 자체로도 큰 의미가 있다. 그 무엇이든 오늘 내가 뭘 배웠고 이것들이 차곡차곡 적금이 쌓이듯 쌓여 궁극적으로는 내 미래에 도움이 될 것이라는 믿음에 집중하는 자기 개발적 관점으로 세상을 대하면 팍팍한 직장 생활에서 좀 더 보람을 찾을 수 있다. 사회생활이 중요한 또 한 가지 이유는 자신의 단점을 보완하는 과정이라는 것이다. 가령 언젠가 벤처 창업을 하는 것이 목표인 사람이라 하더라도 사회생활 경험이 전혀 없는 상태에서 바로 뛰어든다는 것은 매우 리스크가 큰일이므로 대부분의 사람들에게 커리어 관리를 통한 단점 보완은 꼭 필요한 관문이다.

성장하는 과정이란 여우 같은 것이다.

인간의 성장을 은유하는 영어 중에 이런 표현이 있다. Progress is a foxy because it can come disguised as a set-back. (성장이란 것은 여우 같은 면이 있다. 그것은 마치 후퇴처럼 위장을 하고 찾아오기 때문이다) 고난의 시간을 겪는 것이 성공의 발판이 된다는 것은 으레 상투적인 표현이라 생각하지만, 실제가 그렇다. 나는 약 천 권 정도의 책을 읽고 그 외 다양한 자료를 통해 리더와 영웅의 삶, 그리고 세상을 유심히 관찰해보았다. 결국 언젠가 리더 역할을 하며 세상을 살게 될 인물들을 살펴보면 인생의 근간이 흔들릴 만큼의 시련과 고난의 시간을 겪은 적이 없는 사람을 찾아보기 힘들다. 그들 대부분은 그렇게 인생의 어느 시점에 바닥을 찍었던 경험들을 자신들이 더 단단해지고 더 높이 뛰어 올라갈 수 있도록 만들어준 소중한 경험이었다고 입을 모아 말한다. 즉 삶은 일직선으로 달리는 것이 아니라 끊임없는 업앤다운(up & down)의 사이클인 순환 운동이며 또 자신이 성장하고자 하는 만큼 그 정도 크기의 시련도 함께 딸려 온다는 것이다. 비유하자면 정규 교육 과정이 12년인데 성장의 과정을 거칠수록 그 난이도는 갈수록 어려워지는 것과 흡사하다. 당연히 초등학교 1학년 과정을 12년간 계속 되풀이 한다면 아주 쉽게 느껴지겠지만 거기서 성장을 기대하기는 힘들며 성장을 하기 위해서는 한단계 씩 더 힘든 과정을 택할 수 밖에 없다. 명리학적 관점에서 본다면 한 사람의 그릇(팔자)의 크기는 곧 길흉화복의 크기와 같은데 이는 표출되는 기운인 양이 커지려면 내재적 그릇인 음이 받쳐줘야 하는 원리이다. 이것이 인생의 무서운 양면성이다. 그래서 고통과 성장이 함께 오는 것이며 성장하고자 한다면 우리는 이 당연한 원리를 받아들이는 수밖에 없다. 그것을 감내하는 것이 싫다면 그것도 본인의 선택이니 눌러앉아도 상관없다. 하지만 또 한 가지 기억해야 할 것은 세상은 단 한순간도 멈추지 않고 계속 앞으로 나아가고 있으며 제자리에 있겠다는 선택은 곧 자각하지 못하는 사이 점점 뒤쳐지고 있다는 사실이다.

스물두 살 예비 리더의 통찰력

1956년, 당시 스물두 살의 청년이었던 이어령은 〈우상의 파괴〉라는 평론을 한국일보 전면에 발표하며 생각의 나태함에 빠지고 권위주의에 매몰된 문학계의 기득권과 또 무조건 그들을 추종하는 청년들을 싸잡아 비판했다. 당시 그가 쓴 글을 보면 무엇이 진짜이고 무엇이 가짜인지 구별하는 눈이 매우 예리하다는 것을 알 수 있고 실제로 그가 일으킨 반향 이후, 대한민국의 문학계는 유의미한 진보를 겪었다. 많은 사람들이 흔히 착각하는 것이 지혜와 통찰력이 삶의 연륜과 비례한다는 것인데 절대로 그렇지 않다는 것을 삶을 통해 증명한 대표적인 인물 중 한 분이 고 이어령 박사였다. (그래서 시대의 지성인이라 불린다) 조금 더 쉽고 가벼운 비유를 들자면 최근 SNS상에서 많은 화제를 모으고 있는 중국 무술 고수들의 민낯을 떠올리면 이해가 쉽다. 그들은 장풍이나 점혈법, 축지법 등을 쓴다며 많은 제자와 추종자를 거느리며 엄청난 부와 명예를 누리고 있지만 정작 아마추어 격투기 선수들과 시합하면 아무런 힘도 쓰지

못하고 수 초 만에 픽픽 쓰러지는 모습들이 만천하에 공개되고 있
다. 세상이 진보하여 모든 정보가 통합되고 공유되며 진짜와 가짜
가 드러나는 세상이 되니 지금은 대부분의 사람들이 웃어 넘기지
만, 대략 80년대나 90년대까지만 하더라도 그것이 진짜라 믿거나
적어도 긴가민가하는 사람들이 많았다. 가령 가짜 무술 고수들이
신격화되는, 즉 대다수의 사람이 의식적으로 깨어있지 않은 중국의
80년대를 무대로 설정해보자. 만약 복싱을 수련하는 한 청년이 그
들이 가짜라고 외치며 맹목적인 추종자들의 '생각 없음'을 비판한
다면 어떨까? 그 청년은 사회적으로 매장을 당할 것을 각오하고 그
러한 목소리를 내야 할 것이다. 바로 그러한 역할을 자처하여 당대
의 기라성같은 문단의 권위자들을 대상으로 돌직구를 던진 것이 청
년 이어령이었다. 쉬운 이해를 돕기 위해 재미난 비유를 들긴 했지
만, 어쨌든 그 맥락은 닿아있는 것인데 보통 세상이 진화하는 패턴
을 관찰해보면 숨겨진 모순을 캐치하고 가장 먼저 세상에 그 물음
을 던지는 선봉장 역할을 하는 사람들이 있다. 어떤 이에게는 예순
이 되어도 전체의 흐름이 안 보이는 것이 누군가에게는 스물두 살
에도 보이는 것인데 그것이 지혜이자 지력이며 통찰력이다.

직관력과 통찰력은 '겐또'가 아니다

직관력이나 통찰력을 단순한 '운빨'이나 '겐또' 정도로 평가절하

하는 사람들도 있지만, 인간의 무의식 세계에 대한 더 깊은 이해가 있다면 통찰력과 직관력에서 선견지명이 나온다는 것을 잘 이해 할 수 있다. 법륜 스님은 통찰을 '어느 순간 전말이 한눈에 보이는 것'이라고 표현 했는데 조금 더 풀어서 설명하자면 삶을 예리하게 관찰하면서 표면적인 인과 관계를 이해하는 차원에서 좀 더 고차원적인 인과 관계를 이해하는 차원으로 넘어갔을 때 생기는 지혜가 직관이고 통찰력이다. 가령 우리 모두는 개나리와 진달래가 돌아오는 봄에 다시 필 것이라는 자연의 이치를 이해하고 있다. 그다음 해에도 이러리라는 것을 예측한다면 분명히 맞을 확률이 아주 높다(세상의 종말이 오지 않는 이상). 즉 관찰을 하다 보니 패턴이 보이고 그러니 일정 수준 미래 예측이 가능해지는 것이다. 그렇다면 당연히 세상을 더 예리하게 관찰하는 사람들은 더 많은 패턴을 읽을 수 있다는 뜻이며 이는 당연히 미래를 예측하는데 있어서도 그들의 정확도가 더 높을 확률이 높아진다는 것이다. 즉 직관력과 통찰력은 사고와 통계의 영역이지 운빨이나 미신의 영역이 아니다.

직관과 통찰이 비지니스에 적용된 사례

소프트뱅크 손정의 회장이 알리바바의 마윈을 처음 만난 지 단 6분만에 2천만 달러(한화 약 240억 원)를 투자하겠다고 그 자리에서 결정한 것은 글로벌 IT업계 최대의 윈윈 사례로 꼽히는데 아마 손정의 회장은 당시 '전말이 한눈에 보였을 것'이다. 교육학자 톰 홉슨 (Tom Hobson)은 멘탈 모델의 변화를 강조하면서 일상생활 속에서 사람에 대해 연구를 하는 버릇을 가지는 것이 가장 중요하다고 했다. 아마 손정의 회장은 필시 그 연구의 생활 속 달인이었을 것이며 그가 마윈을 보고 내렸던 결정도 분명히 단순한 '겐또'가 아니라 엄밀히 말하면 Educated Guess(학습을 통해 얻어진 추측) 를 바탕으로 한 직관이고 통찰이다. 많은 CEO들이 중요한 결정을 내리는 데 있어서 자신의 추상적인 직감도 구체적인 데이터와 비슷한 무게를 실어서 참고하는 것으로 나타났는데 그들은 본능적으로 느껴지는 감이라는 것이 무의식이 답을 주는 방식일 수도 있다는 것을 이해하고 있는 것이다. "삼국지를 세 번 읽은 사람과 상대하지 마라"라는 유명한 표현도 단순히 그 책을 정말로 세 번 읽었는지의 여부가 아니라 지혜와 통찰력을 가진 사람의 무서움을 의미하는 표현이다. 부족한 나는 수많은 시행착오를 겪고 30대 후반이 되어서야 이러한 사실들을 알아차리고 이 글을 쓰고 있지만, 후배들이 좀 더 일찍 이런 원리를 깨닫게 된다면 큰 리더로 성장하는 데 많은 도움이 될 것이라 본다.

성공한 사람들을 따라 해도 안되는 이유

호주 출신의 작가 론다 번(Rhonda Byrne)의 〈더 시크릿〉이라는 책과 그 후속작들은 소위 '끌어당김의 법칙'이라는 개념을 전 세계적으로 유행시켰다. 우주에서 물질은 무한하고 우리의 가능성도 무한하다는 식의 사상은 서양의 뉴 에이지 영성에서 유행처럼 번진 사상인데 서구권에서는 이미 수십 년 전부터 이러한 내용이 담긴 책들이 베스트 셀러가 되는 경우가 많았다. 지난 수년간 국내에서도 명상이나 마음공부, 자기계발, 미라클 모닝 등의 키워드가 화두로 떠오르면서 이러한 것을 접하고 각자의 일상생활에 적용하는 2030 자기개발족도 급격히 증가했다. 하지만 사회적으로 성공한 누군가를 보며 우상화하고 그 사람이 하는 모든 방법과 노하우를 따라 하는 것이 나에게 맞는지는 별개의 문제이다. 본질적으로 우주의 성질은 최대한 다양한 모습을 구현하려는 것이기에 A 라는 방식으로 B 라는 결과를 얻은 사람을 보고 저렇게 똑같이 하면 나도 할 수 있겠다고 착각한다면 오산이라는 것이다. 선천적으로 공부가 잘 맞는 사람이 있고 아닌 사람이 있고, 운동이 잘 맞는 사람이 있고 아닌 사람도 있듯이 자기개발도 마찬가지다. 어떤 형태의 방식이 잘 맞는 사람이 있고 아닌 사람이 있다. 다양한 방법을 시도해보고 자신에게 맞는 것을 찾는 것이 중요하지, 특정 방식이나 유명한 인물을 신봉, 추종하거나 그 조언을 절대적으로 고수하는 경향을 띠는 것은 효과적일 수 없다. 오히려 본인에게 맞지 않는 방법을 무리하게 시도하다가 실패하면 나는 해도 안 된다는 자괴감에 빠져 자존감이 하락하는 역효과가 날 수도 있으니 주의해야 한다.

#1 새벽5시 기상(미라클 모닝)

미라클 모닝 열풍의 핵심 주제였던 '새벽5시 기상'도 단순히 정해진 시간을 철저히 지키면서 따라만 하면 나도 성공한다거나 내 목표를 이룰 수 있다는 것이 절대로 아니다. 그것이 맞는 사람이 있고 아닌 사람이 있을 것이고, 또 맞는다고 하더라도 일찍 일어나서 어떤 방식으로 그 시간을 보내는지가 더 중요한 것이다. 성공한 직장인의 대명사인 구글의 CEO 선다 피차이는 한 언론과의 인터뷰에서 매일 아침 7시에 기상한다고 했는데 그는 스스로 아침형 인간이 아니라고 밝혔다. 그 외에도 아침형 인간이 아니라 일찍 일어나는 것을 힘들어하는 사람 중에서도 수많은 리더들이 있는데 한마디로 미라클 모닝과 목표달성이 필요충분조건이 아니란 것이다. 5

시 기상을 실천해서 성공한 사람들이 일부 있다고 해서 누구에게나 일찍 일어나는 것이 더 좋다는 것으로 비약할 수는 없다. 중요한 것은 본인의 능률을 최대로 끌어올리는 각자의 방법을 찾는 것이고 누군가에게는 그것이 일찍 일어나기가 될 수는 있는 것이다.

#2 목표 100번 쓰기[필사]

자수성가로 1조 원대의 부를 이루었다고 잘 알려진 재미교포 사업가 김승호 회장의 책이나 강연을 보면 자기 목표를 100번 쓰기를 자주 강조한다. 그는 사실 자기 목표를 잊지 않고 끊임없이 상기하는 것이 본질인데 보통은 그게 잘 안되니 이런 '무식한' 방법을 써서라도 노력하는 것이라는 표현을 썼다. 이미 그 말속에 정답이 들어있다. 즉 김승호 회장이 직접 밝힌 대로 본질은 '목표를 잊지 않고 끊임없이 상기하는 것' 이며 '100번 쓰기'는 그저 본인에게 유용했던 하나의 방편에 불과한 것이다. 하지만 많은 사람들이 그에게 이런 질문을 한다고 한다.

1. 연필로 써야 하나요 볼펜으로 써야 하나요?
2. 100번 쓰기를 하는 도중에 종이를 바꿔도 되나요?
3. 쓰다가 중단했는데 이런 경우 처음부터 다시 해야 하나요?

이것은 다이어트 방법을 물어 러닝머신(treadmill)을 하루에 한 시간씩 매일 하라고 조언했더니 어떤 메이커의 러닝머신을 구매해야 하는지 묻는 것과 같다. 조언의 본뜻을 파악한 사람이라면 집 근처 학교 운동장을 한 시간 뛰어도 된다는 것을 알 수 있고, 빠른 효과를 보려면 두 시간을 해야 한다는 것도 알 수 있다. 그 외 얼마든지 다른 방법을 응용하거나 본인에게 최적화된 방법을 개발해 낼 수 있는 능력이 있다. 이것이 '생각하는 사람'과 '생각하지 않는 사람'의 차이이다.

#3 무한긍정

낙관주의가 인류 진화에 크게 기여를 한 것은 부정할 수 없는 사실이지만 이 또한 경계할 부분이 있다. 무한긍정이라는 것은 요즘 표현으로 '정신승리'와 그 결이 같은 것인데 이것은 적절한 수준에서는 도움이 되나 지나치게 되면 현실을 직시하기를 피하는 모습으로 드러나며 그 속을 파고 들어가 보면 사실상 변화를 거부하는 게으름이 자리 잡고 있다. 무조건 다 괜찮다거나 또는 잘 될 거라는 자기중심적 사고 보다는 현실 파악 능력이 함께 동반되어야지만 긍정의 힘이 발휘될 수 있는데, 가령 많은 조사에서 후진국에서 낙천적인 성향이 더 많이 나타나는 것을 보면 그 말의 의미를 간접적으로 파악할 수 있을 것이다. 새로운 사회 현상인 안티워크(Anti work),

즉 노동 거부 운동도 표면적으로는 굴레와 속박을 벗어던진다는 것이지만, 근원 심리는 불합리한 조직 문화와 아무리 일해도 부자가 될수 없다는 무력감이 모든 것을 놓아버리게 만드는 경우가 많다. 다시 말하면 지나친 욕심과 비교의식이 상대적 박탈감을 더 키우고 그 심리를 외면하려 애써 '정신승리'로 포장하는 건강하지 못한 형태의 긍정이라는 말이다. 진정한 발전이 목표라면 무조건적인 긍정을 하는 것이 아니라 최대한 객관적으로 현실을 직시하여 부정적인 상황의 원인을 분석하고 받아들일 건 받아들인 뒤 본인의 수준에 맞는 긍정을 하는 훈련이 필요하다.

#4 명상

명상의 긍정적인 효과는 이미 수많은 실험과 연구로 증명이 되어 그 효능 자체는 더 이상 논쟁거리가 아니다. 실리콘 밸리 기업들이 적극적으로 명상 프로그램을 도입했던 것도 이미 오래전부터이고 최근에는 더 많은 글로벌 기업들이 명상을 장려하는데 사실 이것 또한 시류를 타는 순간 부작용이 생긴다. 가령 수익을 증가시키기 위해 직원들의 생산성 향상에만 관심을 가지며 명상을 시키는 회사들이 생기는 등의 현상인데 명상 전문가 케네스 포크(Kenneth Folk)가 했던 "명상은 생산량 증가와 비례하지 않는다."라는 말이 이러한 경향에 경각심을 주고 있다. 결국 자기개발의 핵심은 유명한 사람들의 방법을 그대로 맹신하고 따라 하는 것이 아니라 그들의 경험과 지혜를 간접적으로 체험해서 이를 통해 내 방법을 찾아나가고 내 무의식의 세팅 값을 지속적으로 조정하는 데 있다. 가령 고3 수험생이라면 누구나 서울대에 들어가고 싶겠지만 이를 단순히 의식적으로만 원하는가 아니면 무의식적인 신념을 가지고 있는가에 따라 결정적인 차이가 나는 것인데 전자의 경우는 자기 의심이 포함되어 있어서 스스로가 거짓말을 하고 있다는 것을 무의식이 귀신같이 알아낸다. 하지만 후자의 경우는 진심으로 결과 기대를 하고 있다. 결국 나에게 맞는 목표가 되기 위해서는 목표와 자기 효능감, 무의식적 결과 기대 이 세 가지 요소가 밀접하게 상호 작용을 하며 함께 발전해야 하는데 이것이 일치하게 되면 일상생활 속에서 내 습관이 저절로 조정이 된다. 이 단계에 도달하면 내 무의식이 나에게 해당 목표를 이루기 위해 꼭 맞는 방법을 알아서 제시해 주고 행동은 자연스레 그 방법을 따라가는 선순환이 이루어지게 되는 것이다.

자기개발 비지니스는 사기인가

자기개발 또는 자기계발(*둘 다 표준어이다)의 영어식 표현은 Self-help 또는 Self-improvement 라는 표현을 주로 쓰는데 그 시장도 점점 커지고 있다. 미국의 경우 이미 5천 명 이상의 동기부여 전문 강사들이 활동하고 있고 국내의 시장 규모도 갈수록 커지는 추세이다. 물론 자기개발이란 영역은 사람들에게 분명히 도움이 되는 부분들이 있고 또 진정성을 가지고 활동하는 훌륭한 강사나 멘토, 코치들도 많은 것은 틀림없는 사실이지만, 문제는 일부 비즈니스 천재들이 이를 악용하고 있는 측면도 많다는 것이다. 무언가 채워지지 않는 인간의 갈망이나 이기심을 이용해 무한긍정이나 명상, 심상화, 끌어당김의 법칙 등을 만병통치약으로 둔갑 시켜 자신들의 프로그램에 참여하게 하려는데 혈안이 되어있는 단체도 아주 많다. 결국 인간의 게으름과 나약함을 이용해서 장사를 하는 것과 다름없다. 비물질이나 정신적인 영역이 물질세계와 밀접한 관련이 있다는 것에 대한 평균적인 이해도가 점점 높아진다는 것은 그만큼 대중들의 수준이 높아지고 있다는 뜻이기도 하지만, 한 가지 주의해야 할 점은 의식성장에는 큰 그림을 이해하는 능력이 동반되어야 하므로 지나치게 수단과 방편에만 집착하는 것 또한 경계해야 한다는 것이다. 자수성가형 리더들의 특징을 면밀히 분석해보면 본인만의 큰 그림을 그리면서 자신에게 맞는 방법을 찾거나 개발한다. 하지만 본질을 보지 못하는 사람들은 그들이 한 방법이나 방식을 무비판적으로 따라하거나 맹신하는데 집착하는 경향을 보인다.

자기개발의 '진짜' 핵심 #1 역량 강화

책 〈부자아빠 가난한 아빠〉의 저자이자 기업가인 로버트 키요사키는 많은 사람들이 그가 책을 쓰는 것을 좋아하는 줄 알지만 사실 그는 책을 쓰는 것을 정말 싫어한다고 직접 밝힌 바 있다. 부자가 되기 위해 또 부자가 되고 나서도 이 세상을 위해 본인이 의무로 해야 하는 과정임을 알기에 한다고 한다. 또 그는 회계(Accounting)를 정말 싫어하는 데 CEO가 될 자질로 회계는 필수라고 생각했기에 젊은 시절에 억지로나마 회계 공부를 따로 하는 습관을 들였었다고 한다. 자기개발의 핵심은 이렇게 싫어도 필요하다고 느끼는 것을 억지로, 꾸준히 하는 것이다. 한 가지만 더 예를 들어보자. 올림픽을 준비하는 운동선수가 금메달을 따는데 필요한 운동 시간이 하루 10시간이라고 가정한다면, 매일 9시간 30분 모든 것을 쏟아 운동을 하고 난 뒤 나머지 30분이라는 시간을 이미지 트레이닝을 하는 것은 좋은 시너지를 낼 수도 있다. 하지만 매일 5시간 운동을 하고 5시간 이미지 트레이닝을 하는 것은 그저 게으름을 피우는 것 그 이상 그 이하도 아니다. 이처럼 기초 파운데이션(노력)을 기피하면서 아무리 심상화, 이미지 트레이닝, 필사, 긍정확언 등의 방편에만 매달려봐야 소용이 없다는 것이다. 노자의 말 중에 무위이화(無爲而化)라는 말이 있다. 욕심으로 애써 뭔가를 고치려고 꾸밈에 치중하는 것이 아니라 그저 행동으로 자연스럽게 고쳐나가야 한다는 뜻이다. 실질적인 노력과 고통이 수반되지 않고 상상이나 명상, 심상화, 이미지 트레이닝, 끌어당김의 법칙 등에만 매달려봤자 어떠한 것도 완성되지 않는다.

자기개발의 '진짜' 핵심 #2 자기성찰

내가 회사에서 팀장 역할을 맡고 있을 때의 일이다. 하루는 젊은 호주인 직원 중 한 명과 대화를 나누는 중 그가 이런 말을 한 적이 있다. 전화가 와서 본인 핸드폰에 내 이름이 뜨면 자기도 모르게 자동적으로 긴장이 된다는 것이었다. 곰곰이 생각을 해보니 과거에 나도 직장 상사의 전화를 받을 때 비슷한 기분을 느껴 본 적은 있는데 이제는 반대로 내가 누군가에게 이런 기분을 주는 사람이 되었다는 사실에 좀 마음이 복잡해졌다. 그도 그럴 것이 주로 내가 팀원들에게 전화를 할 때는 뭔가 일이 생겼거나 뭔가를 해야 할 것을 추가적으로 부탁 또는 지시할 때 등이 대부분이다 보니 전화에 내 이름만 뜨면 기계적으로 받기 싫은 마음이 생겼을 것이다. 이 일이 있고 난 후 나는 내 리더십 스타일을 어떻게 바꿔야 할지 고민하기 시작했다. 누구나 '나'라는 기준에서만 본다면 나는 언제나 옳은 사람이기에 나를 객관적으로 돌아볼 수 있는 성찰이 중요하다. 수많은 연구에서 유능한 리더가 되기 위해 가장 중요한 자질 중 하나가 바로 자기성찰능력(self-awareness) 라는 것이 입증되었는데 문제는 약 95% 의 사람들이 스스로 자기성찰 능력이 있다고 생각하는 반면 실제로는 약 10~15% 정도만이 이 능력이 있는 것으로 조사 되었다는 부분이다. 흔히 자신을 착하고 바른 사람이라고 생각하는 사람들 또한 그 근원을 따져보면 아주 강한 고집의 틀(무조건 착해야만 한다는 것도 고집이다)에 갇혀있는 경우가 많다는 의미이다. 그래서 깊은 성찰이 필요하다. 성찰이 제대로 이루어진다는 것은 나의 근원이 통째로 흔들리는 느낌을 받고 그것을 인정하고 나아가 수정하려는 노력의 과정을 겪는 것이다.

자기개발의 '진짜' 핵심 #3 변화에 대한 적응

인류 역사를 되돌아보면 수많은 나라가 탄생하고 소멸하는 과정을 반복해왔다. 한 가지 아주 간단하지만 확실한 것은 역사는 단순히 착하고 순진한 것보다는 변화하고 진화하는 스마트함이 정답이라는 것을 끊임없이 가르쳐주었다. 신이 어느 편에 서 있는지는 너무나도 자명하다. 변화를 싫어하고 새로운 트렌드를 이해 못 하는 기질은 10대나 20대에는 그 차이가 크게 표가 나지 않는다. Peer pressure(또래압력)가 큰 때이고 비교적 획일화 된 교육을 받는 시기이기 때문이다. 하지만 핸드폰과 인터넷을 잘 다루는 60대분들 있는가 하면 아예 못 다루는 분들이 있는 것을 보면 알 수 있듯, 시간이 지남에 따라 그 차이가 뚜렷하게 드러난다. 조금씩 다가오는 변화를 인정하지 않고 적응하려는 노력을 하지 않아서 세월이 지나보니 아무것도 못하는 상태가 되어버린 것이고 너무 늦어서 뭐부터 해야 될지 모르는 상황이니 그냥 손도 못 대는 악순환의 고리가 되어 버린다. 세상이 변화하는 속도는 더 빨라지고 있기 때문에 나와 상관없는 울타리 밖의 일에 관심이 없는 사람들은 도태를 더 빨리 경험하게 될 확률이 높다.

기술과 인문학의 융합이 애플의 DNA

한가지 고백하자면 내가 20대 초중반일 때만 하더라도 인문학을 다소 내려다보는 경향이 있었다. 전공이 공학이었고 또 사안의 표면적인 부분만 이해하는 수준이었으니 세상을 바꾸고 실제로 발전시키는 것은 과학과 엔지니어링이며, 철학을 포함한 인문학은 비교적 쓸데없는 것이라고 착각을 했던 시절이었다. 인문학이라는 단어에 관심을 가지게 된 것은 30대 초 중반쯤 되어서 과학적 창조와 인문학적 사색이 아주 밀접한 관련이 있다는 것을 서서히 깨닫기 시작할 무렵이다. 기술과 인문학의 융합이 애플의 DNA라고 강조하던 스티브 잡스의 살아생전 동양 철학에 대한 사랑은 유명하고, 좀 더 거슬러 올라가 보면 아인슈타인, 닐스 보어 같은 뛰어난 물리학자들도 동양 철학에 깊은 관심을 가졌던 것으로 잘 알려져 있다. 이처럼 얼핏 보면 동떨어져 보이는 인문학과 과학기술도 사실은 서로를 토대 삼아 발전해왔다. 한가지 예를 들어보자. 창의력과 메타인지가 매우 높은 연관성이 있다는 것이 최근에는 한국에도 잘 알려진 사실이지만, 이러한 이론이 미국에서는 이미 1960년대부터 심리학계의 주목을 받기 시작했고 관련 연구가 활발하게 진행되었다. 이러한 깊은 인간에 대한 연구들이 쌓이고 쌓여 온 결과가 알게 모르게 교육의 방향에 영향을 미치고, 나아가 기술 진보의 정점에 있는 현재의 실리콘 밸리를 있게 한 것과 무관하지 않다는 것이다. 즉 하나로 연결된 큰 흐름이다. 현대 사회에서 그 연결고리는 더욱 두드러진다. 가령 무인 자동차 시스템의 알고리즘을 짜는 엔지니어는 보행자 보호 우선과 운전자 보호 우선 등의 철학적 딜레마에 직접적으로 직면하게 된다. 수많은 미래학자들이나 지식인들이 모든 것이 만나는 통합과 융합의 시대를 지향하고 있는것도 본질을 따져보면 모든 것은 유기적으로 연결되어 있어 우열을 가릴 의미가 없다는 것을 잘 알기 때문이다.

기업이 원하는 인재

이러한 융합과 조화의 진리는 실제로 산업 현장에서 필요한 인재의 특성에도 그대로 적용이 된다. 글로벌 컨설팅 기업 PwC의 조사에 의하면 글로벌 기업의 CEO 78%가 회사에 필요한 가장 중요한 능력으로 아래 세 가지를 꼽았다.

- AI & UX design (인공지능 및 UX디자인)

- People management (사람 관리)
- Analytical reasoning (분석적 사고)

대강만 일차원적으로 해석해보자면 첫 번째는 이공계적 사고, 두 번째는 인문학적 사고가 더 많이 필요한 영역일 것이며 세 번째는 둘 다 포함된다고 할 수 있겠다. 바야흐로 인공지능의 시대인 것은 누구나 아는 사실이고 모두가 컴퓨터와 로봇, AI,코딩 등을 강조하는 세상이지만, 사실 이럴 수록 더 인문학이나 예술 등의 영역에 관심을 기울이며 인간만이 할 수 있는 사고의 능력을 키우고 전체적인 균형(equilibrium)을 맞추려는 노력이 있어야 한다. 이렇게 모든 것이 유기적인 것을 이해했다면 왜 더 높은 수준의 생각과 마인드가 중요한지 답이 나온다. 유독 고대 그리스 문명이 서양 문명의 뿌리이자 스승으로 평가받는 것은 당시 기준으로 가장 높은 정신 수준과 교양을 가졌던 문화이기 때문이다.

BTS의 철학, 〈Map of the Soul: Persona〉

서강대 최진석 명예교수는 다양한 강연 및 방송 활동을 해오셨고 이제는 대중들에게도 꽤 익숙한 분이다. 그가 한 강연 중에 내 눈길을 사로잡았던 부분이 있는데 바로 국가의 성장 단계별 핵심 기능을 하는 학문의 영역이다.

- 국가의 초기단계 – 법학, 정치학 등이 중심기능
- 국가의 성장단계 – 신문 방송학, 공학, 경영학 등이 중심기능
- 선진국 단계 – 철학, 형이상학, 심리학 등이 중심기능

이 이론을 약간 재해석하여 내 방식으로 국가의 성장 단계와 선호 직종의 트렌드 변화를 분석해보면 아래와 같이 요약해볼 수 있다.

- 국가의 초기단계 – 목표: 국가 엘리트 양성 (먹고 살기)
- 국가 성장단계 – 목표: 산업 전문 인재 양성 (사회적 인정)
- 국가의 위기와 정체단계 – 목표: 전문성을 갖춘 인재 양성 (안정성)
- 선도국가 단계 – 목표: 높은 정신 수준의 엘리트 양성 (자아실현)

현재 물질문명이 극에 달한 수준에 도달했고 이것이 파국으로 치닫지 않기 위해서는 결국 자연의 사이클상 다시 정신문명이 강조되는 사회로 재진입해야만 그 균형이 유지될 수 있다는 것이다. 그뿐만 아니라 철학이 결국 삶이고 존재에 관한 모든 것이며 세상을 보는 인식이므로 국가의 수준이 높아질 수록 이 기능이 강화된다는 뜻도 있다. 즉 경영, 예술, 공학, 수학, 음악, 미술, 체육, 연기, 영화, 연극, 요리, 패션 등등 어떤 분야이건 '극'으로 가면 결국 다 철학이다. 가령 BTS의 미니앨범 〈Map of the Soul: Persona〉이 스위스

의 심리학자 칼 융(Carl G. Jung)의 이론에서 영감을 받아 기획되었고 그뿐만 아니라 앨범 〈Wings〉에 담긴 '피 땀 눈물'도 헤르만 헤세의 〈데미안〉을 모티브로 창작이 되었다. 우리가 흔히 듣는 대중가요의 성공 뒤에도 깊은 인문학적인 성찰과 사고가 바탕이 되어 창작이 되는 것이다. 지금 우리가 상식적으로 당연하게 생각하는 자유와 평등, 법치, 민주주의, 선거권, 등 현대 사회에서 통용되는 가치 관념들도 모든 것들이 원래부터 당연했던 것이 아니라 수많은 사상가들의 치열한 사유의 결과물들이 쌓이고 쌓여온 결과이다. 진정한 선도국가의 리더, 글로벌 리더가 되기 위해서는 기술과 지식, 기능적인 측면도 중요하지만, 먼저 이러한 큰 그림을 이해하고 앞선 비전을 가지는 혜안과 편협한 사고방식을 탈피하는 큰 그릇의 마인드가 선행되어야 한다.

2부

글로벌 리더의 성장
(WHERE)

3장

포스트 코로나, 다시 글로벌 무대로 (도전)

비행기에서 만난 신사, 그의 초능력

인도네시아 자카르타에 1주일 정도 출장을 갔다가 시드니로 돌아오는 중이었다. 비행기를 타고 배정된 창가 쪽 자리에 앉은 뒤 얼마 지나지 않아 대략 50대 중 후반쯤 보이는 조금 허름해 보이는 정장을 차려입은 인도계 신사분이 내 옆자리에 앉았다. 비행기가 활주로를 향해 서서히 가다 어느 순간 멈춰서고 엔진의 RPM이 급격히 올라가는 그 특유의 고음의 소리를 듣고는 으레 그랬듯 '이제 곧 뜨겠구나' 할 때쯤 갑자기 옆자리에 앉은 그 남성이 "Uh, delay…(아, 딜레이)" 라는 조그만 탄식을 내 뱉었다. 나는 무슨 소린가 의아한 표정을 지으며 곁눈질로 그를 한번 쓱 쳐다봤는데 아니나 다를까 몇 초 후에 비행기 엔진 소리가 점점 작아지더니 서서히 꺼지는 것이었다. 그리고 이내 기내 방송이 흘러나왔다. 대충 엔진 쪽에 결함이 있는 것 같아 항공기 엔지니어들이 점검을 해야 할 것 같으니 조금만 기다려 달라는 양해를 구하는 방송이었다. 결국 비행기는 약 한 시간 반 정도 딜레이가 되었고 당연히 궁금해진 나는 그에게 물었다. "How did you know that(그걸 어떻게 알았어요)?" 그는 살짝 미소를 지으며 자신의 직업이 항공기 엔지니어(Aircraft Engineer)이고 경력이 30년이 다 되어 간다며 보통 사람들은 감지를 못하겠지만 엔진에서 나오는 아주 미세한 비정상적인(abnormality) 소리도 다 들린다고 답했다. 나는 대략 인정한다는 표정으로 살짝 답을 한 뒤 두세 번 정도 고개를 끄덕이는데 인간의 초능력이 따로 있나 싶은 생각이 들었다. 각자의 영역에서 남들이 가지지 못한 어떤 능력을 갖춘 것이 초능력이 아니면 뭘까. 문득 많은 곳을 여행하며 다채로운 경험을 할 수 있다는 사실에도 감사했다. 현재 세상은 급변하고 있고 수많은 이론과 정보, 예측들이 난무하지만 어쩌면 이럴수록 기본으로 돌아가는 것이 더 중요할지도 모른다. 여기서 말하는 기본이란 자신의 영역에서 최선을 다하는 것에 더해 폭넓은 경험과 사유하는 습관 그리고 이를 통한 일상 속의 소소한 깨달음이다. 결국 그것들이 모여 개인의 가장 소중한 내적 자산이 된다.

최소 5년은 해외에서 직장 생활을 해보길 권하는 이유

90년대 중 후반쯤 '가장 한국적인 것이 가장 세계적인 것이다'라는 표현이 유행했던 적이 있다. 하지만 이 말이 성립되려면 사극이나 판소리, 사물놀이가 전 세계를 휩쓸었어야 했다. 오히려 K-POP, K-DRAMA 등 정작 세계를 놀라게 하며 이목을 집중시켰던 한국

문화는 한국적 요소와 외국의 문화가 잘 섞이고 융합이 잘 된 콘텐츠였기에 가능했다. 좀 더 따지고 들자면 그 표현 자체도 독일의 대문호 괴테의 '가장 민족적인 것이 가장 세계적인 것이다'라는 명언에서 유래한 것이라고 알려져 있는데, 정작 괴테는 어느 한 민족의 문화가 특별하거나 우월하다는 민족주의를 이야기하고자 한 것이 아니라 세계 각국의 다양한 민족 각각의 다채로운 문화의 중요성을 이야기하고자 한 것이다. 내가 유럽에 본사를 둔 글로벌 기업의 호주 법인에서 근무를 할 때 사무실 내 동료들의 출신 국가 국적을 하나하나 따져보면 대략 30개국 정도의 국적을 가지고 있었다. 한번은 호주인 동료 한 명이 회의실에서 "마치 UN에 와 있는 것 같다."라는 농담을 한 적도 있었을 만큼 다양성이 일상이며 또 존중되는 문화가 생활 속에 자연스레 녹아있는 조직이었다. 물론 삶의 경험을 축적하는 방식은 다양하기 때문에 해외 경험이 시야를 넓히는 단 한가지의 방법은 아니지만, 적어도 확실한 것은 다양한 삶의 형태를 경험하고, 다름을 배워나가고, 가끔은 충돌하며 또 타협해나가는 그 조율의 과정을 자연스럽게 체득 할 수 있다는 것은 큰 지혜를 얻을 수 있는 매우 좋은 환경임에 틀림없다. 한국에서만 통용되는 특정 관습이나 가치관이 통하지 않는다는 것을 깨달아가면서 알게 모르게 사고방식을 점검하고 고치는 과정을 겪기 때문이다. 그래서 나는 가장 왕성한 활동을 하고 사회를 배우는 시기인 20대와 30대에는 최소 5년 이상 외국에서 커리어 빌딩을 해보기를 추천한다. 그러한 경험은 향후 개인의 국제 무대 차원의 커리어 성장뿐 아니라 다문화 사회에서 균형잡힌 리더가 되기 위한 소중한 자산이 될 것이다.

역마살, 전 세계 곳곳에 추억이 묻어 있다는 것

과거에 '도화살'이라고 하면 기생이나 극단을 하게 되는 꾸밈이나 화려함을 의미하여 부정적인 의미가 강했다. 하지만 자기 PR과 1인 미디어 등 나만의 스토리를 만들어 이목을 끌어내는 것이 무엇보다 중요한 가치가 된 현대 사회에 들어와서는 소위 '연예인 살'이라고 하여 장점의 성향으로 탈바꿈했다. '역마살'도 비슷한 맥락에 놓고 볼 수 있다. 과거 농경사회에서 역마살은 고향을 떠나 떠돌며 한곳에 정착을 못하는 부정적인 '흉'의 개념이었지만 현대 사회에서는 그렇지 않다. 이리저리 돌아다닌다는 것은 오히려 역동적인 기운을 내포하는데 즉 세계가 복잡다단하게 연결되어 행동력과 실행력이 무엇보다 중요한 현대 사회에서는 이런 강한 동적인 기운이 오히려 유리한 시대이다. 일각에서는 해외 진출을 너무 장려하면 국내의 우수 자원이 빠져나간다는 일차원적인 관점으로 바라보지만 좀더 크고 유기적인 흐름을 이해한다면 우리 민족의 생존 영역이 넓어지는 것이다. 가령 본인들의 국가가 자타공인 일류국가이지만 여전히 세계 최고 수준의 해외 진출 및 이주를 하고 있는 독일인들의 기질을 보면 알 수 있다. 전통적인 다른 선진국인 미국이나 일본이 과거의 영광에 비해서는 다소 주춤하는 와중에도 독일은 여전히 변함없는 위상을 지키고 있는 근본적인 힘이다. 유대인들의 상업적 센스나 우수한 창의력의 배경도 마찬가지이다. 한국의 언론이나 대부분의 지식인들은 마치 공식처럼 유대인의 뛰어난 성취를 그들의 토론식 문화와 연관 짓지만, 사실 좀 더 근원적으로 그 역사적 배경을 살펴보면 이리저리 옮겨 다니며 살 수밖에 없었던 삶과 맞닿아 있다. 어디에 정착해도 먹고 살아야 하는 법을 터득하고 개발했던 그 잡초의 기질이 근현대 사회의 역동성에 부합하는 유전자를 탄생시킨 것이다. 우리가 사는 세계의 크기는 우리의 생각의 크기와 비례하기에 더 넓은 세상을 향해 도전하고, 나아가 더 큰 세상을 흡수하고 이해한다는 것은 그만큼 스스로에게 더 다양한 기회를 주는 것과 같다. 무엇보다 이러한 장단점을 구태여 논하지 않더라도, 전 세계 많은 도시 구석구석에 내 추억이 묻어 있는 다양한 이벤트가 있는 삶은 그 자체만으로도 충분히 의미가 있다.

해외 취업의 현실적인 장점

물론 나라나 회사마다 차이가 크다 보니 모든 조직이 이렇다고 말 하기는 힘들지만 흔히 일반적인 장점으로 꼽히는 것은 비교적 효율적인 문화이다.

#1 업무시간: 2020년 OECD의 국가별 근무시간 통계에 따르면 독일의 근로자와 한국의 근로자간 연평균 근무시간은 576시간 차이가 난다. 이를 8시간으로 나누어 보면 한국의 근로자가 연간 약 72일을 더 일하거나 주말을 제외하면 대략 석 달 이상을 더 일한다는 계산이 나온다. 호주의 경우도 주 40시간 근무를 세계 최초로 실시했던 나라답게 노동법이 매우 엄격한데 현재 대부분의 호주 기업에서는 주 36시간~38시간 근무가 가장 일반적이다. 업계에 따라서 차이는 있지만 대부분의 오피스에서 8시 출근 오후 4시 칼퇴근은 당연시 여겨지고 누구나 그렇게 하는 문화이기에 부담을 느낄 필요가 전혀 없다.

#2 업무 효율성: 불필요한 보고서 작성에 시간 낭비가 너무 많다는 것은 한국의 직장인들이 아주 많이 하는 불평 중 하나인데 서구권 기업에서는 찾아보기 힘든 문화이다. 물론 외국의 기업에서도 보고 체계는 다 갖추어져 있지만, 상사와 부하 직원이 지속적인 커뮤니케이션을 통해 업무 진행을 함께 조율하고 맞춰 나가는 방식으로 일을 처리하는 경우가 일반적이며 형식이나 틀에 맞추기 위해 지나친 시간을 쓰거나 비효율적으로 기획안이나 보고서를 작성하고 검토하는 문화는 찾아보기 힘들다. 실제로 시장조사기관 원폴(OnePoll)의 조사에도 한국의 사무직 근로자들은 부수적인 관리 업무 일평균 소요 시간이 영국, 호주, 일본 등의 국가보다 더 많은 것

으로 나타났다.

　반대로 단점이라면 소위 대나무 천장(Bamboo ceiling)이라는 게 대표적이다. 이 용어는 미국과 유럽 등 서양 문화권에서 아시아계 직원들의 고위직 상승을 막는 눈에 보이지 않는 장벽(Invisible barrier)을 의미한다. 여성이 고위직으로 올라가는 것을 구조적으로 견제하는 유리 천장(Glass ceiling)에서 파생 된 말인데, 한국계 미국인이자 조직 문화 전문가인 제인 현(Jane Hyun)이 그녀의 책 〈Breaking the Bamboo Ceiling〉에서 처음 쓰기 시작한 용어이며 그 후 많은 매체에 인용이 되고 후속 연구도 촉발되었다. 미국의 경우 아시안 계 인구 비율이 약 5.4%인데 반해 이들 중 소위 대기업에 취직하는 비율은 약 0.3% 정도로 알려져 있으니(under-representation) 실제로 아시아계 미국인들에게 주어지는 기회가 적을 뿐 아니라 설사 취업을 하더라도 리더십이 부족하다는 프레임에 갇혀서 매니져/관리자급 이상으로 올라가기 힘들어하는 경우가 많다. 호주의 경우도 크게 다르지 않다. 호주 다문화원(Diversity Council Australia)의 리더십 연구에 따르면 82%의 아시아계 호주인들이 직장 내 리더 역할로 진입하는데 일괄적 편견(Blanket cultural bias)이 장벽이 된다고 답했다. 물론 일정 수준의 불평등은 조금 냉정하게 생각을 해보면 당연한 일일 수도 있는 부분이기도 하다. 가령 필리핀 출신의 구직자가 한국이나 일본으로 와서 취직이나 승진이 얼마가 용이 할까 상상해 본다면 어느 나라에나 있는 것으로 생각할 수도 있지만, 이런 현실

적인 부분을 감안 하더라도 드러난 구조적인 불합리함을 바꾸려는
노력은 모든 나라에서 지속적으로 이루어져야 할 것이다. 글로벌 회
계법인이자 컨설팅 기업인 Deloitte의 조사에 의하면 69%의 직원
들이 임원진 구성이 다양성을 고려하여 이루어져 있을 때 더 동기
부여가 된다고 답했다. 전 세계적으로 조직 내 다양성(Diversity)은
아주 중요한 가치로 인정받고 있으며 지금도 이에 관한 다양한 연
구들이 진행되고 있다.

유전자 변형: 주변 환경이 중요한 이유

2019년 미국 일리노이주 소재의 노스웨스턴대(North-western) 연구팀은 인간의 사회경제적 지위(socioeconomic status)가 인간의 유전자를 변형시킨다는 증거를 발견했다. 연구진의 말에 의하면 가난(poverty)이 유전자 정보 변형에 약 10%정도 까지도 영향을 미칠 수 있다고 하는데, 즉 가난한 사람들과 부자들은 각각 삶을 살아가면서 다른 사고방식을 가지고 살아가는 것뿐만 아니라 유전자 또한 가난한 유전자와 부자 유전자로 점점 변형되어가고 있다는 것이다. 결국 인간의 의식 체계와 주변 환경, 그리고 유전자는 서로 밀접한 영향을 끊임없이 주고받고 있다는 것이며 결국은 마인드를 어떻게 가지느냐가 실패와 성공을 가르는 데 큰 역할을 한다는 증거이다. 예를 들면 최근 많은 사람들이 너도 나도 유튜브를 하고 싶다고 생각하지만, 막상 행동으로 옮기기 힘든 가장 큰 이유는 스스로 기존의 유튜버들처럼 달변가가 아니라고 생각해서 자신감이 없거나 혹은 너무 바빠서 시간이 없거나 마땅한 콘텐츠가 없는 등의 이유가 대표적일 것이다. 하지만 딱 한 가지 조건만 조정해도 행동력과 추진력은 현격히 달라진다. 가령 친한 친구가 3명이 있는데 그 3명이 모두다 유튜버라고 가정한다면 자연스레 유튜브를 시작할 확률이 매우 높아지는 것이다. 교류하는 사람들이 달라지면 무의식적으로 대상을 바라보는 시각이 바뀌고 자연스레 귀 기울이는 정보의 종류가 달라지기 때문이다. 이처럼 자신이 의식하는 정보가 유독 눈에 잘 들어오고 그것이 자연스레 목표로 연결되는 현상을 심리학에서는 컬러배스(color bath)효과라고 하는데 끊임없이 주변에서 받는 자극이 스스로의 한계 범위의 세팅 값을 조절하고 이러한 변화과정을 거치면서 행동이 달라지며 심지어 우리 유전자의 구조도 점점 바뀌고 있는 셈이다.

만나는 사람의 수준

시드니에서 근무를 하다가 서호주(Western Australia) 지역에 위치한 퍼스(Perth) 지사로 발령이 나서 약 1년 반 남짓 근무를 했던 적이 있다. 보통 매일 아침 출근길에 운전을 하며 라디오로 로컬 뉴스를 듣곤 했는데 그 중 기억에 남는 한 인터뷰가 있다. 서호주를 대표하는 명문 대학을 수석으로 졸업한 한 여학생이 라디오 방송에 나와 인터뷰를 하고 있었다. 그녀는 이미 호주 최고의 기업들과 세계적인 메이저 석유 회사(Oil & Gas Companies) 들로부터 높은 연봉을 제시받고 잡 오퍼를 받은 상황이었지만, 이를 다 거절한 상황이었다. 그 이유는 워싱턴 미 국회의사당에서 '무급 인턴'을 하기 위해 미국으로 갈 결정을 했기 때문인데 그래서 화제가 된 것이었다. 사회자가 왜 이런 결정을 내렸는지 이유를 묻자 그녀는 똑 부러지는 목소리로 "만날 수 있는 사람이 달라지니까요!" 라고 답했는데 너무나 신선한 답변이어서 수년이 지난 아직도 생생히 기억이 난다. 자기 개발에 조금만 관심이 있는 사람이라면 만나는 사람(주변인)의 수준을 높여야 내 수준이 올라간다는 말에 익숙 할 것이다. 그런 의미에서 20대 초반인 이 여학생의 답변은 단순히 공부 머리만 똑똑한 것이 아니라 사회적 지능이 높아서 장기적인 안목으로 세상을 바라보고 큰 흐름을 이해할 줄 안다는 것이 여실히 보여지는 대목이다. 그리고 하나를 보면 열을 안다고 이 학생의 부모가 얼마나 현명한 방식으로 자녀를 교육했는지도 간접적으로 드러난다. 물론 앞서 언급을 했듯 단순히 외국에서 산다고 시야가 넓어지는 것은 절대 아니지만, 분명한 것은 내가 넓은 시야를 가지려고 스스로 마음먹고 세상을 바라보는 사람이라면 다채로운 경험과 인간관계는 분명히 성장에 큰 도움이 될 것이다.

마인드 차이 - 런던/뉴욕의 학생

OECD 파견 외교관이었던 김효은 씨가 쓴 〈청춘, 국제기구에 거침없이 도전하라〉라는 책에 이런 내용이 나온다. 국제기구에 들어가려는 꿈을 가진 소위 공부 좀 한다는 중학생들을 만나보면 하나같이 외국어 고등학교에 가서 대학에서 정치외교학을 전공한 뒤 국제기구에 갈 것이라고 말한다는 것이다. 한국의 학생들이 얼마나 하나의 틀에 갇힌 사고를 하는지를 꼬집는 대목이다. 이것을 반대의 관점에서 본다면 아주 똑똑한 학생들이 아니면 국제기구에 간다는 것을 꿈도 꾸지 못하는 분위기라는 의미도 될 것이다. 간단한 상황을 하나 설정해보자. 한국의 지방 중소 도시에 사는 A 라는 학생과 영국 런던에 사는 B 라는 학생, 미국 뉴욕에 사는 C 라는 학생이 있고 셋 다 졸업을 앞둔 고등학생이며 성적도 약 상위 20 % 정도 수준으로 비슷하다고 가정한다. 이들에게 장래에 UN 기구에 들어가서 근무를 한다는 것은 어떠한 의미로 다가올까. 일반적으로 A의 경우에는 대략 상상도 못 할 일쯤으로(*상위 20%밖에 안 되는데) 여길 확률이 높을 것이고, B나 C의 경우에는 내가 하고 싶다면 조금만 노력하면 충분히 할 수 있다고(*상위 20%씩이나 되니까) 생각할 확률이 높다. 단순히 통계적 수치를 바탕으로 아이큐의 관점에서만 바라본다면 오히려 한국의 A학생이 아이큐는 더 높게 나올 것인데도 이는 큰 의미가 없을 것이다. 만약 B나 C학생의 부모님 중 한 분이 실제로 UN 기구에서 근무한다면 차이는 더 두드러져 그들은 훨씬 더 구체적인 생각을 가지고 그 꿈을 가깝게 느끼며 성장할 것이다. 결국, 이 구체화 된 생각은 나중에 실제로 이루어질 확률이 급격히 높아지는데 이것이 바로 생각의 크기와 세계관의 중요성이다. 내가 가능하다고 믿고 당연시하며 자라는 것과 그렇지 않은 것의 차이가 만들어 내는 결과는 크게 달라지는 데 그 이유는 배경 맥락적 요인이다. 즉 개인이 속한 환경에서 자연스레 얻게 되는 마인드가 자기 효능감과 결과 기대에 지대한 영향을 미치며 이는 진로 선택을 도울 수도 있고 반대로 방해 하기도 하는 매우 중요한 요인이라는 것이다. 안타깝게도 나에게는 그 누구도 이런 이야기를 구체적으로 해주지 않았지만, 이 책을 읽는 독자들은 그만큼 예비 리더의 길을 걸어 나가면서 시행착오를 최소화할 수 있을 것이라 믿는다.

호주에 취직하려는데 싱가포르로 간 이유

20대 중반에 내가 해외 취업을 하려고 준비를 할 때 목표로 했던 2개의 국가가 영국과 호주였다. 나는 어떻게 하면 영국이나 호주에서 해외 취업을 할 수 있을까 끊임없는 고민을 하던 끝에 싱가포르 행을 택했다. 그 결정을 내렸을 때 주변 사람들은 아무도 이 생각을 이해를 못 하는 눈치였다. 단순히 "아니 왜 호주에서 취직하려는데 싱가포르를 가, 호주로 가야지?"라는 반응이 대부분이었고 설명을 해도 그 의미를 완벽히 이해를 하는 사람은 없었다. 당시에 내가 그런 선택을 했던 배경은 선박 공학을 전공한 내 기준에서는 정식으로 등록이 된 선박 회사만 5,000개가 넘고 다양한 국제 해양 엑스포가 매년 열리는 싱가포르가 일종의 Launch pad / Stop gap (징검다리) 형태의 커리어를 쌓기 최적의 장소로 눈에 들어왔기 때문이다. 싱가포르에서 한국인이 없는 외국계 회사에 들어간다면 영어만 쓰면서 오피스 생활을 할 수 있음으로 어느 정도 근무를 하다 보면 추후에 영국이나 호주로 가서 구직 활동을 하기에 더 유리하지 않을까 하는 계산이었다. 결과적으로 이 전략은 맞아떨어졌다. 당시에는 징검다리 커리어라는 개념이 있다는 것을 몰랐지만, 그냥 머릿속에 하나의 그림이 그려졌기에 직관을 따라 그러한 행동을 했을 뿐이다. 아마 내가 당시 싱가포르를 징검다리로 이용하려는 생각을 못 하고 그냥 다이렉트로 호주행을 택했다면 아이러니하게도 오히려 처음에 제대로 된 오피스 잡을 바로 구하기 더 힘들었을 것이고 제대로 된 경력이 없으면 없을수록 시간이 지나도 상황은 나아지지 않는 악순환이 계속되었을 수도 있다.

징검다리 커리어

싱가포르 노동부(MOM) 발표에 따르면 2019년을 기준으로 싱가포르의 인구는 570만 명 수준인데, 전체 인구의 30% 가량이 외국인 취업자와 그 가족, 그리고 유학생 등으로 이루어진 외국인 체류자이고, 또 국가의 전체 노동인구를 기준으로 하면 약 40%가 외국인이라고 한다. 즉 한 국가의 직장인 10명 중 4명이 외국인이라는 것이니 싱가포르만의 독특한 인구 구성과 글로벌 비지니스 허브로서의 위치와 개방성을 여실히 보여주는 통계이다. 물론 이 때문에 현지인들이 오히려 역차별을 받는다는 목소리를 내는 부분도 있는데 작년에 싱가포르의 대표 언론인 Channel News Asia(CNA) 신문에 실린 한 설문조사 결과를 보면 약 56%의 싱가포르 인들은 본인들의 나라에 거주하는 외국인들이 싱가포르를 단지 다른 나라로 가기 위한 "Stepping stone(징검다리)" 쯤 으로 생각한다는 다소 부정적인 견해를 보였다고 한다. 여기서 주목할 점은 자국민들이 역차별을 받는 것 같다는 불만을 거꾸로 보면 외국인들에게 그만큼 우호적인 환경이라는 것을 의미한다는 것이다. 그리고 실제로 통계를 보면 동남아 출신의 엘리트들이 싱가포르에서 커리어 빌딩을 시작해서 국제적인 기업에 들어가고 그 경력을 바탕으로 미국, 캐나다, 호주 등 소위 인기 있는 영어권 국가로 재이주 하는 경우가 많다. 서양의 영어권 국가에서는 대부분 자국에서 경력이 없는 사람을 뽑으려고 하지 않는 경향이 있지만 그래도 세계적으로 인정 받는 비지니스의 허브이면서도 영어를 공용어로 쓰는 소위 네임밸류가 있는 도시들에서의 경력은 (업계에 따라 차이는 있겠지만) 인정하는 기업들도 있기에 가능한 일이다. 해외 진출이 꿈이라면 이처럼 중간 쿠션의 개념으로 비교적 문화적으로 가까운 국가에서 글로벌 커리어를 먼저 쌓은 뒤, 다른 나라로 재이동을 하는 것도 좋은 방법이다. 어떤 분야이든 자기 분야에서 커리어를 잘 만들어가는 사람들의 가장 큰 특징은 다른 사람들이 보지 못하는 것을 센스 있게 캐치하는 능력이 있다.

오픈 마인드: 이 세상 어디든 내 삶의 터전이 될 수 있다

　개인적인 일화로 나는 미국의 한 회사에서 잡 오퍼(Job Offer)를 받았던 적도 있다. 싱가포르에서 근무하던 당시 국제 해양 엑스포가 마리나 베이 샌즈 호텔에서 열렸었고 당시에 우리 회사도 전시 부스를 마련하고 참가를 했었다. 행사 마지막 날, 미국에서 출장을 온 한 비즈니스맨을 만나서 명함을 주고받고 다양한 주제로 이야기를 나누었는데 그는 미국 캘리포니아 소재의 한 중견급 선박 회사의 사장(Managing Director) 이었다. 비교적 젊은 30대 중반의 나이에 경영자가 된 것은 그의 아버지가 창업하신 회사였기 때문이라고 했다. 이런저런 수다를 떨다가 자연스레 그날 저녁 술자리로 이어졌고 밤 늦게까지 맥주를 마시며 많은 대화를 나누었다. 내가 미국 취업에 관심을 보이자 그가 안 그래도 추가 인원이 필요한데 미국으로 오라는 제안을 했고 실제로 그 후에도 이메일을 몇 번 주고받으며 이직을 추진했다. 그는 이민 변호사까지 먼저 알아보는 등 적극적이었지만, 나중에 제시한 연봉이 기대에 못 미쳤고 또 쿼터제가 있는 미국 비자의 특성 때문에 이것저것 고민하던 끝에 나는 그 제안을 정중히 고사했다. 만약 그때 내가 이 제안을 받아들였다면 호주가 아닌 미국에서의 또 다른 삶을 살 게 되었을 수도 있다. 한 가지 확실한 것은 밖으로 나가고 더 적극성을 가질 때 더 많은 기회가 내 인생에 노크를 하는 것이다. 당연히 중간 기착지가 모두에게 꼭 싱가포르이어야만 할 필요는 없다. 대체로 영어를 공용어로 쓰면서도 수많은 다국적 기업이 모여 있는 아시아 국가가 유리하다는 측면에서 하나의 좋은 예시일 뿐이다. 가령 패션 업계를 목표로 하는 사람이 프랑스나 이탈리아 쪽으로 진출하고 싶은데 바로 가기에 자신감이 좀 부족하다면 홍콩 등 해당 업계의 특성상 국제적으로 인정 받을 만한 경력을 쌓을 수 있는 도시를 고민해 보면 될 것이다. 축구, 야구, 격투기 등 다양한 종목의 운동 선수들도 유럽이나 미국 등 큰 무대로 진출하기 전에 일본 무대를 거쳐간 케이스가 많다는 것을 생각해보면 이해가 좀 더 쉽다. 발이 닿으면 세상 어느 곳이던 내 삶의 터전이 될 수 있다는 오픈된 마인드를 가지면 더 다양한 기회가 자연스레 열릴 것이다.

인공지능 시대의 영어 무용론

2021년 10월, 중국 정부의 한 고위급 인사는 대학 입학시험에서 영어를 필수가 아닌 선택과목으로 지정해야 한다는 목소리를 냈고 이것이 국 내외적으로 보도가 되었다. 그의 주장은 학생들이 끊임없이 학업 스트레스를 받으니 영어를 굳이 필수로 할 필요는 없다는 것인데 중국의 많은 고위급 인사들과 누리꾼은 그의 주장을 옹호했다. 아마도 당시 호주와 중국의 무역 갈등이 극에 달했던 데다 미국, 영국, 호주가 AUKUS 동맹을 통해 대놓고 중국에 칼날을 들이대고 있는 마당이라 몹시 심기가 불편했을 것이다. 그런데 때마침 시진핑 주석은 사교육 규제를 강조하고 있는 형국이니 중국의 관료들에게는 영어교육 보이콧을 선동하며 그 못마땅한 감정을 표현하는 동시에 지도자의 가려운 곳도 긁어 줄 일거양득의 기회였을 것이다. 하지만 개인적인 경험상 영어가 아무짝에도 쓸모없다고 큰소리 치는 사람들을 보면 영어를 쓸모 있게 써본 경험이 없는 사람들이 하는 용감한 발언인 경우가 대부분이다. 물론 사람마다 생각은 다 다르니 그들이 틀린 것은 아니지만 적어도 한 가지 확실한 것은 영어를 제대로 할 수 있게 되면 볼 수 있는 세상이 달라지고 접할 수 있는 정보의 양과 질이 확연히 달라진다. 삶의 경험 폭을 다양하게 한다는 측면에 더해 정보화 시대에 글로벌 언어를 자유롭게 구사한다는 것은 세계인들과 소통을 할 능력이 주어지는 것이며 그만큼 최신 정보와 유행을 따라가기가 용이해지는 것이다. 최근에는 AI의 발달이 가속화되면서 외국어 학습이 가까운 미래에 무용지물이 될 것이라는 전망도 많은데 이 또한 언어가 단순한 언어의 영역을 넘어 문화를 담고 있는 것을 제대로 이해하지 못한 것일 가능성이 높다. 언어는 사고의 개념을 소통하는 것이며 이를 통해 서로 간에 공감을 할 수 있도록 하는 도구이므로 인공지능이 아무리 발달해도 언어에 담긴 수많은 상황과 미세한 감정선을 정확하게 해독하고 전달하는 것은 어렵다. 물론 영어를 잘하는 게 능사는 아니지만 적어도 게임을 할 때 좋은 패를 가지고 경쟁에 뛰어드는 셈이며, 좋은 패를 가진 자에게서 좀 더 여유로운 미소가 나올 것은 자명하다.

이중언어(Bilingual) 사용의 장점

이중언어 사용자(Bilingual)와 다중언어 사용자(Multilingual)는 모국어 이외에 다른 언어를 구사할 수 있는 사람을 뜻한다. 이들을 대상으로 인간의 뇌가 모국어와 외국어를 처리하는 방식이 어떠한 차이가 있고 또 여러 개의 언어를 말하는 것이 어떤 장점이 있는지는 심리학, 언어학, 교육학, 뇌과학 등 다방면에서 끊임없이 연구되어 왔다. 캐나다의 심리학자 엘런 비아위스토크(Ellen Bialystok)의 연구에 따르면 지구상의 인구 50% 이상이 두 가지 언어를 동시에 할 수 있는 이중 또는 다중언어 사용자인데, 그 장점으로는 언어 자체의 유용성뿐만 아니라 다양한 도메인으로 확장이 될 수도 있다고 밝혔다. 크게 아래 3가지의 능력이 하나의 언어만 평생 사용하는 사람보다 평균적으로 더 높아진다고 한다.

1 다른 관점과 시각으로 해석하고 바라보는 능력
2 복잡한 상황을 해석하고 푸는 능력
3 불필요한 정보를 빨리 지워버리고 잊어버리는 능력

이중언어 사용이 우리 두뇌의 근육을 단련하는 데 도움이 되는 것은 소위 코드 스위칭(Code switching)이라고 하는 특징이 큰 역할을 한다. 코드 스위칭은 한 문장 안에 두 가지 언어의 단어나 표현을 섞어서 쓰는 것을 말하는데 흔히 교포 2세들의 말을 들어보면 흔히 볼 수 있는 현상이다. 혹자들은 이를 두 가지 언어 중 어느 한쪽도 제대로 하지 못하고 반쪽짜리 언어를 2개 하는 것이라고 폄하하기도 하는데 꼭 그런 것만은 아니다. 이중 언어 사용자들의 코드 스위칭의 전형적 패턴을 연구한 결과 그들은 해당 상황에 가장 적절하다고 판단되는 단어들을 순식간에 판단해서 그것을 꺼내서 쓰는 것이라고 한다. 두 가지 언어를 하다 보면 각 언어에 특정 상황을 표현하기에 꼭 알맞다고 생각되는 단어나 표현이 있는데 이것이 다른 언어에는 딱 맞아떨어지는 표현이 없는 경우가 종종 있다. 이중 언어자들은 자신도 모르는 사이 이러한 것들을 지속적으로 빠르게 판단하면서 말을 하는 것이다. 뿐만 아니라 듣는 사람이 누구인지에 따라 자연스레 코드 스위칭 모드를 자유자재로 켜기도 끄기도 한다. 가령 영어와 한국어를 하는 교포 2세 학생이 영어와 한국어를 동시에 다 하는 친구와 대화를 할 때는 자연스레 코드 스위칭을 하지만 한국말을 전혀 모르는 미국인과 대화를 할 때는 언제 그랬냐는 듯 코드 스위칭 모드를 끈다. 일반적인 우려처럼 헷갈려하는 것이 아니라 상황에 맞게 자유자재로 사용하는 것이다. 이처럼 이중 언어는 두뇌 인지 능력 활성화에 도움이 될 뿐만 아니라 다른 문화에 대한 마음을 열게 하고 다르게 생각하는 법을 가르쳐준다. 꽉 막힌 미국 정치인들을 풍자하는 말로 미국의 정치인들이 다 새로운 외국어를 하나씩 공부해야 한다는 말이 있다. 이는 단순한 우스갯소리가 아니라 결국 진화의 본질은 사고 능력을 포함해 '덜 복잡한 동물'에서 '더 복잡한 동물'이 되는 과정이라는 측면에서 꽤나 뼈가 담긴 풍자라고 볼 수 있다.

싱가포르 국민들은 어떻게 영어를 잘하게 되었나

2022년 QS 아시아 대학 순위를 보면 10위권 내에 한국 대학이 하나도 없는 반면, 1위는 싱가포르국립대(NUS)와 4위는 싱가포르 난양공과대학(NTU)이 차지한 것을 볼 수 있다. 인구 600만이 채 안 되는 국가에서 이룬 성과라고는 믿기지 않는데 그 배경에는 적극적인 투자, 외국인들에게 우호적인 환경, 그리고 단연 뛰어난 영어 실력이 있다. 많은 사람이 싱가포르가 단순히 과거 영국의 식민 지배를 받았던 적이 있어서 영어를 잘하는 것으로 생각하지만, 그것은 부수적인 이유에 불과하다. 1965년 싱가포르는 독립국이 되었는데 문제는 그들이 원해서 쟁취를 한 독립이 아니었다. 당시 제대로 된 군대 하나 없었던 작은 도시 국가가 치열한 이권 다툼이 끊이지 않는 국제 사회에서 독립된 국가로서 생존해 나간다는 것이 얼마나 험난하리라는 것을 그들 스스로가 누구보다 잘 알고 있었고, 그래서 싱가포르 정부는 말레이시아 연방에 가입하기 위한 갖은 노력을 했었다. 하지만 결국 중국 화교 인구 비율이 너무 높다는 이유로 말레이시아는 이를 거절했고 1965년 8월 9일, 싱가포르는 울며 겨자 먹기로 독립의 길을 선택했다. 기뻐야 할 독립의 날에 리콴유 총리는 국민들 앞에서 미안하고 슬픈 감정을 주체하지 못하고 연설 도중에 눈물을 쏟았고 실제로 약 20여 분간 연설이 중단되기도 했는데 그는 이날 반드시 싱가포르를 부자 나라로 만들겠다고 이 악물고 다짐했다고 한다. 그리고 그 후 리콴유 총리가 가장 먼저 강력히 시행했던 정책이 이중언어 정책이다. 당시 75% 정도의 인구가 화교인 상태였고 중국어를 국가의 언어로 지정하는 것이 당연시 여겨졌던 분위기였으니 많은 내부적인 반발이 있었지만, 그는 영어 공용화 정책을 강행했고 수십 년이 지난 지금 그 작은 도시 국가는 아시아 최고 국민소득을 자랑하며 국제 금융과 물류 허브로 우뚝 섰다. 과거 기획재정부 장관을 지냈던 박재완 전 장관이 싱가포르 출장을 다녀온 뒤 기자회견 자리에서 "가수가 되려거든 한국에서 태어나고 공무원이 되려거든 싱가포르에서 태어나야 한다."라는 말을 했을 정도로 사회 시스템 또한 세계 최고 수준으로 잘 갖추어진 나라이다. 또한 미국의 여론 조사 기관인 갤럽의 조사에서도 미국인들이 이민 가고 싶어 하는 나라 1위에 꼽혔던 적이 있을 만큼 국가의 평판과 브랜드도 잘 만들어왔다. 뛰어난 '선견지명'을 가진 리더가 반대를 무릅쓰고 추진했던 영어 공용화 정책은 싱가포르가 국제무대에서 자신들의 실력을 가감 없이 펼치는데 날개가 되어준 셈이다.

하이브리드 프로페셔널(Hybrid Professional)의 시대

성공한 토익 강사로 명성을 얻었던(*현재는 기업의 대표) 유수연 대표의 책 〈20대, 나만의 무대를 세워라〉을 보면 이런 대목이 나온다. 강사 시절 그녀는, "본래의 전공(경영학)을 살리지 못하고 영어 강의를 하는데 전공이 아깝지 않느냐?" 라는 질문을 많이 들었고 심지어 강사로서 성공을 거두고 난 뒤에도 그런 질문을 하는 사람이 있었다고 한다. 당시 걸어 다니는 중소기업인 스타 강사였던 그녀에게 이 무슨 엉뚱한 질문인가 싶다. 뭐 꼭 대단한 경우가 아니라도 한국에서는 사회가 규정한 평범함을 아주 조금만 벗어나도 어디서나 쉽게 들을 수 있는 형태의 질문이라 나도 살면서 비슷한 성격의 말을 꽤나 들었던 것 같다. 과거 국내의 한 기업에서 엔지니어로 근무를 하던 당시에 '유학을 가서 MBA 과정을 공부해볼까' 하는 고민을 한창 하던 시기였는데 그때 주변에서 심심치 않게 들었던 말이 "아니, 엔지니어가 어떻게 경영학을 해?"라는 식의 질문이었다. 2019년 내가 영어 교재를 출판할 준비를 하고 있을 때도 "영문학과 출신도 아닌데 영어책을 낼 수 있어?"라는 질문을 몇 번 받았던 적이 있다. 어떤 분야든 한 영역에 제대로 관심을 두고 파고들어 본 경험이 있는 사람이라면 이 얼마나 대답하기 난감한 질문인지 이해를 할 것이다. 비지니스 세계에서도 전공과 성과의 직접적인 연관성을 분석하려는 시도가 많이 있었다. 세계적인 회계, 컨설팅 기업인 언스트 앤 영(Ernst and Young)에서 실시한 연구를 보면, 갓 대학을 졸업한 신입 사원들의 부서 배정을 전공을 바탕으로 한 경우 보다 그와 상관 없이 회사 내부의 자체 평가 방식으로 부서 배정을 한 경우에 훨씬 더 업무 성과와 효율을 향상시켰다는 것도 다년간의 실험을 통해 증명한 바 있다. 그뿐만 아니라 코옵(Co-op) UK의 최고경영자(CEO) 쉬라인 코리하크(Shirine Khoury-Haq)도 런던 비지니스스쿨 라이브 강의에서 인재의 요건으로 가장 중요한 것으로 지적 호기심(Intellectual stimulation)을 꼽았고, 또 그녀는 업무상 많은 기업의 경영자들을 만나는데 코로나 이후 가장 두드러진 변화가 기업들이 한 업계에 특화된 능력(Industry specific skill)보다는 다양한 배경을 아우르는 능력(Diverse background skill)을 갖춘 사람을 채용하려는 경향으로 큰 흐름의 변화가 느껴진다고 밝혔다.

전공을 바라보는 CEO들의 시각

전통적으로 성공한 CEO들을 살펴보면 전공 공부에 큰 가치를 느끼지 못해 대학을 중퇴하고 바로 창업 전선에 뛰어든 천재형 기업가도 많고, 대기만성형 기업가들이라 할지라도 본인의 전공과 전혀 관련 없는 분야에 있는 경우가 많다는 것을 쉽게 볼 수 있다. 이들을 살펴보면 삶 자체를 끊임없는 공부의 과정으로 여기는 경우가 대부분이며 자신이 원하는 목표를 이루기 위해 필요한 것과 본인이 부족한 점을 파악하여 이를 보완해나가는 형태로 끊임없이 능동적으로 독학하고 학습한다. 그러니 그들에게 전공의 중요성을 물으면 큰 의미가 없다고 대답하는 경우가 많다. 일론 머스크는 테슬라 등 기업의 채용 과정에 있어 학위는 전혀 고려하지 않는다고 인터뷰에서 여러 번 강조한 바 있고 애플의 경우도 미국 내 채용 직원들 중 대략 50% 정도가 4년제 대학 학위가 없다는 통계를 발표한 바 있다. 대한민국 근현대사에서 선견지명의 대명사라고 할 수 있는 삼성 그룹 창업주 호암 이병철 회장의 경우만 봐도 그렇다. 당시 입시를 준비 하던 그의 손자 이재용(삼성 부회장)과 외손자 정용진(신세계 부회장)이 나란히 서울대 동양사학과(졸업)와 서양사학과(중퇴 후 유학)를 들어갔었던 이유도 경영학보다는 사람을 배우는 인문학을 먼저 해야 한다는 선대 이병철 회장의 조언 때문이었다. 이러한 몇 가지 일화들만 보더라도 뛰어난 혜안을 가진 리더들은 세상을 어떤 시각으로 바라보는지 간접적으로나마 경험을 할 수 있다. 조금씩 차이는 있지만 적어도 한 가지 확실한 것은 그들은 절대로 일차원적 관점으로 세상을 바라보지 않는다는 것이다.

"폭넓게 많은 지식을 갖고 있는 것을 잡학이라고 하여 경멸해온 것은, 머리가 굳어버린 학자들이었다. 자기를 지키기 위해서 그렇게 해온 것이다. 하지만 역사상 뛰어난 학자들을 보면 모두가 잡학의 대가들이며 거기에다가 그들은 직관력도 뛰어나다."
-〈유대인 수업〉 마빈 토케이어

100세까지 살 확률은 50%

현재의 20~30대가 100세까지 살 수 있는 확률은 약 50% 정도라고 하니 어차피 하나의 방향성으로 커리어를 평생 유지할 확률은 낮다. 스웨덴의 한 교육학자의 말에 따르면 한 생애에 커리어 전환을 서너 번 이상 경험할 것이라고 한다. 아마 방향성이 완전히 바뀌는 '커리어 대 전환'도 최소 한 번 이상은 경험할 확률이 높을 것이다. 사람들의 인생을 잘 관찰해보면 대개 나이가 들수록 인생이 더 잘 풀리는 사람과 그 반대인 경우가 있는데, 전자의 경우는 인생의 주요 포인트에서 본인이 가진 것을 과감하게 내려놓고 새로운 도전을 하며 그 힘든 중간 과정을 거친 사람들이 많다. 몇 년 전 우연히 시드니에서 한 투자전문회사 CEO를 만나서 잠시 대화를 나눌 기회가 있었다. 그는 원래 전기공학을 전공하여 관련 분야에서 커리어를 시작했지만, 40대 초반에 금융과 투자 관련 분야에 관심이 생겨 연봉이 1/3 수준으로 줄어드는 것을 기꺼이 감수하고 투자 회사의 인턴부터 다시 시작했었다고 한다. 몇 년 고생을 했지만, 새로운 분야에서 급격한 커리어 성장을 하였고 결국 현재는 50대 초반의 나이에 탄탄한 중견 투자 회사의 대표로서 엄청난 부를 이룬 케이스였다. 아마 일반적인 사람의 관점에서는 당시 40대 초반에 갑자기 커리어 전환을 하여 인턴 생활을 하던 그를 보며 '정신 나간 짓'이라 여겼을 사람도 많을 것이다. 하지만 자기 확신이 있는 사람들은 인생을 좀 더 넓고 길게 보는 특성이 있으며 그들은 스스로에 대한 자신감이 있기 때문에 사회적 기준의 관점에서 잠시 낮아지는 것도 개구리가 점프하기 전에 잠시 움츠리는 것쯤으로 해석하는 경향이 강하다. 그런 그들에게 원래 해오던 일, 기존의 전공 따위는 큰 장애물이 되지 못한다. 때로는 한 방향으로만 지나치게 많은 노력을 투자한 것이 오히려 다른 가능성을 보지 못하게 눈과 귀를 막을 수도 있으니 내 미래를 전공과만 결부시켜 제한을 두는 것보다는 다양한 것들을 찾아보고 조사하다 보면 생각지도 못했던 기회가 생기는 경우가 많을 것이다. 그리고 그 현실적인 이유들을 다 떠나서라도 내 울타리 밖에 어떤 세상이 있는지 끊임없이 궁금해하고 접해보는 것은 새로운 시대에 인재가 갖추어야 할 기본 소양이다.

'스페셜리스트'와 '제네럴리스트'의 차이

과거 석기시대에는 모두가 제네럴리스트(Generalist) 였을 것이다. 각자의 도끼를 만들고 사냥에 참여하고 불을 지피는 것은 누구나 하는 것이었고 개개인의 소소한 능력 차이는 있을지언정 특별한 누군가만이 하는 영역은 따로 없었을 것이다. 하지만 사회의 기반이 잡혀가면서 점차 특별한 일을 하는 스페셜리스트(Specialist)가 필요한 세상이 되었다. 일반적으로 스페셜리스트는 특정 산업이나 분야에서 특별한 업무를 수행하는 사람들을 말한다. 그들의 지식은 특정 분야에 한정이 되어있다는 한계는 있지만 대개 해당 분야에 굉장히 깊은 지식을 가지고 있다. 기업은 이들을 특정 분야에 전문가가 되도록 고용을 하는데 법, 제약, 엔지니어링, IT 등 다양한 분야에서 활동하며 이들은 조직 내에서 흔히 주제 전문가(Subject Matter Expert)라고 불린다. 반면 제네럴리스트는 "They know something about everything, but not everything about something."(그들은 모든 것에 대해서 어느 정도 알고 있지만 어떤 것에 관해서도 모두 알고 있는 것은 없다) 라는 한 문장에 그 특징이 다 담겨있다. 즉 이들은 한가지 특별한 분야에 깊은 지식과 노하우를 가지고 있지는 않지만, 일반적으로 다양한 재주가 있거나 혹은 산업 전반에 넓은 지식과 시야를 가지고 있다. 이들은 추상적인 개념을 이해하거나 다양한 분야를 전체적으로 보고 이해하는 능력이 뛰어나기 때문에 부서 간의 협상이나 업무 조율 및 코디네이션, 플래닝, 기획 등의 업무를 수행하는 데 유리한 특성을 가지고 있다.

환경에 따라 개념이 달라질 수도 있다

경우에 따라서 스페셜리스트인지 제네럴리스트 인지는 똑같은 스킬을 가지고도 회사나 조직에 따라 상대적으로 결정 되기도 한다. 예를 들어 컴퓨터 공학을 전공한 사람이 화장품 회사의 IT 부서에 들어갔을 때 그 회사에서 그(녀)는 IT 스페셜리스트가 되지만, 반대로 IT 회사를 들어가서 경영지원이나 기획팀 등에서 근무를 하다 보면 아이러니하게도 그 회사에서는 제네럴리스트가 되는 일도 흔히 볼 수 있다. 양쪽 다 각자에게 편하거나 주어진 길을 선택하는 것이니 우열을 가리는 것은 의미가 없는 일이며 중요한 것은 지속적으로 새로운 것을 배우려는 자세를 잃지 않는 것이다.

리더의 성향: 딥 제너럴리스트(Deep generalist)

일반적으로 IT나 기술 분야처럼 어떠한 정량적 패턴이나 알고리 즘을 분석, 파악하는 일은 스페셜리스트가 더 뛰어난 특성을 보이 지만 사람의 행동을 예측한다던가 혹은 미묘한 분위기를 감지하는 능력 등 추상적이고 정성적 특성을 가진 일에는 제너럴리스트가 조 금 더 유리한 특성을 보인다. 얼핏 보면 흔히 말하는 '문과적 두뇌' 와 '이과적 두뇌'로 적성을 분류하는 것과 상당히 흡사해 보이기도 하지만, 이는 대체적인 경향을 나타낸 것일 뿐 모든 사람의 적성을 두 가지로 나눈다는 것은 불가능하다. 예를 들어 테슬라와 스페이 스X의 경영자인 일론 머스크의 경우 여러 분야를 통트는 제너럴리 스트이기도 하지만, 그 다양한 분야 하나 하나에서 그가 가진 지식 은 웬만한 최고 수준의 스페셜리스트를 능가한다. 실제로 스페이스 X의 한 고위 임원이 인터뷰에서 밝힌 내용을 보면 일론이 다양한 분야를 섭렵하고 있는 천재임은 누구나 다 알지만, 심지어 용접 분 야에도 전문 용접사들을 능가하는 지식을 가지고 그들에게 세부적 인 업무 지시를 꼼꼼히 내리는 것을 보고 깜짝 놀랐다고 한다. 이는 우선 제너럴리스트의 마인드를 가지고 그 뒤 세부적으로 깊이 또 한 파고드는 (Generalizing first and specializing later) 소위 딥 제너럴 리스트의 성향인데 역사 속 인물들 중 레오나르도 다빈치, 벤자민 프랭클린, 에디슨 같은 이들도 전형적으로 이러한 딥 제너럴리스트 특성을 지닌 인물들었다. 이들은 다양한 분야에서 일정 수준 이상

의 전문성을 기반으로 틀에서 벗어나는 사고를 할 줄 아는 사람들
인데 궁극적으로는 이러한 특징이야말로 급변하는 현대 사회에서
리더가 되기 위한 가장 중요한 자질에 가깝다고 볼 수 있다.

영원한 논란 - 잘하는 일과 좋아하는 일

진로 선택을 고민하는 사람들에게 좋아하는 일과 잘하는 일 중 무엇을 선택해야 하는지는 그야말로 영원한 논란이다. 원론적으로 말하자면 어떤 선택을 하던 배우는 점이 있으며 무엇이 옳다 그르다는 것은 없다. 어차피 어떤 분야에서든 프로가 되려면 그 과정에서 고통이 수반되며 결국 능력자들이나 끈기가 있는 사람들은 어떤 선택을 하든 자신의 선택이 옳았다는 것을 증명하는 삶을 살아나간다. 한가지 유의할 점은 사람은 다 비슷한 면이 많기 때문에 내가 일시적인 열정을 느낄 만큼 매료된 분야가 있다면 비슷한 수준으로 좋아하는 사람들이 많을 것이고 이는 곳 아주 치열한 경쟁이 기다리고 있다는 의미이기도 하다. 하버드 경영 대학원의 존 야히모비치(Jon Jachimowicz) 교수가 하버드 비지니스 리뷰(Harvard Business Review)에 흥미로운 내용을 소개했는데 그 내용을 요약하면 수백 명의 직장인을 대상으로 조사한 결과 열정만을 가지고 직업을 택한 사람들이 사실상 성공할 확률이 낮음과 동시에 9개월 내로 직업을 그만둘 확률이 더 높았다고 한다. 아무리 좋아하고 열정이 있는 일이라 하더라도 이것을 직업으로 하게 될 경우 금세 지쳐버릴 경우가 많다는 방증이다. 존 교수는 단순히 좋아하는 일을 좇는 것보다는 일을 하는 목적에 포커스를 맞추라고 조언한다. 내가 중요하게 여기는 것들을 깊이 생각하고 이러한 내면 깊은 곳의 목적과 내 일을 연동시킬 때 비로소 진짜 열정과 끈기가 생기고 일의 능률이 오를 수 있는 것이다.

어떤 직업을 피해야 하는가

캐나다 토론토 대학의 심리학과 조던 피터슨(Jordan Peterson) 교수는 세계적으로 활발한 강연 및 방송 활동을 하고 있어 한국의 대중들에게도 꽤 알려진 분이다. 그의 강연 중 직업과 적성에 관해 본인의 생각을 말하는 부분이 있는데 그 핵심은 모든 사람은 Intelligence & Personality make up(지능 & 성격 구성)에서 최소 한 가지 이상의 영역에서 큰 취약점을 가지고 있다는 것이다. 예를 들어 아무런 연관성 없이 몇 가지 영역을 무작위로 나열을 해 본다면 다음과 같다.

친화력, 스트레스 내성, 높은 집중력, 공감 능력, 언어지능, 화술, 부지런함, 아침형 인간, 리더십, 조직 적응력, 위기 대처 능력, 사고 능력, 외국어

능력, 수리 및 과학적 사고 능력 등.

당연히 아무리 잘난 사람이라도 이 중 하나 이상의 영역에서 큰 취약점을 보이게 될 텐데, 이때 본인이 취약점을 보이는 그 영역이 크게 필요한 직업을 선택하면 엄청난 스트레스를 받게 된다고 한다. 겉으로 아무리 좋아 보이는 조직에 들어가도 느낄 수 있는 자부심은 잠깐이고, 내가 동료들에게 짐이 된다고 느끼거나 혹은 조직 내에서 평균 이하라고 느껴지는 곳에 속해서 생활하다 보면 자연스레 자존감이 떨어지며 이로 인해 받는 스트레스 때문에 버티기 힘들어지는 것이다. 그에 반해 자신이 선호하고 발달된 영역과 직업간의 부조화를 줄이면 만족감이 올라가고 더 좋은 성과를 낼 확률도 높아질 것은 자명하다. 그 외 추가적으로 나의 직업 가치관이 어느 지점에 와 있는지도 생각을 해 보아야 한다. 가령 초창기 스타트 업에 근무를 하면서 적은 월급에 매일 야근을 하면서도 언젠가 스스로 창업을 꿈꾸는 상황이라면 '성장'과 '미래' 라는 키워드에 포커스를 맞추기 때문에 그 상황을 견딜 동기부여가 생긴다. 병원의 레지던트들이 그 힘든 생활을 견딜 수 있는 원리이기도 하다. 하지만 그러한 특별한 이유가 있는 것이 아니라면 열악한 환경을 여간해서는 견디기 힘들 것이다.

소명을 찾는 과정

더욱 더 본질적인 변화나 진정한 심리적 자유를 위해서는 자신의 더 깊은 내면을 탐구하여 근원적인 욕망을 찾을 수 있어야 한다. 이것은 단순히 돈을 더 많이 벌고 싶다는 등의 일차원적인 욕망이라기 보다는 내가 어떤 상황에서 정말 행복할 수 있는가를 찾는 과정이다. 분석 심리학자 칼 융은 새로운 자신을 발견하여 강한 자아 발전을 이루는 이 과정을 '개성화(individuation)'라고 명명했는데, 이는 무의식이 본래의 균형을 찾아가며 개인의 독특한 잠재력을 실현하려는 노력이다. 즉 사회적으로 주어진 역할에 몰입되어 진정한 나와 내게 주어진 역할을 구분하지 못하는 상황을 인지하고 그 알을 깨고 나오려는 과정을 의미한다고 볼 수 있다. 융은 인생을 살면서 이 과정을 본격적으로 경험하는 전환의 단계에 들어섰을 때 흔히 정신적인 혼돈이나 큰 스트레스를 경험하게 될 확률이 높다고 했는데 얼핏 들으면 불행으로 생각되지만, 그는 긴 인생의 관점에서 봤을 때 이 과정에 직면하고 이를 똑바로 인식하는 것을 인간 개발의 주 목적(main task of human development)이라고 분석했다.

숨겨진 특성: 그림자

혹자는 이런 질문을 할 수도 있다. 소명 하나 찾는 데 왜 이렇게 거창한 내적 탐구와 성찰이 필요할까? 그것은 단순히 지금의 세상이 너무나도 복잡하고 수많은 선택지가 있기 때문이다. 자신을 잘 알지 못하면 본인이 원하는 것이 무엇인지조차 모를 확률이 높고 이런 경우 현실과 타협하고 타성에 젖어서 살게 되거나 남들이 정한 '좋다'는 기준이 내가 좋아하는 것이라 착각하면서 살게 된다. 융 심리학에서는 숨겨진 내면의 모습을 '그림자'라고 표현한다. 한 가지 예를 들어보자.

1. 내향적인 성향이 매우 강한 한 아이가 있다.
2. 부모는 자식의 이러한 면이 영 마음에 들지 않고 걱정된다.
3. 어떻게든 씩씩하고 외향적으로 키우려고 노력하고 주입한다.
4. 아이는 자라면서 본인에게 뭔가 잘못이 있다고 인식한다.
5. 본연의 성향을 죽이려 은연중 노력한다. (간혹 외향적인 면모를 강하게 드러내기도 한다)
6. 성인이 되니 크게 내향적이지도 외향적이지도 않은, 그냥 보통 사람이 되었다.

이와 같은 스토리는 주변에서 꽤나 흔하게 볼 수 있는 케이스다. 조금 단순하게 보면 모나지 않게 자랐다고 생각할지도 모르나 여기서 많은 사람이 흔히 하는 첫 번째 착각은 그 본연의 강한 내향성이 부정적인 면이라고 인식하는 것이고, 두 번째는 그것이 노력으로 중화되거나 없어졌다고 생각하는 것이다. 하지만 절대로 없어진 것이 아니라 그 본연의 성향은 무의식 속에 끊임없이 억압받은 채로 눌러져 있는 상태이다. 이것을 소명과 연결한다면 가령 작가나 예술가 또는 뛰어난 영화 감독 등이 될 수도 있는 잠재력을 깊은 곳에 숨기고 있으면서 본인은 꿈에도 모르고 있는 상황일 수도 있는 것이다. 이것이 바로 숨겨진 근원적 욕망(그림자)이며 칼 융은 이를 창조성의 기반이라고 해석했다. 대개 어떤 분야이든 자녀를 천재로 키우는 부모들은 이 점을 정확히 꿰뚫고 있어(*이론은 모르더라도 본능적으로 앎) 애초에 꼭 맞는 장점을 극대화 시켜주는 환경을 제공하는 경우가 많다. 그리고 모든 인간은 누구나 천재성이 있는 분야가 반드시 한 가지 이상은 있는데 안타까운 점은 본인은 그것을 죽을 때까지 모르고 사는 경우가 훨씬 더 많다는 사실이다. 자기 내면세계를 더 잘 이해해야 나에게는 쉽지만, 남들은 비교적 어렵게 느끼는 일이 있다거나 혹은 반대로 콤플렉스로 느끼던 것이 알고 보니 내 특유의 장점이었다는 것을 조금씩 인지하게 되는데 그 고유의 특성이 내 소명과 매우 밀접한 연관이 있을 확률이 높다. 칼 융의 '개성화' 이론은 자기 마음을 감전시켜 자신을 깨우는 것을 반드시 찾아내야 한다는 조지프 캠벨의 '영웅의 여정' 이론이나 철학자 니체의 '초인(위버멘쉬)', 소설 〈데미안〉의 '아브락사스' 등과 표현 방식만 각기 다를 뿐 사실상 모두 그 의미가 통하고 있다. 좀 더 쉽게 표현하면 인생의 진짜 고수들은 숨겨진 내면 자아를 찾아가면서 겪게 되는 고통과 혼돈의 시기를 인생의 가장 큰 '행운'으로 보며 '진정한' 의미에서의 성공은 부와 명예를 이루는 것이 아니라 나답게 산다고 느끼는 것이라 보고 있다. 그렇게 할 때 부와 명예는 언젠가는 자연스레 따라온다는 논리다.

직업의 귀천?

시드니에 있을 때 20대 후반의 한 한국 청년과 잠시 이야기를 나눌 기회가 있었다. 워킹홀리데이 비자로 호주를 건너와서 요리사로 취직에 성공해서 몇 년째 한국 식당에서 요리사로 일을 하고 있는 친구였다. 호주에 사는 것은 좀 어떠냐는 나의 질문에 그는 "호주는 직업에 귀천이 없어서 좋아요, 귀천이 없는 것을 넘어서서 오히려 그 높낮이의 기준이 한국과는 정반대니까요."라고 말을 하는 것이었다. 딱히 드러내놓고 내색을 하지는 않았지만, 그는 어떤 기준으로 '정반대'라는 생각을 가지게 되었을까 내심 의아했다. 사실 전문직의 직업을 갖거나 더 크고 좋은 기업에 들어가기 위해 열심히 공부하고 치열한 경쟁의 과정을 거치는 것은 여느 나라 학생들이나 다를 것이 없고 당연히 호주 또한 마찬가지다. 물론 한국의 교육열에 비하면 그 치열함의 정도야 덜하겠지만, 당연히 일반적으로 고연봉이거나 동시에 사회적으로 인정받고 안정적이라고 인식되는 커리어를 만들고 싶어 하는 욕심은 어느 나라 아이들이나 가지고 있기 때문이다. 그 한국 청년이 정확히 무엇을 보고 계층 구조가 정반대라는 생각을 하게 되었는지는 모르겠지만 사회적 위치와 계급을 본인의 관점과 기준에서 분류하고자 하는 성향은 어쩌면 객관적인 위치와 상관없는 인간의 본성일 수도 있겠다는 생각이 들었다.

직업에는 귀천이 없다 - 모순#1

우리는 학교 다닐 때부터 직업에는 귀천이 없다고 교육을 받는다. 하지만 역설적으로 직업에는 귀천이 없다는 말을 하는 것 자체가 이미 무의식적으로 있다는 것을 전제로 하기에 나오는 말이다. 예전에 건설 현장에서 일하는 한 20대 여성이 본인이 일하는 모습을 SNS에 올렸는데 대부분의 댓글들이 긍정적인 반응이었다. 그중에 꽤 많이 눈에 띄는 댓글이 "멋있다, 역시 직업에는 귀천이 없다"라는 류의 칭찬이었는데 사실 이런 발언을 하는 사람들은 무의식적으로 직업에 귀천이 있다는 전제가 깔린 생각을 가지고 있다는 반증이다. 가령 규모가 작은 회사의 오피스에서 근무하는 여성만 봐도 아무도 이런 말을 하지 않는다. 설사 급여를 더 적게 받더라도 말이다. 왠지 건설 현장에서 일하거나 혹은 환경미화원이라는 직업을 보면 자동으로 직업에는 귀천이 없다 라는 말을 해야만 할 것 같은 그 묘한 기분은 그렇게 생각하도록 세뇌되어있는 것 뿐이다. 정말로 귀천이 없다고 여긴다면 아이러니하게도 그런 말을 할 생각도 떠올리지 못해야 한다. 말하는 것과 정말로 그렇게 생각하는 것은 전혀 다른 별개의 문제이다.

연예인이라는 직업의 높낮이 – 모순#2

한 온라인 강연을 듣고 있는데 강연자가 직업에 귀천이 없다는 취지의 말을 하며 이런 예를 들었다.

"과거에 광대로 천시를 받아왔던 직업이 현시대에서는 연예인으로 각광 받고 있지 않느냐, 이렇게 모든 것이 다 돌고 돌며 직업에는 귀천이 없는 것이다."

사실 이 발언을 냉정하게 따지고 보면(couldn't help but notice..) 전달하고자 하는 취지와 들고 있는 예시가 전혀 논리적으로 부합하지 않는다. 예시는 시대가 변함에 따라 해당 직업에 대한 사회적 인식이 달라졌다는 말이지 그 본질은 오히려 직업에는 높낮이가 있다는 말을 역설적으로 내포하고 있는 것이다. 사회 생활을 하면서도 누군가를 처음 만나 명함을 주고 받으면 그 명함의 간단한 정보 만으로도 서로 어떤 태도와 말투로 상대방을 대해야 할지 어느 정도 정해진다. 당장 인간 관계에서 현실적인 서열은 존재하는데 굳이 있는 것을 없다고 억지로 끼워 맞추려 애쓸 필요는 없다. 다만 나아갈 방향은 그 서열 관계를 단순히 드러나는 겉모습이 아닌 조금 더 고차원적으로 바라보고 이해하는 능력이 필요할 뿐이다.

이쁜 아가씨가 왜 이런 일을 하니?

자동차 엔진 오일을 갈기 위해 시드니의 한 한인 카센터에 방문했었을 때 있었던 일이다. 기다리는 동안 잠시 사무실 소파에 앉아서 신문을 보고 있었는데 거기에는 사무업무 및 경리를 보는 한국인 아주머니가 근무를 하고 있었다. 잠시 후 20대 초 중반쯤으로 보이는 한 백인 아가씨가 작업복을 입고 공구 박스를 들고 들어왔는데 대충 보아하니 사무실에 전기 관련해서 문제가 있는지 전기 수리 작업을 하러 온 Electrician(전기기사) 이었다. 사다리를 설치하고 일을 시작하고 얼마 지나지 않아서 그 한국인 아주머니가 전기기사를 향해 어설픈 영어로 한마디를 했다. "아니 이렇게 이쁘게 생긴 아가씨가 왜 이런 험한 일을 하니, 다른 일도 많은데." 그 전기기사는 이 말을 듣고 뒤로 한번 쓱 돌아보더니 하던 일을 계속 이어나갔다. 옆에서 듣고 있던 내가 다 낯이 뜨거웠고 대신 사과라도 하고 싶은 심정이었다. 물론 나쁜 의도야 없었겠지만 이 짧은 한 문장에 너무 많은 실수가 들어있기 때문이다.

1. 외모와 직업을 연관 짓는 편견

2. 성별과 직업을 연관 짓는 편견

3. 타인의 직업을 은연중에 비하하는 발언

4. 개인의 적성이나 목적은 각기 다 다를 수 있다는 기본적인 인식 부족

  (가령 조금 힘들더라도 돈을 더 많이 받는 일을 선호하는 사람도 있고

그 반대도 있음)

　무지에 의한 실수도 실수다. 정말로 중요한 것은 직업에는 귀천이 없다는 공허한 레토릭을 영혼없이 반복하는 것이 아니라 직업의 타이틀이나 표면적으로 드러난 부분을 한 인간과 동일 선상에 놓는 사고방식을 경계해야 한다. 리더가 되려는 자라면 단순히 명함에 드러난 정보나 타고 다니는 자동차가 아닌 본질적 차이와 내면의 아우라를 구별하는 예리한 눈을 기르는 데 더 노력을 기울여야 할 것이다. 그리고 이러한 마인드가 장착되면 굳이 '직업에는 귀천이 없다'라는 말을 억지로 할 필요 자체가 없어진다.

차세대 아시아 리더

　결국 직업에 있어서 정말로 중요한 것은 타이틀 그 자체가 아니라 개개인이 어떤 마인드와 철학(그리고 그 깊이)으로 본인의 일을 대하는가의 차이다. 최태원 SK 그룹 회장의 차녀 최민정 씨는 과거 해군 학사장교에 지원하여 세간의 화제가 된 바 있다. 처음에는 세상 물정 모르는 재벌 3세 아가씨의 일탈 행위쯤인가 긴가민가했더니, 심지어 전투병과에 지원하여 힘든 훈련 과정을 무사히 마치고 임관하였다. 해군 장교 시절 서해 최전방 NLL을 지키는가 하면 6개월 동안 소말리아 아덴만 파병까지 갔다 오면서 그 진정성까지 인정받았다. 이쯤 되면 아프가니스탄 파병 중 아파치 헬기 조종사로 복무하며 노블레스 오블리주의 모범사례로 꼽혔던 영국의 해리 왕자가 연상된다. 최민정 씨가 중국에서 유학하던 시절의 일화도 당시 함께 공부했던 지인들의 폭로(?)로 언론에 공개가 되었다. 그녀는 학비 외에는 용돈을 받지 않고 편의점, 와인바, 레스토랑, 입시학원 등에서 아르바이트를 하며 생활비를 스스로 충당했다고 알려져 있는데 이러한 자립심은 분명히 사회에 건강한 메시지를 던져주고 있다. 세상에는 이런 마인드를 가진 재벌 3세도 있어야 하지 않겠는가? 얼마 전 슈미트퓨처스(*구글의 전 회장 에릭 슈미트가 설립한 단체)에서 주관하는 국제전략포럼(ISF)은 아시아의 차세대 리더(rising leaders)를 선정하였는데 한국인 중에서는 최민정 씨가 리스트에 올랐다는 점은 많은 점을 시사한다. 어쩌면 큰 별이 될 미래의 리더로서 그녀의 잠재력은 국내보다 외국에서 더 높게 평가받고 있는지도 모를 일이다.

4장

글로벌 전쟁터에서의 생존 (성장)

처음이라는 압박감

지금까지는 많은 외국의 사례와 한국 사회 재맥락화를 통하여 선도국가의 글로벌 리더가 되기 위해 최적의 마인드 셋이 무엇인지에 포커스를 맞췄다. 이번 장부터는 본격적으로 탄탄한 글로벌 커리어를 만들어 나가는 방법과 다국적 환경에서의 생존전략 등 보다 실질적인 팁을 공유해보고자 한다. 만약 당신이 면접을 무사히 통과하고 취직이 되었다면 가장 두려운 것은 아마 "내가 과연 잘 할 수 있을까?"라는 생각이 나를 끊임 없이 괴롭히는 것일 확률이 높다. 특히 첫 출근 전날 압박감은 크다. 나 또한 싱가포르에서 처음 취직하고 첫 출근을 할 때 굉장히 설레지만, 한편으로 두려웠던 기억이 나고, 또 호주에서의 첫 직장에 출근하기 전에도 뭔가 한 레벨 더 높은 곳이라는 압박감에 내가 과연 버틸 수나 있을까 고민했던 기억이 난다. 그리고 이것은 꼭 해외 취업에만 해당하는 것이 아니라 국내의 기업에서 일을 새로 시작하는 경우나 그 외 다른 무엇이든 항상 처음이라는 것은 사람을 긴장하게 만든다. 적절한 수준의 걱정을 하는 것은 너무나도 당연한 것이지만, 또 한편으로는 지나친 압박감을 느끼지 않아도 되는것이 본질적으로 사람 사는 곳은 어디나 다 똑같고 인사 담당자들은 바보가 아니라는 사실이다. 거의 대부분의 경우 내가 뽑힌 이유는 반드시 그럴 만하기 때문이라는 것을 기억하면 될 것이다.

수습기간(Probation period)

새로운 직장에서의 초반 6개월은 끊임없이 관찰하고 환경을 흡수해야 하는 시간이다. 통상적으로 수습기간(Probation period)이 약 3개월 내지 6개월 주어지는데 이 수습 과정을 통과하지 못하는 경우는 드물다. 간혹 수습 기간을 통과하지 못하는 경우가 있더라도 신입 사원의 업무 능력이 그 이유인 경우는 아주 찾아보기 힘든 케이스인데, 이는 누군가를 채용했다가 몇 개월 뒤 업무 능력이 안 된다고 잘라버리는 것은 그 지원자를 채용하기로 결정한 매니저 본인의 실수, 즉 판단 미스를 인정하는 꼴이므로 여간해서는 그런 일은 쉽게 일어나지 않는다. 일반적으로 수습을 통과하지 못하는 이유는 크게 두 가지 이유가 있는데, 첫 번째는 태도의 문제이다. 가령 하고자 하는 의지가 전혀 없다든지 등 일을 하려는 기본적인 자세가 전혀 안 되어 있거나 또는 직속 상사(Line Manager)나 다른 팀 동료들과 갈등이 있는 경우다. 두 번째는 회사 내부 사정으로 인원을 줄여야 하는 상황이 생겼을 경우이다. 업무 능력과 상관없이 업계 경기의 악화나 회사 경영 전반에 변동사항이 있어서 사람을 감원한다면 일반적으로 첫 번째 희생자가 인턴이나 수습 기간에 있는 직원들이 될 수밖에 없다. 이러한 경우는 어차피 운에 달린 것이지 내가 컨트롤 할 수 있는 영역이 아니므로 지나치게 두려워하거나 스트레스를 받을 필요가 없는 부분이다.

처음 6개월은 귀만 열고 입은 닫아라

세상 어느 조직이나 텃세는 있기 마련이다. 이러한 것을 받아들임과 동시에 기존의 팀원들과 잘 어울리기를 원한다면 일단 초기에는 자세를 살짝 낮추는 것이 좋다. 어느 정도 시간이 지나면 조직 내에서 나의 위치나 영향력은 자연스레 올라가게 되어있으니 처음부터 조급해하거나 억지로 기싸움을 할 필요는 없는 것인데, 문제는 이것이 처음으로 사회생활을 하는 경우라면 비교적 쉽게 되지만 다른 회사에서 경력이 있는 상태에서 이직한 경우라면 쉽지 않다. 자연스레 원래 있던 조직의 문화와 현재 새로운 조직의 문화, 업무방식, 커뮤니케이션의 효율성 등 이것저것 비교하고 평가하는 버릇이 생길 가능성이 크기 때문에 이럴 때 말실수를 주의해야 한다. 그렇다고 묵언 수행을 하라는 것이 아니라 능동적으로 업무를 진행하고 좋은 아이디어가 있으면 언제든 새로운 제안을 하는 것은 좋다. 하지만 아직 무언가를 평가하고 단정 지을 시기가 아니니 조직이나 다른 동료에 대한 불평불만이나 가십(gossip) 등에 참여하는 것을 최대한 자제해야 한다는 것이다.

시사와 뉴스에 최소한의 관심을 가져라

호주에 있을 때 만난 한 한국인 유학생이 나에게 취업 준비를 어떻게 해야 할지 모르겠다고 방법을 가르쳐달라고 질문한 적이 있다. 그는 호주에서 4년간 유학을 하고 곧 졸업을 앞둔 상태였는데 조금 이야기를 나눠보니 학점은 좋은데 학과 공부 이외에는 기본적으로 세상이 어떻게 돌아가는지는 너무 모르고 있다는 인상을 받았다. 그래서 그 친구에게 호주의 Prime Minister(수상)가 누군지 아는가 물어봤더니 역시 모른다는 답이 돌아왔다. 나는 "호주에서 4년이나 대학을 다녔는데도 아직 이 나라의 지도자가 누군지도 모르는데 어떤 회사가 이런 유학생을 직원으로 채용하고 싶을까?"라고 한마디 충고를 해 준 기억이 있다. 즉 바꿔 말하면, 필리핀에서 한 학생이 한국으로 유학을 와서 대학 4년 과정을 마치고 국내 기업에 취직하려는데 한국 대통령이 누군지도 모르고 있는 셈이다. 내가 인사담당자라면 이런 학생이 학과에서 수석을 했더라도 절대 뽑지 않을 것이다. 그 이유는 전형적으로 수용적 사고력만 뛰어난 경우라 시키는 일은 아주 성실히 하지만 기본적인 창의력이나 응용력, 융통성이 현저히 낮을 확률이 매우 높기 때문이다. 실제로 일본의 한 대학교에서 유사한 맥락의 실험을 한 적이 있다. 교양과목을 완전히 폐지하고 전공과목 교육만 강화한 뒤 졸업생들을 추적해 보았더니 오히려 업무 성과가 떨어지는 것으로 조사되었는데 그 이유가 본인의 것 이외에 별로 아는 것이 없으니 전반적인 커뮤니케이션 능력이나 협업능력이 떨어지기 때문이었다고 한다. 모든 방면에 전문가가 될 수는 없지만, 최소한 현재의 이슈 정도는 알 수 있을 정도로 세상 돌아가는 이야기에 관심을 갖는 것은 기본적인 교양이며 이러한 습관이 들어야 어디를 가든 무시 받지 않는다.

신입일 때 알아두면 좋은 것들

1. 우선순위를 잘 파악해야 한다. 조직마다 우선순위가 되는 가치가 조금씩 다 다르니 이를 잘 관찰하는 것이 중요하다. 예를 들어 안전이 우선인가 비용 절감이 우선인가 등 조직마다 그 가치기준(value criterion)이 조금씩 다를 수 있다.

2. 간혹 사이드 롤(side Role)이 생기는 경우가 있는데 이런 것에는 적극적으로 나서는 것이 좋다. 공식적인 직책 변경이나 승진이 아니라 하더라도 이러한 사이드 롤에 적극 참가하는 것은 내 이미지를 긍정적인 방향으로 형성하는 데 도움이 될 뿐만아니라 리더십 연습을 할 수 있는 최고의 기회이기도 하다.

가령 새로운 시스템이 도입되는데 먼저 배워서 나머지 직원들에게 교육을 하는 트레이너의 역할 등이 있다.

3. 다국적 기업에 근무를 하는 경우라면 본인의 회사 이름을 정기적으로 구글에 검색해보는 것도 좋다. 그룹 차원에서 일어나고 있는 모든 일이(M&A 관련 소식 등) 모든 해외 지사나 법인 직원들에게 다 전달 되는 것은 아니고 그룹 인트라넷에도 올라오지 않는 소식들도 있다. 의외로 대기업 직원들도 자신에게 주어진 업무 외에는 본인이 속한 조직이나 업계 전반에 대한 이해도가 낮은 경우가 많은데 최신 정보에 밝은 사람이라는 이미지를 형성하는 것은 플러스 요인이다.

4. 실수를 했다면 절대 숨기지 말아야 한다. 실수했을 때 모르겠지 하고 은근슬쩍 넘어가면 나중에 더 안 좋은 상황에 맞닥뜨리기 십상이다. 오픈하고 배우고 넘어가야 한다.

5. 남 탓을 하는 것도 금물이다. 내가 실수를 한 부분에 있어서 깔끔하게 인정하고 넘어가지 남 탓을 하는 것은 나를 더 깎아내리는 행동임을 인지해야 한다.

6. 성과를 이룬 것이 있다면 내 공로(credit)를 자랑하고 알리는 것 또한 중요하다. 묵묵히 일하고 남들이 알아주기를 기대하면 안 된다. 어느 정도 과하지 않은 범위 내에서 자신의 가치나 공을 자랑하는 것은 아주 중요하다.

7. 내 공로를 알린다는 것이 자랑을 떠들썩하게 하라는 것은 아

니다. 은근슬쩍 하는 스킬이 필요한데 가령 어떤 프로젝트를 마치고 나서 다음 프로젝트를 할 때 주의할 점을 써서 동료들에게 이메일로 공유를 하면서 매니저 등 중요한 사람들을 CC(참조)에 넣는다던가 혹은 고객사로부터 받은 칭찬 이메일에 감사의 답장을 하면서 매니저를 CC에 넣는다든가 하는 정도의 센스면 적당하다.

8. 내가 스스로 잘했다고 생각하는 성과나 어떤 문제를 성공적으로 해결한 내용은 따로 폴더에 저장을 해두고 정기 업무평가(Performance Evaluation) 때 이를 출력해 직접 보여 주면서 나의 성과를 주장하면 매니저 입장에서 이를 수긍 할 확률이 더 높아진다.

9. 교만한 군대는 반드시 패한다는 교병필패(驕兵必敗)라는 사자성어는 꼭 기억하는 것이 좋다. 본인의 성과를 적극적으로 알리는 것은 좋지만 자만은 경계해야 한다.

시간관리 능력 - Time Management

미국의 웨어러블 디바이스 회사 패블록(Pavlok)의 회장 마니쉬 세티(Maneesh Sethi)는 본인이 근무 시간 중에 SNS를 너무 많이 사용해서 생산성이 떨어지는 것 같다고 스스로 판단을 했다. 그래서 그는 카라(Kara)라는 여성을 시급 8달러에 고용을 해서 자신이 업무 시간 도중 SNS를 사용하면 뺨을 한 대씩 때려달라는 업무를 줬고, 그 후 생산성이 약 2배 정도 향상되었다고 한다. 물론 시트콤 같은 내용이고 개인의 생산성은 다분히 주관적인 요소이기는 하지만, 실제로 몇 년 전 뉴스에 소개된 실화이다. 시간 관리와 생산성은 직장인들에게는 불변의 고민거리인데 비단 직장인뿐만이 아니라 세상을 열심히 사는 사람들이라면 누구나 공통으로 느끼는 것이 시간의 부족함일 것이다. 지금 당장 구글에 검색을 해봐도 Time Management(시간관리) 와 Productivity(생산성)에 관한 팁은 차고 넘친다. 하지만 대부분의 내용들을 살펴보면 결국 다 똑같은 소리의 반복에 반복인데 가령 책상 정리 잘하기, 업무를 계획에 맞춰 순서대로 하기, 멀티 태스킹 하지 않기, 적당한 휴식 취하기, 미루지 않기, 업무 분담 및 위임 등이다. 과연 이러한 조언들이 실질적으로 얼마나 도움이 될지는 모르겠지만, 적어도 내 눈에는 마치 수능 만점을 받기 위한 팁으로 선생님 말씀 잘 듣고 예습 복습 철저히 하고 교과서 위주로 공부하라 정도의 말과 다르지 않게 보인다.

시간 관리 스킬의 효용성

14년간 3개국, 그리고 여러 회사와 다양한 일과 직책들을 거치며 나름 깨달은 것은 이러한 넘쳐나는 시간 관리 팁들에 함정이 있다는 것이다. 아무리 좋은 스킬이라도 나에게 맞지 않는 방법이 있다. 책상 정리만 해도 그렇다. 대부분 책상 정리를 깔끔하게 하는 것에 더 좋은 이미지를 갖지만(편견), 수많은 직원들과 동료들을 지켜본 결과 책상을 더럽게 쓰고 정리 정돈을 잘 못 하는 사람이 오히려 업무 성과는 더 나은 경우도 많이 보았다. 업무를 순서대로 하는 것이나 일을 미루지 않는 것도 막상 업무를 하다 보면 수많은 방해 요소들(잦은 미팅, 돌발상황, 전화 등)이 넘쳐나는 상황에서 이를 계획대로 정확히 지킨다는 것은 오히려 융통성이 없는 것일 수도 있다. 업무 분담 및 위임(Delegation)은 부하직원이 있을 때는 가능하지만, 그렇지 않은 경우에는 동료들이나 타 부서에 업무 분담을 하려다 자칫 팀 내 미묘한 갈등이나 혹은 부서 간의 신경전으로 번지는 경우도 흔하다. 회사 재직 당시, 영국의 시간 관리(Time management) 전문가를 초청하여 3일간 연수를 받았던 적도 있는데, 몇 개월 뒤 팀원들에게 물어보니 실질적으로 도움이 되었다는 피드백은 없었고 오히려 어떤 좋은 방법이 있더라도 명확한 선을 긋고 습관화하지 않으면 반대로 짐이 되어 더 많은 일을 하게 되는 경우도 있었다. 앞장의 자기계발 관련 챕터에서도 언급했듯이 이것저것 조금씩 시도해 보면서 나에게 편하고 맞는 것을 찾으면 그걸로 된 것이지 어떤 특정한 방법이나 스킬을 무조건 따라 한다고 좋은 것이 아니다. 나에게 맞는 방법을 찾는 과정에서 우선 가장 중요한 것은 어디에 시간을 더 많이 쓰고 어디에 덜 쓰고 싶은가를 자문(自問)하여 구체적으로 판단해 보는 것이다.

시간 관리 방법 추가 팁

앞서 시중에 나돌고 있는 여러 가지 시간 관리 스킬에 다소 회의적인 의견을 내비쳤지만, 그럼에도 불구하고 보통의 회사원들이 업무 생산성을 높이기 위해 가장 현실적인 방법을 굳이 한 가지 꼽으라면 바로 이메일을 잘 관리하는 것이다. 하루에 전 세계적으로 오가는 이메일이 약 2천억 개 정도라고 하는데 대부분의 사무직 업무에서 가장 많은 비중을 차지하는 것이기도 하다. 만약 매일 수많은 이메일을 받고 처리를 해야 한다면 이메일 하나만 잘 관리해도 꽤 많은 시간 세이브가 가능하다.

#1. 2 minutes rule

일본의 성공한 기업가이자 작가인 혼다 켄은 부자들의 생활 습관을 연구하기 위해 일본 국세청 고액 납세자 명단을 어렵게 구해서 일본의 부자 약 1만 명을 대상으로 설문조사를 했다고 한다. 그는 수많은 부자들과 메일을 주고받으면서 고소득자일수록 설문조사나 이메일에 응답하는 시간이 빠르다는 것을 알아냈다. 성공한 사람들일수록 어차피 할 일이면 미루지 않고 빨리 처리해버리는 습관이 삶을 사는 데 있어서 유리하다는 것을 아는 것이다. 하지만 또 현실에서는 즉각 즉각 처리하기 힘든 성격의 일들도 있을 것인데, 이때 쓰는 방법이 많은 CEO들이 이미 쓰고 있는 '2 minutes rule'이다. 항상 이메일 들어오는 것을 팝업창으로 바로바로 확인하고 한눈에 스캔하면서 그 이메일에 대응하는 것이 2분 이상 걸릴 것인가 이하로 걸릴 것인가 즉각적으로 판단한다. 만약 2분 이상 걸릴 것 같다고 판단이 되면 바로 'To do list' 폴더로 옮겨서 나중에 여유가 있을 때 대응을 하고, 2분 이하로 걸릴 것 같으면 하던 일을 멈추고 바로 이메일에 대응한다. 만약 쓸데없는 이메일이면 바로 삭제한다. 이 방식을 쓸 때 나만의 노하우는 게임을 하듯 항상 이메일 인박스를 'Zero'로 클리어 하겠다는 약간의 강박적 마인드인데 그것이 몰입도를 높인다. 그리고 이것이 적응이 되다 보면 자연스레 업무 처리가 빨라지게 된다.

#2 일요일 1시간 메일 정리

누구나 일요일에는 쉬고 싶지 업무용 노트북을 열고 싶은 마음은 없을 것이다. 하지만 일요일에 딱 1시간만 투자해서 이메일 정리를 해 놓고 다음 날 일할 목록 정리를 해 놓으면 월요일 아침에 압박감이 굉장이 줄어 컨디션이 완전히 달라지고 이것이 도미노 효과로 화요일과 수요일 정도의 컨디션까지도 좌우 할 수 있다. 이메일에 치인다는 느낌 없이 내가 컨트롤 가능하다는(Manageable) 느낌만 들어도 전체적인 업무 플로우가 훨씬 더 유연해지고 예상치 못한 일들을 대할 때 심적인 여유가 생겨 오히려 더 빨리 솔루션을 찾을 수 있는 경우가 있다.

#3 다양한 대시보드(Dashboard) 활용하기

그 외 추가로 유용한 방법은 다양한 대시보드를 활용하는 것이다. 대시보드라는 용어는 자동차나 비행기의 속도계 등을 포함한 계기판에서 유래한 것이다. 최근에는 많은 데이터를 처리하여 한눈에 알아보기 쉽게 디자인된 많은 비즈니스 용 소프트웨어가 넘쳐난다. 나의 경우는 CRM 이나 Power BI를 주로 썼는데, 이러한 대시보드도 각자 본인과 맞는 툴이나 또는 소속된 조직에서 이미 사용하고 있는 소프트웨어가 있을 것이다. 이러한 것을 잘 이용하면 비즈니스를 전체적인 그림에서 읽거나 평소에 눈에 보이지 않던 규칙성을 발견할 수도 있다. 그리고 정보를 더 잘 이해하면 생각보다 많은 시간이 단축될 수 있다.

콜 포비아(Call phobia): 전화 걸기를 두려워 말라

문자나 카톡 등 메세지로 대화를 하는 것에 익숙해진 현대인들은 갈수록 전화 통화를 기피하는 경향이 있다. 실제로 국내의 한 설문조사에서 성인 남녀 응답자의 반 이상이 전화 통화를 하는 것이 부담스럽다고 답했는데 이러한 현대 사회의 현상을 전화 공포증, 즉 콜 포비아(call phobia)라고 한다. 같은 언어를 쓰는 사람들끼리도 이럴지언정 외국어로 전화 통화를 한다는 것은 당연히 더 두려운 일이다. 외국어로 전화 통화를 해 본 경험이 있는 사람들이라면 잘 알겠지만, 전화로 대화를 하면 얼굴을 맞대고 대화를 나누는 것보다 훨씬 더 의사소통이 어렵고 그 이유는 스피치 이론에서 자주 사용되는 메라비언의 법칙에서 잘 설명하고 있다. 의사소통을 효과적으로 하는 데 있어서 말투나 표정, 눈빛, 제스처 같은 비언어적 요소들이 차지하는 비율이 언어적 요소보다 훨씬 더 높으며 전화 통화는 이러한 비언어적 요소들이 원천적으로 차단된 커뮤니케이션이기 때문이다. 특히나 상대방의 사투리나 악센트가 심한 경우나 전화 감도가 좋지 않거나 혹은 주변이 시끄러운 경우에 외국어로 어떤 중요한 내용이 수화기 상으로 전달된다는 것은 상상만 해도 스트레스가 유발되는 상황이다. 그래서 일반적으로 한국인들이 해외 취업을 해서 초반에 가장 두려워하는 것이 업무상 전화 통화이고 실제로 외국의 오피스에서 오랫동안 근무를 하고도 전화 통화를 최대한 피하고 이메일로만 커뮤니케이션 하려는 사람들이 의외로 꽤 많다. 하지만 겁이 난다고 전화를 멀리하고 대신 이메일을 쓰는 버릇을 들인다면 쓸데없는 데 시간을 낭비하는 경우가 아주 많다는 것을 기억해야 한다. 특히 오해의 소지가 있는 상황 설명이나 또는 어떤 문제가 복잡하게 꼬인 상황에서 이 난감한 상황을 설명하고 해명하는데 30분 이상 이메일을 쓰면서 설명을 하는 경우도 있는데 이럴 때 전화 한 통으로 1분이면 일이 해결되는 경우가 흔하다. 콜포비아의 늪에 빠지면 시간 관리 측면에서 비효율성이 높아질 수밖에 없으니 두려움을 없애고 전화를 최대한 활용하는 것이 좋다.

업무상 전화 예절

1. 이메일의 경우 언제든 보내도 큰 상관이 없지만, 전화는 상대방이 바쁜 시간에 방해가 되는 것은 아닌지 다른 국가일 경우 반드시 시차도 고려를 해봐야 한다는 것이 기본이다.
2. 전화를 걸기 전 반드시 왜 거는지 다시 한번 생각을 간단히 정리하고 해야 한다.

3. 자주 통화하는 대상이 아니라면 상대방이 받았을 때 바로 이야기를 할 것이 아니라 내가 전화를 건 상대가 맞는지 물어서 확인을 먼저 해야 한다.

4. 스피커 폰은 웬만하면 사용하지 않도록 하는데 어떤 이유로 스피커 폰을 사용할 때는 반드시 상대방의 동의를 구하는 것이 예의이다.

5. 만약 전화상으로 어떤 질문을 받았는데 내가 당장 답변을 할 수 없다면 당황하지 말고 그 사항은 체크를 해보고 다시 연락을 주겠다 혹은 이메일로 보내겠다고 하고 넘어가면 된다.

진정한 워라벨의 의미 - Think Smart

세계적인 인기를 끌었던 넷플릭스 드라마 '지옥'을 본 외국인들이 가장 큰 문화충격으로 꼽은 것이 극 중 방송국 PD 배영재가 갓 태어난 아기와 와이프가 불안정한 상태에서도 회사에 출근한 것이라고 한다. 이에 반응한 넷플릭스 코리아는 공식 인스타그램에 "무슨 상황이든 출근하는 K-직장인"이라는 코멘트를 올리며 한국 직장인들의 애환을 해학적으로 표현하기도 했다. 많은 사람들이 여전히 열심히 하고 노력해야만 한다는 말을 신앙처럼 품고 살아간다. 세상의 스포트라이트를 받는 성공한 연예인들과 사업가들은 하나같이 바쁘고 부지런해 보이고, 또한 바쁘다는 것은 우리의 도파민을 자극하여 마치 모두가 당신을 필요로 하며 당신이 중요한 사람인 것처럼 느끼게 하기도 하는 중독성도 있다. 하지만 우리가 잊지 말아야 할 것은 실패한 사업들도 부지런한 경우가 대부분이었다는 것이다. 책 〈혼자 일하지 마라〉의 저자 키이스 페라지는 "고상함이란 최소한의 노력으로 최대한의 효과를 달성하는 기술"이라는 말을 했는데 즉 열심히 또는 오래 하는 것과 세상에서 말하는 성공은 결코 필요충분조건이 아니라는 것이다. 실제로 일을 효율적으로 잘 하는 사람들을 관찰해보면 EQ의 영역을 매우 잘 활용한다는 것을 볼 수 있다. 가령,

- **빠른** 업무 구조화를 통해 어려운 업무를 쉬운 일로 만드는 능력
- 주어진 태스크를 갈등을 일으키지 않는 선에서 적절하게 위임할 줄 아는 능력
- 내 업무 성과를 비호감을 일으키지 않는 적정선에서 잘 포장하는 능력
- 가끔은 미묘한 사내 정치나 부서 간 알력을 내가 유리한 쪽으로 활용 하는 센스
- 일과 휴식의 명확한 경계 설정을 할 줄 아는 능력 등

이러한 주관적 능력들을 잘 활용하여 얼마나 영리하게 일하는지 가 핵심이다. 빌 게이츠가 어려운 일은 '게으르고 영리한' 사람에게 시킨다고 알려져 있는데 그 이유가 그들은 쉬운 방법을 찾아내기 때문이라고 한다. 앞으로 다가올 시대에 적합한 좀 더 세련된 롤 모 델은 무엇일까 다시 한번 생각해보게 하는 대목이다.

근무시간과 생산성

20세기 초반만 하더라도 당시의 경제학자나 미래학자들은 2000년 정도가 될 무렵이면 대부분의 산업화가 된 국가에서 하루 4시간 근무를 할 것이라고 예상했다고 한다. 그 예상된 시간이 한참 지난 지금에도 여전히 하루 4시간 근무는 갈 길이 멀게만 느껴진다. 링크드인(LinkedIn)에서 각국의 인사팀장(HR Manager)들을 대상으로 실시한 설문조사에 의하면 69% 정도의 응답자가 직원들이 회사 생활을 하는 데 가장 중요한 첫 번째 요소가 워라밸(Work Life Balance) 이라고 꼽았으니 어찌 됐건 근로 시간 단축은 보편적으로 중요한 가치이며 영원한 직장인들의 화두임에는 틀림없다. 근무시간과 생산성의 연관성을 다룬 한 연구에 따르면 주당 40시간을 넘어가는 시점부터 시간당 생산성이 현저히 감소한다고 한다. 특히 페이스 타임(Facetime) 또는 프레젠티즘(Presenteeism), 즉 고용주에게 잘 보이기 위해서나 혹은 상사가 퇴근을 안 하고 있으니 억지로 남아 장시간 근무를 하는 문화는 근로자의 정신적인 스트레스를 가중 시키는 대표적인 비효율 문화이다. 포드 자동차를 창업한 헨리 포드(Henry Ford)는 1914년 초 노동자 임금을 하루 2.34 달러에서 5달러로 2배 이상 올리면서도 동시에 근로 시간은 9시간에서 8시간으로 줄이는 파격적인 결정을 내렸는데 당시 시대 상황을 고려한다면 정말로 앞서나간 생각이었다. 당연히 산업계는 큰 충격을 받았고, 회사에 손해가 될 것이라는 우려 때문에 내부 반발도 거셌다.

그러나 결과적으로 근로자들은 포드에서 일한다는 것을 자랑스러 워했고 회사에 대한 충성심이 높아짐과 동시에 생산성이 향상되었고 이는 결과적으로 회사에 더 큰 이득을 가져다주었다. 또 이직률이 낮 아짐과 동시에 직원 교육에 관한 비용도 크게 낮아졌다. 만약 서구권 국가에 취업을 할 계획이라면 한국식 마인드를 조금 내려 놓아도 될 것이다. 특히 호주나 캐나다 또는 서유럽이나 북유럽 같은 국가에서 는 오히려 지나치게 일을 열심히 하고 혼자 야근하는 등의 행동을 하 면서 다른 팀원들을 이기려고 하는 분위기를 내서는 곤란하다. 대체 로 조직의 분위기와 조화를 더 중요시 하기 때문이다.

부업과 겸업의 시대

일본의 3대 은행 중 하나인 미즈호 FG 파이낸셜 그룹은 주 5일 에서 3일 근무까지 근로자의 니즈에 맞게 자유롭게 선택 할 수 있 도록 하고 직원들의 부업, 겸업 및 창업을 허용하고 있다. 즉 사원 신분으로 다른 회사에서 근무하거나 창업을 하는 것까지도 허용하 는 파격적인 시스템을 도입한 것이다. 미즈호 은행의 사장은 사회가 급변하고 있고 직장인들의 의식이 크게 변하고 있어 기존의 경영 방 식에는 많은 한계가 있어서 이런 결정을 했다고 밝혔다. 실제로 최 근에 세계적으로 많은 기업들이 겸업 허용이나 주 3~4일 근무 등 의 정책을 내놓으며 이러한 추세를 따라가고 있는데 전통적인 직장의 개념이 서서히 무너지는 형세를 고려할 때 가까운 미래에 더 다양한 근무 형태를 제시하는 회사들이 늘어날 전망이다. 나 또한 직장인 시절, 회사일 외에 개인적인 프로젝트를 따로 추진 했던 적이 있는데 2019년에 영어 학습 교재 〈한국인을 위한 영자신문 읽기〉를 출판했던 경우이다. 당시에 나는 전문 영어 강사도 아니고 교육업에 종사하는 것도 아닌, 그냥 호주 시드니에 사는 일반 회사원이었다. 단지 머릿속에 떠오르는 아이디어를 가지고 리서치를 하고 내 아이디어를 PPT로 작성한 뒤, 무작정 호주의 주요 언론사와 신문사의 문을 두드렸고 몇몇 언론사와 가격 협상을 하는 과정을 거듭했다. 다행히 호주 ABC 방송국의 홍보팀 매니저와 이야기가 잘 통했던 덕택에 내가 원하는 신문 기사들의 판권(copy right)을 아주 저렴한 가격에 구매하여 책을 집필할 수 있었다. 그 책을 통해 대단한 돈을 번 것은 아니지만 메이저 언론사와의 협상, 번역, 책 구성, 집필, 출판 등의 전체적인 프로세스를 직접 해봤다는 것은 나에게 너무나 소중한 내적 자산이 되었다. 그리고 당시 나의 직장 상사는 이러한 일을 대단한 일로 추켜세워 주었고 응원을 해주었던 기억이 있다. 이처럼 직원들이 다른 일도 병행할 수 있도록 길을 터주고 이러한 다양한 경험을 최대한 살려 혁신적인 문화를 만드는 것이야말로 장기적인 관점에서 회사의 경쟁력 제고로 이어질 것이다. 나중에 누군가의 보스가 되었을 때 꼰대 소리를 듣지 않으려면 이 점을 꼭 기억해 두었으면 한다.

주인의식 가지기 - 오너쉽

이제는 '대퇴사의 시대'나 'MZ세대' 등의 말을 언급하는 것조차도 유행이 지났다고 느낄 정도로 세상은 많이 변했다. 여전히 새로운 현실을 받아들이기 힘들어하는 기성세대의 불만은 존재하지만 이미 바뀐 세상을 되돌리기는 불가능하다. 더구나 한국의 경우는 다른 국가들보다 비교적 세대 간 문화 차이가 더 심할 수밖에 없는 또 하나의 이유가 있다. 가령 70년대생 이상은 후진국에서 태어나 현재는 선진국에 살고 있는 사람들이지만, 90년대생 이하는 선진국 문턱에서 태어나 현재도 선진국에 살고 있는 사람들이기 때문이다. 굶어 죽는다는 개념이 존재하는 세상과 그렇지 않은 세상에서 자란 것은 전혀 다른 배경이므로 원천적으로 마인드가 같을 수 없다. 사고방식의 차이가 없다면 오히려 이상한 것이다. 하지만 직장생활을 함에 있어 아무리 시대가 변해도 바뀌지 말아야 할 것은 있는데 적어도 자신이 맡은 일은 프로페셔널하게 하는 자세이다. 새로운 세대가 변화의 주축으로서 명분을 가지려면 요구만 할 것이 아니라 좀 더 능동적인 자세를 가진 Independent professional(독립적인 직장인)이 되어 뭔가 더 나은 점도 증명해야 한다. 몇 년 전 다양한 직업을 소개하는 호주의 한 라디오 방송을 자주 듣곤 했는데 하루는 시드니 항만의 도선사(Harbour Pilot)가 출연했다. 도선사란 대형 선박이 항구에 접안하는 과정을 총괄 지휘하는 일을 하는데, 과거 한국 언론에서도 평균 연봉 1위라는 직업으로 화제가 되었던 적이 있는 직업이다. 여하튼 이날 출연했던 그 호주 도선사가 인터뷰 중 했던 말이 기억에 남는다. 라디오 진행자가 "당신들이 하는 일은 일반인들에게는 널리 알려져 있진 않은 것 같네요."라고 묻자 그는 "As long as we do our job well, nobody notices it(아무도 우리가 하는 일을 모를 때 우리가 일을 제대로 한다는 증거입니다)"라고 답했다. 그도 그럴 것이 항만에서 선박 통항 관련 사고가 난다면 기본적으로 대형 사고가 되고 또 큰 뉴스거리가 될 테니 대중들이 본인들을 잘 모르는 것이 더 오히려 자랑스럽다는 것이다. 이처럼 돋보이거나 혹은 누구에게 잘 보이려고 하는 일이 아니라 스스로 Solopreneur(1인 기업인)이라는 마인드로 일하는 것이 진정한 오너쉽이다.

내 일은 내가 설계한다, 잡 크래프팅(Job Crafting)

싱가포르에서 근무를 하던 당시에 한 비즈니스 사교 모임에서 GE(General Electric)의 고위급 임원을 만나서 잠깐 대화를 나눌 기회가 있었다. 그는 미국인인데 싱가포르 주재 근무를 하는 중이었고 한국식 표현으로 하자면 대략 전무나 부사장급 정도의 직책이었다. 나는 그에게 어떤 리더십 스타일로 조직 운영을 하는지 물어보았는데 그는 한 마디로 "내 역할은 룰을 깨부수는 것이다."라는 말을 하며 본인의 경영 철학을 밝혔다. 즉 리더의 역할은 무조건 정해진 매뉴얼 대로만 따르는 것이 아니라 유연한 사고를 하고 필요하다면 정해진 룰이라도 바꿔야 한다는 말인데, 이러한 유연성은 꼭 고위급 임원들에게만 필요한 것이 아니다. 일반 사원들도 얼마든지 큰 틀을 벗어나지 않는 선에서 좋은 성과를 낼 수 있는 다양한 방법을 시도해 볼 수 있다. 이처럼 본인에게 주어진 업무의 영역이나 경계를 자의적으로 변화시켜 나가는 것을 잡 크래프팅(Job Crafting)이라고 하는데, 예를 들면 내가 평소에 취미로 코딩을 열심히 배우는 중이라면 회사의 특정 단순 반복 업무를 효율적으로 처리할 수 있는 알고리즘을 만들어 보는 식이다. 또는 환경 문제에 관심이 많다면 회사가 다양한 환경 보호 관련 프로그램에 참여하도록 주도적인 역할을 해볼 수도 있고, 영상 편집에 막 재미를 붙인 상황이라면 회사 유튜브 계정을 만들어서 관리하며 보스의 이쁨을 받아볼 수도 있다. 본인의 취미나 관심사를 일에 접목시켜 연습해보는 것이니 한마디로 일하는 시간을 이용해서 자기개발을 하는 셈이다. 꼭 이렇게 특별한 것이 아니더라도 'A'라는 방식이 굳어진 문화에서 'B'라는 방식을 시도하거나, 또는 승진이 목적이라면 나의 업무 영역(권한)을 은근슬쩍 조금씩 확장해 나가면서 이에 동료들이나 상사가 가랑비에 옷 젖듯이 점점 익숙해져 가도록 하는 방법을 택할 수도 있다.(실제로 내가 썼던 방식이다) 단순히 시키는 일만 수행하는 것 보다 구성원 자신이 일정 부분 디자인을 한 업무에는 열정이 증가한다고 한다.

착한 동료가 아니라 필요한 동료가 되라 (Killing point)

조직 문화에서 말하는 킬링 포인트(killing point)의 뜻은 남들은 따라 하기 어려운 나만의 차별화된 점이다. 물론 회사에서 대체 불가한 사람이 되는 것은 애초부터 거의 불가능하지만, 그래도 최소한 '대체를 하는데 아주 시간과 노력이 많이 들겠구나.'라고 느끼도록 하는 것을 목표로 해야 한다. 이를 위해서 필요한 것이 능동적으로 정보를 습득하고 자신만의 주특기를 개발하는 것이다. 가령 많은 IT 기반 초창기 스타트 업에서 대표 스스로가 개발자가 아닌 경우, CTO(최고기술경영자)나 개발자들이 원하는 방향으로 끌려다니는 경우가 흔하다. 이 또한 필요한 능력과 정보를 가진 사람이 심리적인 갑의 위치에 놓이는 갑을 도치의 원리 때문인데, 이런 경우 대표는 킬링 포인트를 제대로 가진 CTO나 개발자에게 상당한 수준의 의지를 할 수 밖에 없다. 킬링 포인트는 꼭 특별한 것이 아니어도 되며 일반적으로는 다른 사람들이 잘 모르는 부분이나 혹은 새로 나온 프로덕트나 시스템 등에 남들보다 조금 더 먼저 시간 투자를 해서 우선은 그나마 좀 더 많이 아는 사람이 되면 충분하다. 가령 조직에 새로운 시스템이 도입되었는데 사람들이 잘 모르는 것을 내가 조금만 먼저 공부해서 20~30%만 알고 있어도 자연스레 사람들이 나를 필요로하고 계속 질문하게 된다. 몇 번 반복이 되다 보면 자연스레 해당 시스템은 나에게 물어보라는 분위기가 형성되고 사람들이 나를 찾게 된다. 동료들을 도와주면서 자연스레 나도 매뉴얼을 한번 두번 더 보게 되고 자연스레 노하우가 쌓이면서 점점 마스터가 되어가는 선순환이 만들어진다. 조직 내에서 꼭 필요한 사람으로 인식되는 최선의 방법 중 하나이다.

적을 만들면 안 되는 이유

당연히 모든 사람을 만족 시키는 것은 불가능하다. 이는 인류 전 역사를 통틀어서 아무리 위대한 기업인이나 정치인도 100%의 지지를 받은 이가 단 한 명도 없다는 자명한 사실로서 드러난다. 예비 리더라면 반드시 기억해야 할 부분인데 이 말의 포인트는 단편적인 사안에 있어서 누군가를 실망 시키는 것을 두려워하지 말아야 한다는 것이다. 그래야 불필요한 에너지 소모를 줄일 수 있기 때문이다. 하지만 조심해야 할 부분은 이것이 결코 적을 만들어도 된다는 의미는 아니라는 것이다. 조직 생활을 하다 보면 아주 중요한 것이 피아식별인데 아군은 아군대로 적군은 적군대로 극단성을 배제하고 관리를 해야 한다. 가령 조직 내에서 10명 중 친한 사람이 7~8명 정도 있으니 이 정도면 나머지 소수의 인원은 함부로 대해도 되겠다고 만만하게 생각하면 언젠가 큰 손해가 될 일이 온다. 상대하기 껄끄러운 사람이 꼭 필요해지는 순간이 오게 마련이고 가끔은 그 상대가 나의 부족한 부분을 보완해 주는 역할을 하기도 하기 때문이다. 얼마 전 일본의 경제산업성 고위 간부 출신 평론가 고가 시게아키는 일본 정부가 천문학적인 인센티브를 제공하면서까지 대만 기업 TSMC가 일본에 반도체 공장을 유치하도록 목을 매는 상황을 지켜보며 "TSMC가 압도적인 우위의 위치에 서면서 일본은 막대한 돈을 허무하게 빼앗겨 버리고 말았다"고 평가했다. 그 이유는 아베 정권 이후 이어져 온 혐한 정책과 한국에 대한 경제보복과 연관이 깊은데 즉 한국에 대한 수출규제를 강화하면서 대놓고 삼성 등 한국기업을 겨냥했기 때문이다. 그러니 이제 와서 삼성이나 SK 등의 기업에 어떤 비즈니스 협력도 제안할 수가 없는 처지라는 것이다. 상황이 이렇다보니 자연스레 한 회사에만 의존하게 되고, TSMC의 경영진들도 이러한 힘의 불균형을 모를 리가 없으니 고자세를 취할 수 있는 것이다. 한국 하나쯤이야 적으로 만들어도 무시할 만하다고 판단했던 그 오만함이 몇 년 뒤 약점으로 돌아온 셈이다.

몰개성화는 결국 적을 만든다

어릴 적 집에 위인전집이 있어서 여러 번 보고 또 봤던 기억이 있는데 기억을 되짚어 보면 한국 위인의 어릴 적 성장 스토리와 외국 인물의 성장 스토리 묘사에 차이가 있었다. 일반적으로 한국의 위인들은 일단 태어나기 전부터 스펙타클한 태몽은 기본 옵션이고 어릴 적부터 무척 남다르고 뛰어난 재능이 있다고 묘사된다. 대체로 우월하고 특별하게 태어난 인물이라는 것에 포커스가 맞춰져 있는 것이다. 그에 반해 디즈니, 에디슨, 아인슈타인 등 외국의 인물들은 어릴 적부터 학교에 적응을 못 하거나 친구들과 어울리지 못하고, 성적이 너무 안 좋아 퇴학을 당하거나 사회 초년기에도 많은 방황을 하는 모습들이 엿보인다. 아이들에게 정말로 희망과 동기부여를 줄 수 있는 것이 어느 쪽일까? 사회가 대학 입학을 바라보는 관점도 다르다. 대체로 서양에서는 대학을 '안 간다'라는 것은 선택의 프레임이 강하지만 한국에서 대학을 '안 간다'는 것은 성패의 프레임으로 들어간다. 물론 어느 사회나 문화권에도 차별화된 사회 특성이 존재하지만, 집단주의 문화가 강한 한국에서는 특정한 삶의 방식이 합리화되어 버리기 쉽고, 이러한 지나친 몰개성화는 곧바로 적을 만드는 대립 구도로 이어진다. 몇 년 전, 한 중학생이 자기는 짧은 패딩이 좋은데 학교에서 롱 패딩이 유행할 때라 짧은 패딩을 입은 것이 이상하다고 놀림을 받았다는 글을 본 적이 있다. 아마도 롱 패딩이 아닌 짧은 패딩을 입었다고 이상하게 여겨지고 놀림받는 지구상 유일한 국가일 것이다. 최근에 나온 또 다른 뉴스에 따르면 요즘 중학생들 사이에는 '아이폰 왕따' 또는 '갤럭시 거지'라는 말이 있다고 한다. 아이폰을 사용하지 않으면 친구들 사이에서 따돌림을 당한다는 것이다. 이런 것을 보면 '꼰대'는 나이와 전혀 상관없다는 것이 피부로 와닿는데 바로 저러한 양분법적 마인드를 가진 아이들이 내 눈에는 강성 꼰대의 엘리트 코스를 밟고 있는 걸로 보이기 때문이다. 이렇게 서로의 자존감을 깎아 먹도록 촘촘히 설계되어 개성이 무시되는 사회에서는 '당연하다'라는 범주에 드는지 안 드는지 끊임없이 관찰되어지며 이를 바탕으로 정상과 비정상을 구분하고 편을 가르는 것이 끊임없이 반복된다.

문화차이 '제대로' 이해하기

다국적 구성원이 모인 조직에 속해있다면 문화가 다른 다양한 국적의 사람들과 어떻게 어울리고 또 나아가서 어떻게 커리어를 관리해 나가는가도 굉장히 중요한 부분이다. 흔히 문화 차이라고 하면 다른 인종들 간에 나타나는 차이라고 생각하지만 그렇지 않다. 같은 문화권 출신이라도 생각이나 사고의 차이가 꽤 크다. 가령 한국인들과 일본인, 중국인 사이에도 문화적 배경에 따른 평균적인 사고방식의 차이가 있고, 우리들에게는 익숙지 않지만, 서양 문화권 내에서도 국가마다 차이가 크다. 영국의 BBC 기자가 여행 기사에 직접 소개한 내용인데, 네덜란드 여행 중 식당에서 현지인 웨이터가 What do you want(뭘 원하니) 라고 주문을 받아서 충격을 받았다는 글을 적은 적이 있다. 영국에서 흔히 What can I get you(어떤 걸 드릴까요) 또는 What would you like to order(주문 어떤 거로 하시겠습니까) 같은 일반적이면서 예의를 갖춘 말만 듣다가 직설적인 네덜란드식 표현에 충격을 받은 것이다. 이와 반대의 경우도 있다. 흔히 글로벌 에티켓을 말하면 레스토랑에서 팁을 주는 장면을 떠올리는데, 이는 유독 미국에서 일반적인 문화이지 의외로 많은 유럽 사람들은 이런 문화에 익숙하지 않다. 한 여행사에서 영국인 3,000명을 대상으로 한 설문 조사에서 "미국에서 보통 15~20% 정도 팁을 주는 문화가 있는 것을 아느냐" 라고 물었을 때 놀랍게도 57%의 영국인들이 모른다고 답을 했다고 한다. 그리고 실제로 영국인 여행객들의 무지함이 미국의 상인들을 기분 나쁘게 한다는 기사가 더 텔레그래프(The telegraph)에 기사로 실린 적도 있다. 글로벌 에티켓이라는 것은 단편적인 행동 양식의 옳고 그름을 따지는 것은 아니다. 다만 국제적으로 받아들여지고 있는 커먼 센스(Common sense)와 '상호' 간의 차이를 이해하고 있는 정도는 되어야 불필요한 갈등을 미연에 방지할 수 있다.

직장 내 갈등과 부당한 대우

모든 사람이 직장 생활 중 나만 부당한 대우를 받거나 불이익을 받는다고 생각해 본 적이 있을 것이다. 한 통계에 따르면 심지어 조직 내에서 성과급을 최고로 받는 사람들을 대상으로 설문 조사를 해 봐도 1/3 이상이 본인이 부당한 대우를 받는다고 답했다. 이렇게 사람은 누구나 자기가 받는 피해에 대해 민감하기에 조직 생활을 하다 보면 갈등을 완벽히 피하는 것은 몹시 어렵고 중요한 것은 갈등이 생겼을 때 어떻게 풀어나가야 하는지이다. 우선 본인이 피해를 보고 있다는 억울하고 부정적인 감정을 하나하나 담아두다가 어느 순간 한 번에 폭발을 시키는 것이 가장 안 좋은 방법이라는 것을 이해해야 한다. 특히 서구권 국가에서는 감정을 쌓아두고 한방에 표출했을 경우 사람들이 이러한 행동을 이해하지 못하고 문제가 있는 사람으로 볼 확률이 비교적 더 높다. 간혹 한국식 마인드로 '많이 참았는데 이번에는 한번 제대로 뭔가를 보여줘야겠다'라는 생각이 들 때도 있지만, 그 생각이 든다는 것은 이미 적절한 수준의 감정 표현을 잘하지 못하고 있었다는 뜻이기도 하다. 이해관계가 충돌하는 상황이 벌어졌을 때 조직은 개인을 배려하지 않기 때문에 감정을 쌓아두고 있다가 돌이킬 수 없는 실수를 하기보다는 차라리 즉각 즉각 '알맞은 수준'으로 나의 불편함을 표현하고 전달하는 법을 습득하는 것이 중요하다.

감정이 실린 이메일

Corporate Silo(기업 사일로)라는 용어가 있다. 부서 간 이해관계가 다르거나 또는 경쟁 구도에 있을 때, 마치 벽이 있는 것 같다고 하여 만들어진 비즈니스 용어이다. 만약 기업에서 다양한 프로젝트를 책임지고 진행을 하는 입장이라면 간혹 부딪힐 수 있는 부서가 Finance Team(재무팀)이다. 돈을 다루는 입장에서는 예산이나 비용 관련한 모든 측면에서 회사의 규정에 맞게 처리하고 적절히 감시를 해야 한다. 하지만 프로젝트 책임자는 정해진 기간 내에 일을 마무리를 지어야 하는데 수많은 변수와 급한 일들이 터지는 상황이 발생하면 짜여진 매뉴얼을 벗어나Workaround(차선 방안)를 끊임없이 고민하고 실행에 옮겨야 하는 입장이다. 그러다 보니 사고가 유연하지 못한 재무 담당자를 만나면 현실적인 측면을 일절 고려하지 않고 매뉴얼만 펼쳐 들고 룰만 따져 대는 경우 가끔은 답답하기도 하다. 물론 이는 옳고 그름의 문제가 아니라 조직 내에서 각자의 역할이 다르니 어쩔 수 없는 부분이고 당연히 적절한 상호 감시와 견제가 있어야 전체적인 조화를 이루는 것이지만, 한창 정신이 없고 급할 때 매뉴얼을 들이대고 원칙만을 따지면 짜증이 나기 마련이다. 한번은 규모가 큰 엔지니어링 프로젝트를 진행하는 도중 Finance Team(재무팀)과 미묘한 신경전을 벌이고 있었다. 서로의 정당성을 주장하는 이메일을 몇 번 주고받다가 현실성이 전혀 없는 소리를 반복하는 CFO(재무최고책임자)에게 다소 강한 어조의 감정이 실린 이메일을 보냈다. 결국 나중에는 내가 사과를 하고 일이 마무리되었는데 호주 법인장이 내게 와서 조용히 한마디 조언을 해주었다. "비즈니스 세계에서는 모두가 내가 감정적으로 되어서 함정에 빠지기를 기다리고 있는 사람들이라고 생각하면 된다, 그럼 왜 굳이 내가 먼저 그 함정에 빠지려고 하느냐?" 지금도 나는 이 말을 깊이 새기고 있는데 비즈니스 이메일을 쓸 때는 절대로 어떠한 감정을 드러내지 말고 팩트만 나열해야 한다. 서로가 똑같이 감정이 상한 경우라 하더라도 먼저 감정이 실린 이메일을 보내면 내 등에 칼을 꽂는 증거물을 상대에게 주는 셈이다.

매니저와의 관계

내가 일했던 곳은 핀란드(헬싱키)에 본사를 둔 글로벌 기업의 호주(시드니) 법인 이었다. 양쪽 문화가 섞여 어쩌면 가장 선진적인 형태의 문화를 체험할 수밖에 없는 구조였을 것이다. 그곳에서는 상사가 부하 직원들을 대상으로 프레젠테이션을 하고 난 뒤 팀원들을 먼저 내보내고 뒷정리를 본인이 직접 하는 것이 일반적이다. 가장 막내가 뒷정리를 도맡아서 하는 문화가 아니라 내가 회의를 주재했으니 내가 정리한다는 깔끔한 마인드다. 한국이나 중국 등의 국가에서는 회사 내에서 상사와 부하직원의 관계에 따라 사적으로도 높낮이가 설정되지만, 서양에서는 계약 관계라는 개념이 조금 더 강해서 같이 일하는 동료의 개념이 비교적 더 크다. 그래서 무언가 해야 할 말이 있다면 속에 담아두지 말고 할 말은 해도 무방한 경우가 많은데 간혹 지나치게 많은 일이 주어졌다면 너무 많으니 줄여달라고 요구하고 또 아예 책임지지 못할 일은 -합당한 이유가 있다면-못하겠다고 거절해도 된다. 본인이 할 수 있는 일과 없는 일을 잘 판단하는 능력도 중요하고 만약 못하겠다면 똑 부러지게 타당한 근거를 제시하며 말하는 것도 필요하다. 만약 매니저와 어떤 트러블이 생겨 도저히 참을 수 없을 지경까지 갔다면 인사팀을 찾아가서 허심탄회하게 이야기를 하는 것이 좋다. 설사 갈등이 풀리지 않더라도 다른 부서로 이동을 제안하는 등의 대안(나의 능력을 어느 정도 인정받은 경우)을 제시하여 문제를 해결해 주려고 노력하는 회사들도 꽤 많기 때문이다. 스트레스를 받는 정도가 넘어서면 그 상황에서 벗어나는 것이 제일 좋지만, 현실적으로 여의치 않는다면 능동적으로 대안을 찾아야 한다.

언제 이직을 고려해야 하는가?

누구나 처음에 입사를 하면 새로운 환경이 어느 정도 낯선 것은 당연하다. 하지만 시간이 지나 몇 개월이 흘러도 여전히 동료들과 어울려 밥 먹는 게 어렵고, 대화에 끼는 것이 어렵고, 농담을 주고받는 것이 어렵다면 조심스레 문제 인식을 해 볼 필요가 있다. 또한 업무 관련 해서도 왠지 내 의견만 유독 반영이 안 되거나 혹은 은근한 차별을 받는 것 같은 소외감을 느낀다면 그 느낌이 틀리지 않을 확률이 높다. 사람들의 성격은 다 다르기 때문에 조직 저마다의 특성이 확실히 존재하고 아무리 노력해도 나와 맞지 않는 그룹이 있을 수 있다. 이런 경우 어지간하면 빨리 파악하고 나오는 것이 장기적인 관점에서 더 낫다. 아래 몇 가지 예시를 보고 나와 맞지 않은 문화에 들어온 것인지 간단히 진단해 볼 수 있다.

1. **직원들과 어울리지 못한다고 느낄 때**: 회사 혹은 부서 내에서 같은 편이 없고 혼자라고 느낄 때 받는 스트레스는 엄청나다. 업무 성과에도 악영향을 미치게 되고 이것이 계속 악순환의 고리로 빠져들어 간다. 이직을 고려해 볼 필요가 있다.

2. **신념이나 가치관의 불일치**: 동물권을 이유로 채식주의자의 길을 선택한 사람이 베이컨 제조 회사에 다닐 수는 없는 일이다. 꼭 이렇게 극단적인 경우가 아니더라도 업무 방식에 있어서 개인의 믿음이나 가치관이 조직이나 리더와 차이가 난다고 느낄

수가 있는데 그 갭이 일정 수준을 넘어 심하다고 느낄 정도라면 직장을 옮길 고려를 해봐야 한다는 방증이다.

3. **회사에 가기가 두려울 때:** 매일 아침 일어나서 회사에 가는 것이 두렵거나 싫어서 고민이 될 정도라면 심각하게 그만두는 것을 생각해봐야 한다. 물론 출근길이 신나는 직장인이 있겠냐마는 지나치게 출근길이 괴롭고, 회사에서 다른 사람들에게 전혀 관심이 가지 않는 정도라면 이 또한 다른 직장을 알아볼 때라는 신호일 수 있다.

4. **프로젝트나 회의 등을 진행할 때 은근히 소외되는 기분을 받는 경우:** 이러한 느낌을 받고 이것이 지속 될 경우 이는 단순한 느낌이 아니라 실제로 그런 소외가 진행되고 있는 것일 확률이 높다. 이러한 경우에도 내가 받을 수 있는 스트레스의 강도가 필요 이상으로 높아지므로 장기적인 관점에서 본다면 이직을 고려하는 것이 더 나은 판단일 수 있다.

5. **성장한다고 느끼지 못할 때:** 세계적인 석유 기업 BP의 인사 총괄 부사장은 한 잡지사와의 인터뷰에서 "내가 하는 일이 너무나도 편하게 느껴진다면 더 이상 배울 것이 없다는 의미이다."라는 말을 했다. 그는 이어서 "더 이상 배울 것이 없을 때가 곧 하는 일을 바꾸어야 할 때"라고 덧붙였다. 꼭 이직을 하라는 뜻이라기보다는 부서 이동이든 추가적인 업무든 뭔가 변화를 주어야 할 때라는 의미이다.

단지 한국어를 쓴다는 이유로 해고?

한 국내 대기업의 프랑스 법인에 가면 점심시간에 모세의 기적이 일어난다고 한다. 한국인 직원들과 프랑스인 직원들의 테이블이 알아서 반으로 갈린다는 것이다. 사실 이 회사에서만 볼 수 있는 특별한 광경은 아니다. 다국적의 직원들이 모인 기업에서 근무해보면 단순히 점심시간에 밥 먹는 테이블만 봐도 출신 국가별로 갈리는(대체로 아시아 국가 출신들이 심하다) 모습을 쉽게 볼 수 있다. 어느 나라를 가나 직장 내 패거리 문화가 있고, 특히 많은 국가 출신의 사람이 함께 일하는 직장이라면 국적에 따라 친분 관계가 형성되는 것이 당연히 자연스럽고 또 흔한 일인 것은 어쩔 수가 없는 부분이다. 하지만 그 도를 넘어서면 문제가 생긴다. 몇 년 전 미국의 델타 항공에서 근무했던 한국인 직원 4명이 업무 중 지속적으로 한국말을 사용했다는 이유로 동시에 해고를 당한 적이 있다. 그들은 인종차별에 의한 부당한 해고를 당했다며 항공사를 상대로 소송을 냈지만, 사실 그 자세한 내막은 모를 일이다. 당사자들에게는 조금 미안

한 소리지만, 보통의 경우 해고가(특히 여러 명을 한꺼번에) 이 정도 수준의 단편적인 이유 하나로 일어나지 않는다는 것도 한 번쯤 생각해 볼 부분이기 때문이다. 보통 이런 류의 사안으로 극단적 조처가 내려지는 배경을 파고 들어가 보면 미묘한 갈등이 쌓이고 쌓이다가 터지는 경우가 많다. 특히 조직 내 특정 소그룹이 생길 때 그 갈등의 양상이 비교적 더 쉽게 나타나는 경향이 있다. 가령 런던 소재의 한 회사에서 영국인 백 명 틈에 한국인이 단 한 명일 때와 다섯 명일 때는 생존 본능의 측면에서 봤을 때 행동이나 태도가 달라질 수밖에 없다. 한 명일 때는 무리에서 살아남기 위한 절박함의 심리가 우선이지만, 다섯 명 정도가 되면 내가 굳이 기를 쓰고 영국인 동료들과 어울려야만 할 필요가 없다는 안정감이 어느 정도는 들게 마련이다. 물론 이는 자연스러운 본능이다. 그리고 비교적 안정된 소속감이 생길 때 인간은 개인으로 있을 때 하지 못하던 행동이나 표현에 좀 더 과감해지기도 하고 편한 사람들과만 어울리며 그 상황에 안주해버리는 경향성이 드러나기 시작한다. 문제는 이것이 고착화 되면 Comfort zone(안정감의 영역)을 벗어나기 힘들어진다는 것이다. 주변 분위기를 잘 살펴 눈치 빠르게 적절한 수준이 무엇인지 파악하는 것도 사실상 능력(EQ의 영역)이며 이는 결국 또 메타인지로 귀결된다. 로마에 가서 무조건 로마법을 따를 필요는 없다, 다만이는 내가 그 법을 바꿀 힘이 있거나 무시해도 될만한 상황일 때 해당하는 말이다. 당장 그럴 힘이 없다면 상황에 알맞게 적응하면서 힘을 키우든지 아니면 손해를 감수하든지 어차피 선택권은 둘 중 하나밖에 없다.

나도 모르게 하는 인종 차별을 주의해야

사회생활을 하다 보면 여러가지 측면에서 사람마다 입장차이가 크다는 것을 느끼는데 특히 다국적 팀으로 구성된 환경에서는 문화적인 차이도 상당한 비중을 차지할 수 있다. 특히 다국적 직원들이 모인 공간에서는 상대방의 인종에 대한 언급은 조심해야 하고, 또 동양인이라고 자동으로 인종차별의 피해자 입장에만 놓이는 것은 아니라는 것을 기억해야 한다. 나도 과거에 인도계 호주인 동료에게 무심코 한 질문 하나가 상대를 기분 나쁘게 했던 적이 있다. 인도계 사람들을 보면 피부색이 아주 까만 사람도 있고 비교적 백인처럼 밝은 톤의 사람들도 있는데 왜 그런 차이가 나는 건지 그 문화적 배경이 궁금해서 물었는데 상대는 이를 인종차별(racism)적인 발언으로 받아들여 기분이 상했다고 표현한 적이 있다. 그뿐만 아니라 심지어는 백인들 사이에서도 이런 일이 일어나기도 하는데 호주인이 이탈리아 출신의 동료에게 무심코 던진 말(이탈리아인은 모두 성질이 급하다)이 인종차별 문제로 번진 경우도 있었다. 즉 인종차별은 꼭 흑인이나 동양인들이 당하는 처지에만 있는 것이 아니며 또 인종이 서로 달라야만 성립이 되는 것도 아니다.

인종차별의 경계

정확히 어디부터 어디까지가 인종차별이라고 하는 것은 주관적인 기준이 개인마다 다르므로 그 정확한 경계는 없으나 크게는 의도적이고 악의적인 인종차별과 의도는 없으나 무지에서 오는 인종차별 두 가지로 나뉠 수 있겠다. 전자의 경우 겉으로 쉽게 드러나지만, 후자의 경우는 그 기준의 모호성 때문에 나도 모르는 사이 내가한 말이나 행동이 오해의 소지가 되는 경우가 흔하다. 현재 글로벌스탠다드의 관점에서 본다면 일단 상대방이 기분이 나쁘고 너무 터무니없는 이유가 아닌 이상 대체로 인종차별이라고 인정한다. 즉 피해 호소자의 입장과 감정을 더 중시하는 경향이 강하다. 그래서 상대방 또는 누군가에게는 '기분이 나쁠 가능성도 있겠다'라는 것을 미리 인식하고 그 요소를 피하는 것이 일반적인 에티켓으로 여겨지며, SNS상에 무언가를 올리는 것도 국경을 초월하는 잠재적인 폭발력을 감안해서 조심하는 것이 예다. 실제로 미국의 한 직장인이 남아프리카 공화국 출장을 가기 전 공항에서 "Hope I don't get AIDS. Just Kidding." (에이즈에 걸리질 않길. 농담이야) 이라는 표현을 자신의 트위터에 남겼다가 해고당한 사례도 있다. 출국 전 그녀는 170명의 팔로워를 가진 평범한 직장인이었지만 11시간 비행을 하는 동안 해당 트윗이 전 세계적으로 퍼져 글로벌 1위 트렌드가 되었고 남아공에 도착할 때쯤 이미 세계적인 이슈가 되었기 때문이다. 몇 년 전 한국의 고등학생들이 얼굴을 새카맣게 칠하고 아프리카 전통 장례 풍습을 따라 한 소위 '관짝소년단 밈'도 비슷한 예이다. 악의 없는 가벼운 장난이라고는 하지만, 온라인상에서 인종차별 논란으로 번지고 해당 국가의 뉴스에 소개되어 외교적 문제에 버금하는 이슈가 되기도 했다. 결국 세상이 하나로 연결된 시대에 살고 있다는 자각의 문제인데 포인트는 잘잘못을 따지는 것이 아니라 누군가에게는 민감한 이슈일 수 있다는 것을 의식적으로 아는지 모르는지의 차이이다.

3부

취업 메커니즘 정복
(HOW)

* 저자노트: 이번 장부터 다룰 면접과 이력서 섹션은 당신이 꼭 취직을 준비하는 상황이 아니더라도 자신의 장점을 극대화하는 방법이나 토론, 스피치 능력 향상 등과 관련된 유용한 팁들이 많이 포함되어 있으니 여러모로 큰 도움이 될 것이다. 단순히 면접의 기술이나 이력서를 잘 쓰는 이론적인 측면은 지루하기도 하며 또 이미 국내외에 훌륭한 커리어 코치들이 많기 때문에 되도록 지양한다. 다만 글로벌 리더 양성을 위한 마인드 코칭에 중점을 두는 멘토로서 나는 그 이면에 숨겨진 인간의 심리와 행동 원리 등에 포커스를 맞추어 최대한 스토리 형식으로 풀어내고자 한다.

5장

면접이 두려운 이유
(극복)

나만의 스토리 라인 구성하기
– Your success depends on your story

1789년 프랑스의 레세르(Laizer) 후작은 신장결석으로 고통받고 있다가 요양을 하기 위해 에비앙이라는 작은 마을을 방문했다. 그가 하루는 길을 걷다가 목이 말라 샘물을 마셨는데 너무나 시원하고 목 넘김이 좋아서 자주 그 물을 마셨고 약 3개월 후 오랫동안 앓고 있던 신장병이 완쾌되었다. 이후 이것이 입소문을 타게 되어 그 샘물을 마시기 위해 유럽 전역에서 사람들이 몰려들기 시작했는데 이 물을 담아서 팔기 시작한 것이 고급 브랜드 에비앙 생수의 시작이다. 이미 200년 전부터 스토리 텔링 요소를 마케팅에 적용하여 브랜드 이미지를 형성한 사례라고 할 수 있다. 현재에도 수많은 기업이 소비자와의 관계 형성에 있어서 스토리 텔링이 아주 중요하다는 것을 인지하고 이 요소를 광고에 추가하고 있는데 이러한 원리는 면접을 할 때도 그대로 적용이 된다. 단순히 모범 답안을 외우는 방식은 일관성이 없고 지나치게 개성이 없다는 것이 너무 쉽게 드러난다. 또한 면접 과정에서 나누는 모든 대화를 면접관들이 일일이 다 기억할 수가 없기 때문에 나의 이미지를 각인시키고 효과를 극대화하기 위한 스토리 구성이 필요한 것이다. 만약 재무나 감사 업무를 하는 포지션에 지원했다면 나의 청렴성과 투명성을 강조하는 스토리가 도움이 될 것이다. 가령 이전 회사에서 직장 상사가 회계 부정을 저지르는 것을 우연히 알게 되었고 그가 나에게 큰돈을 건네면서 회유를 시도한 경우라고 가정해보자. 나는 이러한 것에 대해 그냥 넘어갈 수가 없어서 정식 절차대로 상부에 보고하여 결국 그 상사는 회사를 나가게 되었다는 식이다. 단순히 이력서를 다시 읊는 것이 아니라 어떤 스토리를 통해 Point of attack(공격점)을 잡아서 내용 전달을 할 때 상대방의 머리에 내 이미지가 훨씬 더 깊이 각인이 된다. 한가지 예를 더 들어보면, 만약 지원한 회사가 글로벌 진출을 하려는 계획을 하고 있다는 것을 사전 조사를 통해 알게 되었다면 이전 직장에서 국제적인 프로젝트에 참여했다는 것을 스토리로 만들어서 어필하면 당연히 플러스 요인이 될 것이다.

스토리에는 모순이 없어야 한다

스토리를 말할 때 중요한 것은 내가 앞에 한 말과 후에 한 말이 서로 모순되는 일이 있으면 안 되기에 본인의 캐릭터 설정을 정확히 하고 들어가야 한다. 평소에 본인의 철학이나 생각 등이 잘 다듬

어져 있는 경우는 괜찮지만, 그렇지 않다면 최소한 연극의 극본을 쓴다는 생각으로 준비를 해야 한다. 가령 직장 상사가 일반적인 도덕 기준에 반하는 잘못된 지시를 내릴 때 어떻게 할 것인가 등 상황별로 나는 어떻게 대응을 하는 사람인가에 대한 고민을 스스로 해보고 내 캐릭터를 확실히 정하고 면접에 응해야 앞과 뒤가 전혀 상반되는 말(Inconsistency)을 하는 실수를 하지 않게 된다. 외국 기업에서의 면접은 여러 단계로 나누어져 있거나 혹은 길게는 한 번에 3~4시간 이상 심층적으로 인터뷰를 하는 과정도 흔하기 때문에 이러한 특성을 인지하고 있어야 당황할 일을 최소화할 수 있다.

근거를 마련해야 한다

가령 나는 리더십이 있다, 팀 플레이어다, 꼼꼼하다 등의 성격적인 측면의 장점을 굳이 말하고 싶다면 과거에 어디서 어떠한 리더십을 발휘했는지, 팀에 특별히 기여한 어떤 사건이 있는지 등 이유와 스토리를 준비해야 한다. 이러한 뒷받침 할 만한 스토리가 없다면 말을 안 하느니만 못하다. 질문에 답변을 할 때는 약 30~40초 답변이 가장 적절한데 너무 짧으면 뭔가 허전하고 성의 없이 보이고, 너무 길면 장황한 답변에 답답함을 느낄 수 있다. 다만 내가 이전 직장에서 한 업무나 주요 성과를 자세히 설명해 보라는 질문에는 조금 길게 2~3분 정도 자세한 디테일 하게 말하는 것이 좋다.

긴장을 덜 하는 방법

인터뷰를 하는 당일 날 아침에는 긴장이 되는 기분을 억지로 없애려고 해도 없어지지 않는다. 긴장되는 근본 이유는 선택하는 입장과 선택을 당하는 입장이라는 차이에서 오는 심리적 힘의 불균형 때문이다. 이때 기억해야 할 것은 면접관도 사람이라는 것이다. 면접관들도 본인이 어떻게 보일지 혹은 이 회사가 어떻게 비칠까 은근히 신경을 쓰고 있다. 페이스 북(Meta)의 초창기 멤버이자 디자인 총괄 부사장을 지냈던 줄리 주오(Julie Zhuo)도 그녀의 책 〈The making of a Manager〉에서 처음 매니저 역할을 맡았을 때의 기억을 공유했다. 페이스 북이 급격히 성장하던 당시에 갑자기 많은 팀원을 뽑아야 했고 본인이 면접관인데도 지원자들보다 더 긴장해서 손발이 떨리는 경험을 했었다고 고백했다. 물론 이는 초보 매니저들일 때 해당하는 소리지만, 그 외에도 팀장급 이상의 직원들이 본인 자신의 리더십에 고민을 하는 경우가 은근히 많다. 휴넷의 설문조사에 따르면 팀장급 이상의 직장인 180명에게 "역량 부족을 느껴 퇴사를 고려한 적이 있는가?"를 물어보니 응답자 60%가 "그렇다"고 답했다. 그만큼 겉으로는 칼같이 보이는 면접관들도 속으로는 무슨 생각을 하고 있을지 모를 일이며 저마다의 이유로 자존감이 낮은 사람들도 많다. 이를 역이용 해본다면 그들도 약점을 가진 인간이라는 부분에 포커스를 맞추어 프레임을 바꾸는 이미지 트레이닝을 한다면 긴장이 조금 줄어드는 데 도움이 될 수도 있을 것이다. 또 한 가지 기억할 것은 다른 지원자들의 실력에 신경 쓰지 않는 것이다. 가장 불필요한 걱정이 다른 지원자들의 능력은 어떨까 고민하고 걱정하는 것인데 이는 내가 컨트롤할 수 있는 요소가 아니므로 나 자신에게만 포커스를 맞추도록 하는 것이 좋다.

내 약점 파악이 중요하다

누구나 내가 부족한 점이 무엇인지 스스로 어느 정도 인지하고 있다. 경력이 너무 부족한 것 같다거나, 영어를 좀 못한다거나, 해당 포지션과 내 전공이 무관하다거나 등 이러한 부분이 인터뷰 전 더 긴장하게 만드는 요소가 된다. 만약 이런 경우라면 내 부족한 부분에 대해서 긍정적으로 풀어낼 수 있는 스토리가 필요하다. 부족한 부분을 파악하기 위해 반드시 해야 할 것은 이력서와 Job description(직무분장)을 비교해서 공통분모와 갭을 찾는 것이다. 공통분모는 장점이고 갭은 단점이다. 갭을 찾았다면 이를 보완할 스토리를 만들어야 한다. 만약 고객 상담 직종에 지원하는 경우인데 관련 경력이 없는 경우라면 내가 받았던 최고의 고객 상담 서비스 경험을 떠올려보고 이를 예로 들면서 내가 생각하는 이상적인 서비스는 무엇인가를 설명하는 것도 큰 도움이 될 것이다. 또 한국인들에게는 글로벌 커리어를 만들기 위해 가장 큰 장애물은 영어(또는 현지어)인 경우가 많을 것이다. 가령, 영어의 경우 완전히 못 하는 수준이라면 어차피 답이 없지만, 내가 커뮤니케이션에 특별히 지장은 없는데 아주 유창한 정도가 아니라면 이런 식으로 말을 해볼 수 있다.

"지난 1년간 매일 밤 3시간씩 단 하루도 빠짐없이 영어 공부를 해서 영어를 전혀 못 하는 상태에서 이 정도 수준까지 만들어 냈습니다. 계속해서 빠르게 실력이 늘고 있음으로 아마 몇 개월만 더 있으면 거의 완벽한 수준에 가까워질 것이라고 예상합니다."

이 정도의 코멘트라면 Language barrier(언어장벽)에 관한 걱정을 어느 정도는 불식시킬 수 있을 뿐 아니라 나의 성실한 태도도 간접적으로 어필을 할 수 있다. 즉 면접관이 속으로 내 단점이라고 여길 만한 요소를 내가 먼저 치고 들어가서 단점을 장점으로 프레임 전환을 하는 것이다. 이러한 것을 가능하게 하기 위해서는 객관적인 시각으로 내가 해당 업무를 성공적으로 수행하는데 부족한 점이 무엇일까 잘 생각해 두어야 한다.

특정 스킬이 부족할 때

애플의 스티브 잡스가 아이폰을 세상에 처음으로 공개할 때, 프레젠테이션 도중 선보였던 아이폰의 일부 기능들은 아직 완성되지 못한 기술들이었다. 당시에 그는 마치 이미 완성된 기술인 것처럼 대중 앞에 선보였고 나중에 이것이 논란이 되기도 했다. 하지만 내부적인 진행 상황과 발전 속도를 누구보다 더 잘 알고 있던 그는 본인의 말이 어차피 곧 진실이 되리라는 것에 강한 믿음이 있었다. 그래서 그런 행동을 했고 세상은 여전히 그를 사기꾼이 아닌 역사상 가장 훌륭한 기업가 중 한 명으로 기억한다. 취업에도 이 원리는 적용이 된다. 면접 도중 어떤 스킬을 갖추었는지 질문을 받았을 때, 특정 부분을 갖추지 못했다면 가장 먼저 판단해야 할 것은 이 갭을 단기간에 극복할 수 있는가이다. 만약 짧은 시간 내로 금방 배울 수 있는 것들은 무조건 할 수 있다고 대답하는 것이 좋다. 가령 엑셀의 '피벗 테이블' 기능을 사용할 줄 아냐고 물으면 못하더라도 일단 무조건 할 수 있다고 답하는 것이다. 면접 시 구태여 해당 기능을 콕 집어서 사용할 줄 아느냐고 묻는 것은 당연히 그것이 그 조직에서 많이 쓰거나 중요하다는 의미이다. 나중에 입사가 확정되면 유튜브 강의를 조금만 찾아보고 연습을 해보면 충분히 하루 만에도 독학이 가능한 영역을 굳이 못 한다고 답을 할 필요가 없는 것이다.

거짓말을 하지 않는 선에서 과장하기

만약 단기간에 배울 수 없는 것들이라도 방법은 있는데 바로 In progress(진행 중) 전략이다. 과거에 내가 싱가포르에서 취직을 하기 전 2차 면접에서 General Manager의 질문 중 하나를 예로 들어본다. 면접관은 내게 "이 포지션은 아무래도 Sales Engineering(기술영업) 직책이다 보니 고객과 직접 대면해야 하는 일이 많다. 우리 회사의 클라이언트 중에는 중국계 선박 회사도 많아서 영어 말고 중국어로 대화를 해야 할 경우가 종종 있는데 중국어를 좀 할 줄 아느냐?" 라고 물었다. 당시에 나는 마침 중국어 기초 과정을 막 시작한 단계였기에 "지금은 초급 과정을 배우는 중인데 아직 잘하는 수준이 아니지만 이대로 열심히 하면 몇 개월 내로 중급 수준의 회화는 가능할 것입니다. 그리고 영어도 독학을 해서 지금처럼 할 수 있는 것이니 그 정도는 문제가 아닙니다."라고 답했고 면접관은 미소를 지으며 고개를 끄덕였다. 이 답변에서는 단순히 현재 중국어를 배우고 있다는 것뿐만 아니라 내가 영어 공부도 이런 방식으로 했다는 과거 성공 사례를 예로 들어서 더욱 신뢰감을 주는 답변이다. 즉 내가 부족한 부분은 스스로 파악해서 미리미리 성의를 보이거나 미리 선수를 쳐서 단기간 내로 내가 할 수 있는 방어를 최대한 하는 것이 최선의 방법이다.

MBTI에 빠진 나라: 내향형 인간의 면접

만약 당신이 내향적인 면이 아주 강한 성격이라면 인터뷰 스크립트를 더 열심히 준비해야 하는 것을 추천한다. 그 이유는 간혹 내향적인 성향이 강한 사람들이 어떤 질문을 받았을 때 생각하는 시간이 비교적 더 길수도 때문에 생각하는 시간의 폭을 줄이려면 예상 질문과 답에 조금 더 시간 투자를 하는 것이 좋다. 만약 예상치 못한 질문이 나와서 말문이 막혔을 경우에는 우물쭈물하는 것보다 "그 질문에 대해서는 조금 생각해봐야 할 것 같은데 잠시 생각을 해봐도 될까요?"라고 당당하게 말하는 편이 낫다. 한국에서 MBTI 검사가 대중적으로 유행하면서 최근에는 많은 회사가 면접 시 MBTI성향을 물어보는 경우가 있는데, 정작 몇몇 심리상담전문가에게 물어보면 그저 웃는 경우가 많았다. 그만큼 전문가들 사이에서는 크게 인정받지 못하는 검사에 속하는데 이를 맹신하는 문화가 많이 퍼져있기 때문이다. 사실 내향성과 외향성은 단지 주의집중과 에너지의 방향성이 내부로 향하는지 혹은 외부로 향하는지 중 조금 더 우세한 성향을 나타내는 지표이며 본질적으로는 상호보완적인 관계이다. 그래서 누구도 100% 외향적이거나 100% 내향적인 사람은 없고 내향적인 사람이 외향적 성격의 기술을 습득하거나 그 반대도 얼마든지 가능하다. 빌 게이츠, 일론 머스크, 마크 저커버그 혹은 구글의 창업주 래리 페이지 같은 세계적인 기업가들도 내향적인 성격이 우세한 인물들이며 심지어 연예인이나 유명 유튜버들도 내향적이면서 대중 앞에 나서서 말하는 것은 또 좋아하는 사람들이 의외로 많다. 일반적으로는 외향적인 사람들이 사람들과 어울리는 것에는 조금 유리한 측면이 있는 것은 사실이나 내향적인 성향을 가진 사람들이 생각을 더 많이 하고 창의적인 아이디어를 더 많이 내는 경향이 있으니(물론 개인차가 있다) 자신의 장점을 잘 활용하고 단점을 보완하면 충분히 성공적인 인터뷰를 할 수 있을 것이다.

결국 본질은 소울(soul)이다

조금 오래전 이야기지만 내가 싱가포르에서 직장 생활을 할 때 금요일 저녁마다 나가는 사교 모임이 있었고 그 모임을 몇 번 나가면서 친해진 마크(Mark)라는 싱가폴 친구가 있었다. 당시 나보다 나이는 8살이 더 많은, 한국식으로 표현하자면 한참 형이었는데 대화가 잘 통해서 가끔 만나서 맥주도 한잔 씩 하곤 했다. 당시 마크는 미국에서 오랜 기간의 유학 생활을 마친 뒤 귀국했고 싱가포르의 명문대학인 SMU(싱가포르 경영대학)에서 막 조교수로 임용이 된 상태였다. 그야말로 전형적인 엘리트였지만 항상 겸손했으며 세상을 조금 독특한 시각으로 바라보는 면이 있어서 대화를 나누면 배울게 많았다. 하루는 그와 싱가포르의 중심가 클락키에서 술을 한잔하기로 해서 퇴근 후에 약속 장소로 나갔고 여느 때와 다름없이 맥주를 마시며 수다를 떨고 있는데 그가 갑자기 "오늘 클락키에 한국 가수가 와서 공연을 한다던데"라고 말을 꺼냈다. 내가 누구냐고 물으니 Lena Park(박정현) 이라고 했다. 나는 "노래를 정말 잘하는 가수니까 술 좀 먹다가 구경이나 하러가자"라고 답했다. 어느 정도 술을 먹고 클락키 중심가로 들어가다 보니 거리 한 가운데 이미 큰 무대가 설치되어있고 많은 관중이 모여있었다. 이런저런 사전행사가 조금 진행되는가 싶더니 사회자가 Lena Park을 소개했고 가수 박정현 씨가 무대 위로 올라왔다. 노래가 시작되었고 관중들을 압도하는 퍼포먼스로 시작이 되자마자 이미 모두가 다 몰입을 한 상태였다. 초반에 영어로 된 노래를 몇 곡을 부르고 난 뒤에 꿈에, 편지할게요 등 자신의 히트곡을 한국어로 불렀는데 역시 내공이 엄청난 가수라는 것이 느껴졌다. 공연이 다 끝나고 난 뒤 마크가 했던 말이 아직도 기억에 남는다. "이상하게 나는 한국어를 하나도 모르는데도 그녀가 영어로 된 노래들을 부를 때 보다 한국 노래를 부를 때 훨씬 더 감동을 받았다."는 것이다. 내가 '역시 음악에는 언어의 장벽이 없구나'라는 다소 기계적인 생각을 하던 찰라 그가 한마디 더 없었다. "Lena는 영혼이 굉장히 맑은 사람 같다." 라는 것이었다. 한 국인들에게야 워낙 유명한 가수이지만, 마크의 입장에서 본다면 생전 처음 보는 가수가 무대 위에서 노래 몇 곡을 하다가 간 것인데 어째서 영혼이 맑은 사람 같다는 생각을 할 수 있었을까? 사람들은 생각보다 어떤 미묘한 분위기를 본능적으로 예리하게 캐치하며 그 '감'이라는 것이 놀라울 정도로 들어맞는 경우가 매우 흔하다. 아마도 일반적으로 면접에서는 믿음과 신뢰성이 있는 사람이라는 아우라를 내는 것이 가장 유리할 것이고 그러한 점만 잘 어필한다면 내향형(I)인지 외향형(E)인지 따위에 너무 집착하지 않아도 될 것으로 생각한다. 결국 중요한 것은 자신감이다.

당당하게 말해도 되는 이유

하버드 경영 대학원에서 발간한 The Artful Dodger: Answering the Wrong Question the Right Way(Todd Rogers & Michael I. Norton) 라는 보고서는 발표나 프레젠테이션 시 청중의 질문에 발표자가 답변을 하는 과정을 분석했다. 이 연구에 따르면 청중들은 발표자가 질문에 대한 답을 정확히 하는 것 보다는 발표를 하는 사람의 태도를 더 중요시 여긴다고 한다. 즉 질문에 대해 정확한 대답을 비교적 어눌하게 한 발표자 보다, 정확하지는 않으나 대답을 아주 유창하게 한 사람에게 더 큰 점수를 주었다는 것이다. 이 원리 또한 면접에 적용을 시킬 수 있다. 정작 내용보다는 겉으로 보기에 당당하게 보이는 것이 중요할 수도 있다는 것이다.

답변을 잘 못 했을 때

질문에 답을 못할 경우 절대로 패닉에 빠질 필요가 없다. 대부분의 면접에서 지원자가 질문에 답변을 잘 못 하는 것이 한두 개 쯤 있을 수 있으니 크게 신경을 쓸 필요가 없기 때문이다. 다만 중요한 것은 어떻게 반응을 하느냐인데, 전체적인 분위기와 흐름이 좋으면 모르는 게 나와서 답변을 못 해도 나중에 면접관들이 이런 세세한 부분을 기억 못 할 확률이 높다. 대게 면접이 끝난 뒤 시간이 조금만 지나도 전체적인 느낌과 분위기, 흐름, 지원자의 이미지를 기억하지 세세한 부분을 다 기억하지 못하기 때문이다. 하지만 질문에 답을 못해서 지원자가 당황을 해버린다면 그 당황한 모습이 이미지로 각인 될 확률이 높아지기 때문에 답변 좀 못해도 차라리 당당하고 조금은 능구렁이 같은 태도를 보이는 것이 더 낫다. 뿐만 아니라 상황을 오히려 반전의 기회로 받아들일 수도 있다. 예를 들어서 "이 질문에 대한 답변은 잘 모르겠는데 사실 나도 굉장히 궁금하네요. 나중에 집에 가서 조사해보고 이메일로 답변해도 될까요?"라는 식으로 말을 한 뒤 나중에 집에 가서 조사를 하고 그 내용을 정중하게 메일로 보낸다. 내가 신뢰할 만한 사람이라는 요소가 어필이 될 수 있고 면접관에게 연락을 한 번 더해서 나를 각인 시킬 좋은 기회로 만들 수도 있는 것이다. 역시 프레임 전환으로 위기를 기회로 이용하는 것이다.

왜 그들은 당신을 고용하지 않았는가?

미국의 사회학자이자 작가로 활동하고 있는 바바라 갤러거(BJ Gallagher Hateley)는 이런 말을 했다. Human mind is a mismatch detector. Our brains are hardwired to notice what's missing or faulty. (인간의 마음은 불일치 탐지기와 같다. 우리의 뇌는 뭔가 모자라거나 결함이 있는 것을 먼저 인지하도록 설계가 되어있다.) 이러한 인간의 본능은 면접 과정에서도 드러나는데, 많은 고용주들에게 당신이 면접을 보고 고용하지 않기로 결정한 10명을 떠올려보고 그러한 결정을 내린 이유를 대라고 해보면 면접 중 혹은 전후에 그들이 했던 말이나 행동 중 뭔가 거슬리는게 있어서라고 답한다. 인사 담당자들도 인간이기에 좋은 부분보다는 나쁜 부분이 더 확대되어서 보이는 부정적 필터링(Negative Filtering)을 할 수밖에 없다는 것이다.

낙인의 형성 단계

많은 구직자들이 면접에 대해서 흔히 착각하는 것 중 하나가 면접을 하는 목적이 실력이 제일 좋을 것 같은 사람을 뽑는 것으로 착각을 하는 경향이 있는데 그것만이 다가 아니다. 본인의 입장이 아닌 회사의 입장을 잘 생각해본다면 면접은 본질적으로 함께 일하고 싶은 동료를 선택하는 과정이며 그러다 보니 당연히 선입관이 개입이 될 수 밖에 없다. 의도하든 안 하든 본능적으로 면접관 본인이나 아니면 팀과 가장 비슷한 성향의 사람을 고를 확률이 높은데 지원자에 대한 낙인을 형성하는 세 가지 단계가 있다.

낙인의 형성단계

1) 추측단계: 첫인상 확인을 통해 추측을 하는 단계이다.

2) 정교화단계: 첫인상에서 보여준 것과 같은지 확인하는 단계이며 처음 판단과 일치하지 않으면 첫인상이 일부 바뀔 수도 있다.

3) 고정화단계: 분명하고 확실한 생각을 가지는 단계이다. 이 단계부터는 첫인상이 바뀌기 힘들다.

일단 면접관이 지원자에 대한 선입견을 형성하고 나면 무의식적으로 그 사람을 본인이 생각하는 그 선입견의 틀에 맞추기 위한 유도성 질문들이 나오는 경향이 높아진다. 이에 지원자가 대답을 하면 할수록 그 선입견은 갈수록 더 강해지고 속으로 결론을 내려버리는 경우가 많다. 이러한 심리적 메커니즘에 익숙하지 않으면 상대방이 나를 마음대로 판단하는 '게임'에 말려들 수도 있는 것이다.

역지사지로 질문해보기

인터뷰의 특성과 해당 포지션에 대한 이해도가 더 높을수록 준비하는 전략을 더 잘 짤 수 있게 되는데 가장 효과적인 방법 중 하나가 역지사지로 질문을 해보고 그에 대한 모범 답안을 미리 준비하는 것이다.

1. 왜 이 자리가 생겼는가?

해당 포지션이 오픈된 이유로 여러 가지가 있을 수 있다. 전임자가 퇴사를 했거나 또는 해고를 당해서 일 수도 있고 비지니스가 팽창하면서 더 많은 인력을 필요로 할 수도 있다. 만약 전임자가 일을 못 차고 나가서 몇 개월 버티지 못하고 퇴사를 했다면 나는 쉽게 포기할 만한 사람이 아니라는 것에 초점을 맞추어 이야기를 할 수 있겠다.

2. 왜 나를 면접에 불렀을까?

내 학력이 좋아서라던지 혹은 내 경력이 해당 직무와 맞아서 등 서류 심사를 통과했다면 그 나름의 이유가 있을 것이다. 즉 나를 선택한 이유로 추정이 되는 부분을 좀 더 잘 설명할 수 있도록 준비해 가면 그것이 면접관이 듣고 싶은 이야기일 확률이 높다.

3 어떤 인재가 필요할까?

Job Description(직무분장)을 잘 읽고 어떤 사람을 필요로 할 것 인가를 생각해 봐야 한다. 가령 IT업계의 포지션이고 A 라는 시스 템과 B 라는 시스템을 둘 다 사용할 줄 아는 사람이 필요할 것이라 는 것이 눈에 보인다면 내가 두 가지 시스템 다 경험이 있다는 것을 적극 어필한다. 이런 식으로 당신이 뭘 원하는지 나는 알고 있고 그 게 바로 나라는 인상을 심어주는 것이다.

면접은 결국 궁합, 포기할 것은 미련없이 포기하자

면접은 사실 본질적으로 불공정한 게임이기에 가장 일을 잘할 것 같은 사람을 뽑는 프로세스가 아니다. 수백 명이 지원해서 서너 명이 면접에 불려왔다면 그 몇 명은 스펙으로는 당장 누가 뽑혀도 크게 상관이 없는 사람인 경우가 대부분이다. 사람을 뽑는 입장에 서 본다면 주로 드는 생각은 이 사람이 나와 성향이 맞을 것인가 또 는 우리 팀원들과 잘 어울릴 것인가, 함께 성장할 수 있을 사람인가 를 더 생각하게 된다. 이렇듯 면접관과의 케미가 매우 중요한데 그 렇다고 너무 전전긍긍 할 필요는 없다. 누구나 본인에게 맞는 자리가 있고, 노력해도 안되는 것이 있다. 가령 A가 직장 생활을 하다가 그만두고 몇 년간 사업을 하다가 실패해서 다시 직장 생활을 하려고 하는 경우라고 가정을 해보자. 똑같은 이력을 보고도 면접관이 누구냐에 따라서 이 상황을 받아들이는 관점이 완전히 다를 수 있다.

면접관 1) '사업을 직접 해봤으니 다양한 경험을 많이 해봤겠고, 실패 해봤으니 또 하려고 안 하겠지'

면접관 2) '한번 사업을 한다고 나간 경험이 있으니 분명히 또다시 사업을 한다고 뛰쳐 나가겠지'

이렇게 바라보는 관점의 차이가 나와 궁합이 맞는지의 여부이다. 그 궁합이 여러 부분에서 본인과 맞지 않으면 어차피 아무리 애를 써도 안 될 확률이 높을 뿐만 아니라 설사 운 좋게 된다고 하더라도 하루하루 엄청난 스트레스를 받을 각오를 해야 할 것이다. 포기할 것은 과감하게 포기할 줄도 알아야 한다.

자기소개의 정석

직장인 시절에 Job Searching(잡 서칭)을 일종의 취미처럼 생각했던 나는 회사에 근무하면서도 다른 수많은 회사에 면접을 보러 다녔다. 그중에는 엑손모빌이나 마이크로소프트 등 이름만 대면 알만한 회사도 있었고, 호주 정부기관(Transport for NSW) 그리고 스타트 업이나 작은 회사들도 있었다. 딱히 이직을 생각하는 상황이 아니더라도 다른 회사는 어떤가 궁금하기도 했고, 또 많은 경험을 해보면 좋을 거란 생각에 마치 도장 깨기를 한다는 식의 생각이 있었던 것 같다. 싱가포르와 호주에서의 경험을 다 합하면 대략 60~70개 정도의 회사(기관)에서 면접을 봤는데, 그러다 보니 많은 성공과 실패의 경험이 축적되었다. 지금 와서 생각하면 아마도 이런 책을 쓸 운명이었지 싶다. 어쨌든 대부분의 회사에서 인터뷰에서 처음하는 질문은 자기소개 및 당신이 어떤 사람인지 말해보라는 "Can you tell me about yourself" 이다. 정확한 문장이나 표현은 살짝다를 수 있어도 맨 처음 이 질문이 나오는 것은 최소 95% 이상, 면접 초반에 한 번이라도 나올 확률은 100%라고 보면 된다. 이에 답변하는 방식으로는 너무 길게 답할 필요는 없고 이때까지 했던 모든 경력을 줄줄이 나열할 필요도 없다. 지금 하고 있거나 혹은 과거에 했던 일 (특히 지원한 포지션과 연관성이 있는 일) 그리고 나의 가장큰 성과 등 중요한 포인트만 집어주는 것이 중요하다. 예를 들어 내가 해당 분야의 경력이 10년 이상이라면 내 대학교 때 이야기를 꺼내는 것은 TMI, 즉 쓸데 없는 정보로 생각될 수 있다. 인터뷰를 면접관 입장에서 진행하다 보면 간혹 이 질문에 본인이 준비한 대사를 줄줄 늘어놓고 5분 이상 계속 스피치를 하는 친구들이 있는데 사실 귀에 잘 들어오지도 않고 끊을 타이밍을 잡는데 신경이 쓰이게 마련이다. 질문의 의도를 파악해보자면 표면적으로는 너 자신에 대해 한번 말해달라는 질문이지만 본질적인 의도는 당신이 우리한테 해 줄 수 있는 것이 무엇인지를 묻고 있는 것이다. 그러니 내 인생 살아온 스토리를 죽 나열하는 식의 답이 요구되는 것이 아니라 나의 이력이 지원하는 포지션과 얼마나 연관성이 있는가에 포커스를 맞춰 답을 준비하면 될 것이다.

단점에 대해서 말하기

면접 시 자주 나오는 질문 중 하나가 What is your weakness(너의 단점은 무엇인가) 이다. 사실 이 질문이 다소 난감한 점은 단점이 없다고 말하면 면접 준비를 전혀 안 했다거나 혹은 자아 성찰이 부족하다는 인상을 줄 수 있고 그렇다고 내 단점을 곧이곧대로 말하면 그 순간 면접관의 머릿속에는 빨간불이 켜질 수도 있다. 여기서 중요한 핵심 포인트는 내 성격적인 부분의 단점은 절대 말하지 말아야 한다는 것이다. 쉽게 배울 수 있거나 고칠 수 있는 것이 아니기 때문이다. 성격에 대한 언급 대신 어떤 특정 부분의 스킬이나 소프트웨어의 실력이 조금 부족해서 그 부분에 좀 더 트레이닝이 필요하다는 정도의 발언이 가장 무난하다. 가령 지원한 회사에서 업무를 할 때 주로 쓰는 시스템이 SAP라면, "이전 회사에서는 PRONTO라는 시스템을 썼기 때문에 SAP는 경험이 없어서 그 부분은 초반에 트레이닝이 좀 필요할 것 같다."는 식으로 Character Flaw(성격적인 단점)를 드러내지 말고 특정 부분에서의 Lack of experience(경험 부족) 프레임으로 대화를 만들어나간다.

단점이 전공이라면

만약 전공 분야와 전혀 다른 분야에 도전을 하는 경우라면 나만의 특별한 스토리를 만들어 우리 조직에 저런 사람이 필요할 수도 있겠다는 인식을 심어주는 것이 좋다. 국내에서의 한 예로 중앙일보 정철근 에디터가 한 인터뷰에서 밝힌 일화가 적절한 예시가 될 것 같다. 그가 기자 지망생들 면접을 보고 한 공대 출신의 지원자를

선발했던 사례가 있는데 그 이유는 지원자가 본인의 페이스북 알고
리즘을 깨달아서 '좋아요' 수를 100배로 늘렸던 스토리를 공유했
기 때문이라고 한다. 보통의 지원자들이 자신들의 시사 상식과 필력
을 어필할 때, 결국 언론사 입장에서는 기사가 많이 클릭 되는 것이
중요하다는 핵심을 찌른 스마트한 답변이다. 이처럼 회사 입장에서
는 100% 자격요건을 충족하지 못해도 조직에 도움이 될 잠재력이
있는 사람을 찾고 싶어 한다.

단, 필수적인 스킬이 아닌 부분만

경험 부족을 이야기 할 때 주의사항은 해당 업무를 수행하는데
필수적인 요소가 되는 스킬이 부족하다는 말은 금물이다. 예를 들
어서 전기 엔지니어가 전기 도면을 해석하는 실력이 부족하다거나
IT 엔지니어가 전반적인 컴퓨터를 다루는 능력이 부족하다는 것은
당연히 해서는 안 되는 소리일 것이다. 만약 내가 IT 엔지니어 포지
션에 지원하는 경우라고 가정을 한다면 Job description(직무분장)
을 잘 읽어보고 정확히 회사에서 어떤 사람을 원하는지 우선 파악
한다. 가령 A, B, C, D 총 네 가지 소프트웨어에 대한 지식과 스킬
을 요구한다는 것을 파악했다면 "A, B, D 는 경험이 많아서 자신이
있으나 C 는 아직 다뤄본 적이 없어서 이 부분은 초반에 트레이닝
이 조금 필요할 것 같다." 이런 식으로 대답해 볼 수 있다. 이러한 것

들은 초반에 회사에서 제공하는 내부 트레이닝으로 비교적 단기간 내에 충분히 극복이 가능한 부분이므로 크게 단점이라고 인식되지 않기도 하고, 또 오히려 단점을 말하면서도 지원한 포지션에서 요구하는 것을 정확히 숙지하고 그 내용을 이해하고 있다는 인상을 줄수도 있다. 부족하다고 말하면서 거꾸로 좋은 인상을 만드는 프레임으로 가져 갈 수도 있는 것이다.

그래도 플랜 B는 준비해야

그러나 항상 예상치 못한 상황은 있게 마련이다. 과거에 한번 까다로운 면접관을 만났을 때 그런 것들 말고 성격적인 측면의 단점은 뭐냐고 재차 물었던 면접관도 있었다. 그런 경우를 대비해 플랜 B 답안도 준비해 놓는 것이 좋다. 굳이 성격적인 단점을 묻는다면 개인적으로 생각할 때 가장 무난한 답변은 "상대방이 기분이 상할까봐 거절하는 것을 잘 못 하는 데 요즘 필요하다면 적절하게 NO를하는 것을 연습 중이다."라는 정도로 일반적으로 많은 사람들이 말하는 평범한 문제를 이야기하는 것이 좋다. 굳이 성격적인 문제를 크게 고민할 필요가 없는 것은 사람의 성격이나 태도는 어차피 주어진 환경에 따라 조금씩 변하는 것이기 때문이다. 가령 내가 호주에서 처음 직장 생활을 시작한 2014년에는 회사에 대한 감사함이 충만했고 열정과 의지가 불타오르던 직원이었지만, 내 개인 비즈니스를 하고 싶어 몸이 근질근질하던 2020년 이후 부터는 반복되는 사무업무가 나의 창의성과 자유로운 영혼을 방해한다는 마음 때문에 도저히 열정을 찾을 수가 없었다. 여기서 2014년의 나도 나고, 2020년의 나도 나다. 어차피 상황에 따라 태도가 변하는 것이 사람의 특성인데 굳이 술자리에서 이야기 하듯 속에 있는 이야기를 다 털어낼 필요가 없다.

영어를 얼마나 잘해야 하는가

영어로 면접을 보기 위해서 얼마나 영어를 잘해야 하냐는 질문을 간혹 받는데 이것은 참 답변하기 애매한 질문이다. 우선 현지인과의 깊은 수준의 의사소통을 필요로 하는 일자리라면 유창한 현지어 실력이 있어야 한다는 것은 기본이다. 하지만 정확히 어느 정도냐 하는 것은 말하기 힘든 것이 특정 영어 시험의 점수가 어느 정도이냐와는 크게 상관이 없는 부분이고 또 단순히 영어 하나가 당락을 좌우하는 것도 아니기 때문이다. 본질적으로 모든 것은 콤비네이션이 잘 맞아떨어져야 한다. 팀 페리스(Timothy Ferriss) 작가가 쓴 책 〈Tools of Titans〉에 딜버트라는 유명한 캐릭터를 제작한 성공한 만화가의 스토리가 나온다. 그는 본인의 성공 비결을 이렇게 분석했다.

'그림을 잘 그리는 편이지만 상위 1%는 아니고 유머 감각이 있는 편이지만 코미디언 들 만큼은 아니다. 그러나 유머 감각이 뛰어나면서도 그림

을 잘 그리는 사람은 드물다.'

어떤 분야든 한 분야에서 상위 1%가 되려면 엄청난 노력과 시간이 소모되지만, 본인이 적당히 상위 20~25% 수준 내로 들어갈 만한 분야를 두세 개 찾는 것은 비교적 수월하다. 이 장점들을 적절히 본인만의 방법으로 조합만 잘 시키면 아주 희소성이 있는 사람이 된다는 것이다. 희소성이 있는 사람이 되면 세상은 가치 있고 희귀한 것을 정확히 보상해 준다. 이를 취업에 적용해보면 이러한 생각을 해 볼 수 있다. 가령 전자 공학을 전공하는 평범한 학생이 있다고 가정할 때 해당 분야에서 두각을 나타낼 만한 실력이 아니라면, 차라리 영어를 잘하는 전자 공학도의 길을 택하면 비교적 적은 노력으로 희소성이 있는 사람이 되는 동시에 옵션도 많아질 수 있다.

국내 기준: 전자공학 전공자가 영어도 잘하는 사람

해외 기준: 영어가 조금 부족해도 전자공학이라는 스킬이 있으니 **뽑을 만한 사람**

즉 한국과 해외 시장을 동시에 노릴 수 있게 되는 좋은 콤비네이션이 되는 것이다. 비슷한 원리를 본인의 상황에 맞게 적용을 시켜 최대한의 시너지 효과를 내는 적절한 교집합을 찾는다면 많은 도움이 될 것이다.

영어가 특별히 중요한 포지션

만약 세일즈나 펀드 매니저 등 Client facing role(고객을 직접 대면 하는 일) 일 경우라면 영어를 적당히 잘 하는 수준으로는 부족하다. 많은 사람들을 만나고 업무에 관한 이야기 외에 일상적인 대화도 많이 나누면서 신뢰를 바탕으로 한 관계를 형성하는 것이 중요하기 때문에 단순히 문자 그대로의 유창함만 중요한 게 아니라 해당 문 화권 사회 현안, 대중문화에 대해서도 잘 알아야 하기 때문이다. 과 거에 시드니 소재의 한 엔지니어링 기업의 Sales Engineer(기술영 업) 포지션에 지원해서 면접을 본 적이 있는데 Managing Director 가 직접 면접을 주재했다. 그는 시사 상식에 굉장히 밝은 분이었는 데 내가 한국인이라는 걸 알고 있으니 한국의 남북문제와 북한 핵 문제, 김정은의 근황 그리고 한국과 중국과의 관계 이런 류의 질문 들을 계속 이어나갔고 내가 답을 하면서 자연스레 토론이 오갔다. 속으로 좀 특이한 면접이라고 생각했지만, 나도 평소 시사 현안에는 관심이 많은 편이다 보니 약 한 시간 정도를 그렇게 대화를 나누었 다. 그 후에 본격적인 인터뷰를 시작했는데 나중에 끝날 때 그분이 하는 말이 사실 영어 실력을 검증하려고 일부러 시사 상식 쪽으로 계속 질문을 한 것이라 말했다. 일반적인 인터뷰 내용이라면 준비 된 스크립트를 외워서 올 수도 있으니 영어를 정말로 하는지 보려 면 일반 시사에 관한 이야기를 나누는 게 더 낫다고 판단해서 그랬 다는 것이다. 2주 정도 후에 그 회사로부터 Job Offer(잡 오퍼)를 받았지만 제시된 연봉이 내가 원하는 것보다 낮아서 거절했던 또 하나의 케이스이긴 하나 어쨌든 흥미로운 인터뷰로 기억에 남는 사례이다.

면접에서 추천하지 않는 영어 표현들

면접에서 기본적으로 하지 말아야 할 말로 우선 개인의 성향을 드러내는 부분은 피하는 것이 좋다. 특히 정치적인 성향이나 종교 등은 드러내 봐야 좋을것이 없고 또 이전 직장을 떠난 이유로 직장 상사나 동료들과 갈등이나 문제가 있었다는 것은 설사 있었더라도 당연히 말을 하면 안 된다. 이유야 어찌 됐건 다른 사람을 부정적으로 평가하거나 무언가를 단정 짓는 말투는 쓰지 않는 것이 좋다. 그 외 추천하지 않는 영어 표현들 몇 가지로는 아래와 같은 것들이 있다.

1. **Sorry, I'm so early** - 면접에 너무 일찍 도착해서 이런 말을 하는 상황을 만드는 것은 좋지 않다. 늦게 도착하는 것은 당연히 금물이지만 그렇다고 너무 일찍 오는 것도 면접관들에게 본인들이 하는 일을 멈추고 빨리 가야 한다는 심리적 압박을 줄 수 있음으로 약 5분에서 10분 정도 일찍 도착하는 것이 가장 좋다.

2. **Obviously** - 우리가 잘 모르는 사람들이 어떤 주제에 관해 우리와 같은 견해를 가지고 있다고 쉽게 가정해서는 안 된다.

3. **You need to** - 이러한 남을 평가하는 듯한 어투나 단정 짓는 말투는 삼가는 것이 좋다.

4. **I'm nervous** - 자신감이 부족한 사람을 채용하고 싶어 하는 회사는 드물다. 긴장을 했더라도 지나치게 티를 내는 것은 좋지 않다.

5. **I'll do whatever** - 어떤 역할이든 좋으니 아무거나 시키는 일을 하겠다는 태도는 지원 동기를 의심하게 만들 수 있다. 제대로 된 리서치를 하고 해당 역할에 관심이 있는 것이라는 태도를 보여주는 것은 기본이다.

6. **My weakness is perfectionism** - 내 약점을 물을 때 완벽주의적인 성향이라고 답하는 것은 면접관들이 지겹도록 들은 말일 것이다. 근거 없이 이런 상투적인 표현을 쓰는 것은 좋은 예가 아니다.

7. **I think outside the box** - 창의적이고 기발한 성향을 보여주려는 시도는 좋으나 이 표현 또한 거의 모든 영역의 비지니스에서 너무 많이 차용해서 써온 표현이라 이제는 진부한 표현이 되어버렸다.

8. **I was mostly in charge of 'FFT'** - 이전 회사에서 내부적으로 쓰던 약어(Acronym) 등은 쓰지 말아야 한다. 상대방을 전혀

배려하지 않는 태도처럼 보일 수 있기 때문에 이 경우 'FFT'
대신에 'Full Function Test'라는 식으로 풀어서 설명하는 것
이 좋다.

엉뚱한 질문들 - Curveball questions

면접 도중 간혹 당황스러운 질문들을 하는 면접관들도 있다. 이
를 영어식 표현으로는 흔히 Throwing curveballs(커브볼을 던진다)
라고 표현한다. 가령 "말 크기만 한 오리 한 마리와 싸우는 것과 오
리 크기만 한 말 100마리와 싸우는 것 중 어떤 것이 낫다고 생각
하며 그 이유는 무엇인가?"라는 식의 완전히 엉뚱한 질문일 수도
있고 또는 "한 글로벌 인터넷 기업이 노르웨이로 사업을 확장하려
고 하는데 노르웨이에서는 몇 명 정도를 인터넷 가입자로 추정해야
하는가?" 라는 형태의 추산 논리를 보려는 의도의 질문들도 흔한
형태이다. 사실 이러한 유형의 질문들은 2000년대 이후 국내에서
도 유행처럼 번지면서 많은 기업에서 차용했었는데, 최근에는 이러
한 질문에서 하는 대답과 실제 업무 성과와 별 연관성이 없다는 기
업들의 인식이 높아지면서 굳이 할 필요가 없다는 쪽으로 가는 것
이 글로벌 트렌드이다. 실제로 과거 구글의 인사 총괄 부회장(Vice
President of People Operations)을 역임했던 라즐로 복(Laszlo Bock)
도 뉴욕 타임스와의 인터뷰에서 이러한 커브 볼 형태의 질문들이

"Complete waste of time"(완전한 시간낭비)라고 평가를 했던 적이 있다. 그래도 여전히 이러한 질문들을 하는 회사들도 간혹 있으니 만약 그런 경우는 위기로 인식하여 패닉에 빠지기보다는 나의 엉뚱함을 보여 줄 수 있는 기회라는 긍정적인 인식을 가지는 것이 좋다. 질문의 의도 자체가 지원자들이 어떻게 반응하고 얼마나 순발력 있는 답변을 하는지 그 과정을 지켜보려 하는 것인데 답을 도출하고 왜 그렇게 했는지 그 이유만 잘 설명하면 된다. 조금만 패턴을 보고 나면 오히려 더 수월한 질문이 될 수도 있다. 돌발성 질문들도 어느 정도의 패턴이 있는데 가장 많이 나오는 커브볼 질문 유형은 아래와 같다.

1. What would the title of your autobiography be ?

2. If you could be an animal, what would you choose and why ?

3. Do you work to live or live to work ?

4. Do you think your job is an art of a science ?

5. What toys did you play with as a child

6. Name one reason why we shouldn't hire you

7. What would your partner want to change about you ?

8. What is your best joke ?

9. What is the craziest thing you've ever done ?

10. What are the chances of mankind finding extraterrestrial life ?

11. If you look at the clock and its 3:15 pm, what is the angle of the hour hand and the minute hand ?

12. How many golf balls can you fit into an airplane?

13. How many gas stations in Manhattan?

나는 실패를 경험한 적이 없습니다

Tell me about a time when you failed, and what did you learn from the failure(실수한 경험이 있는가 그리고 그 실수를 통해서 무엇을 배웠는가) 라는 질문도 면접에서 꽤 빈도수가 높은 질문이다. 우리가 사회생활을 하다 보면 언제나 실수를 할 때가 있다. 이러한 순간은 누구에게나 있을 것이고 면접관들도 이 사실을 누구보다 잘 알고 있다. 이 질문의 의도와 핵심은 어떠한 실수를 했는지를 파악하는 것이 아니라 실수를 하고 그 후에 대처를 어떻게 했고 무엇을 배웠는가가 핵심이다. 무엇 때문에 그 실수가 생겼고 그 실수를 어떻게 분석하여 추후 어떤 식으로 다른 대응을 했더니 그 다음부터는 좋은 결과가 도출되었다는 스토리 라인이 좋다. 그 스토리를 회사에 도움이 될 사람이라는 것을 어필하는 방향으로 구성을 한다면 금상첨화인 답변이 될 것이다.

적절하고 무난한 실패의 예시들

결론적으로 실수나 실패를 이야기할 때에는 어떠한 장애물이 있었고 (방해 요소가 있어야 한다) 이러한 것을 분석한 뒤에 문제를 개선하여 그 이후로는 반대로 더 좋은 결과가 났다는 형태로 스토리를 구성한다. 가령 어떤 보고서를 제출해야 했는데 기한을 넘긴 사례 정도라면 무난하다. 기한을 맞추지 못한 원인으로는 "처음 다뤄보는 주제라 리서치를 하는 시간을 너무 과소평가하여서 실제로 리서치 과정이 예상보다 더 오래 걸렸다."라는 정도면 충분히 납득이 갈 만한 방해 요소이고 "그 후로는 항상 미리미리 리서치하는 습관이 들어서 단 한번도 기한을 넘긴 적이 없다." 라는 정도의 추가 코멘트를 한다면 무난할 것이다. 이처럼 일회성 실수인 것을 강조하는 동시에 이 실수를 통해 무엇을 배웠는지를 잘 설명하는 것이 포인트이다. 약간의 과장을 하는 것은 좋지만 해서는 안 되는 이야기들 몇 가지는 아래와 같다.

1. 절대로 말하지 말하야 할 것은 "실패한 적이 없다"는 것이다. 그냥 최악의 답변이다.
2. 회사에 엄청난 손해를 가져다준 큰 대형 사고(massively detrimental case)는 설사 있었더라도 절대 언급해서는 안 된다.
3. 지원하는 포지션의 중요 업무 사항이 될 만한 내용과 관련한 실수 또한 언급하지 않는 것이 좋다.

4. 다른 동료를 비난하는 발언이나 다른 사람에게 책임을 돌리는 발언도 금물이다.

문제에 직면하고 이를 극복한 케이스

테슬라의 일론 머스크가 면접을 주재할 때 반드시 하는 질문은 Tell me about the biggest problem you had and how did you solve it in detail(당신이 살면서 직면한 가장 어려운 문제와 그걸 어떻게 해결했는지 자세히 말해달라)이라고 한다. 그는 여러 인터뷰를 통해 채용 과정에서 이 질문은 반드시 한다고 밝힌 바 있는데 대답을 들을 때 유심히 보는 것이 디테일한 요소들을 얼마나 자세하게 말하는가이며 이를 통해 지원자가 정말로 그 문제를 직접 해결한 것이 맞는지를 확인하려는 것이다. 실제로 기억과 인식에 관한 응용 연구 저널에 따르면 구체적인 사실과 작은 세부 사항들을 자세하게 말할 수 있을수록 답변자에 대한 신뢰도는 증가한다고 한다. 이 질문에서 또 한 가지 포커스를 맞춰야 할 부분은 Thought process(사고의 과정)이다. 면접관들은 지원자들이 문제에 직면했을 때 이를 어떤 자세로 받아들이고 어떠한 사고의 과정을 거쳐서 문제를 해결했는지 그 생각의 알고리즘을 보려고 하는 것이니 자아 성찰과 성장이라는 키워드에 맞춘 답변을 제시하는 것이 좋다.

이전 직장에서의 갈등

간혹 Tell me about a problem you had with a supervisor(이전 직장에서 직장 상사와 갈등이 있었던 경험을 말해달라)라는 질문을 하는 면접관들도 있는데 이 질문은 일종의 덫과 같은 것이니 걸려들지 않도록 한다. 질문의 본질적인 의도는 내가 어떤 행동이나 환경에 참을성이 부족한지 알아보려는 것인데 아무 생각 없이 지난 직장 상사와의 갈등을 사실대로 얘기해버리면 좋은 결과를 얻기 힘들다. 조직의 분열을 만드는 대표적인 이유 중 하나가 내부 갈등이니 면접관 입장에서 이를 경계하는 것은 당연하다. 이 질문에 대응할 때는 조금 고민하는 척하다가 딱히 그런 사례가 없다고 답변해도 무방한데, 굳이 무언가를 말해야 한다면 우선 인간적인 갈등을 드러내서는 안 된다. 하지만 이와 반대로 윤리적인 가치를 드러내는 것은 상황에 따라 플러스 요인이 되는 경우도 있는데, 가령 회사의 회계 관련 부분에 있어서 상사가 나에게 거짓으로 보고서를 작성하도록 강요를 했는데 이를 거부한 사례처럼 직업윤리를 드러낼 수 있는 부분은 오히려 장점으로 보일 수도 있다. 특히나 회계나 금융, 감사 쪽 포지션에 지원하는 경우라면 아주 좋은 답변이 될 수도 있다. 과거에 해군의 납품 비리를 언론(PD수첩)에 폭로했다는 이유로 불명예 전역을 했던 김영수 전 소령이 전역 후 국민권익위원회의 조사관이 되었던 사례를 보면 이해가 쉽다. 한 조직 내에서는 배신자로 낙인이 찍혔지만, 대외적으로는 그의 윤리적 가치가 인정받았고 본인의 성향에 맞는 성공적인 이직을 할수 있었던 사례이다.

마지막 질문 - Do you have any question?

보통 면접이 끝날 때쯤 Do you have any question for us(회사에 대한 질문이 있는가)라는 질문도 거의 무조건 받는다고 보면 된다. 앞서 언급했듯이 싱가포르와 호주의 수많은 기업들에서 면접을 봤었고, 이에 더해 나 자신이 면접관이 되어 누군가를 채용한 경험도 있다. 경험에 비추어 보면 이 질문은 단 한 번도 빠짐없이 받았거나 했던 것 같다. 일단 면접관이 질문이 있냐고 물었으니 적극성을 보여주기 위해서는 질문을 하는 것이 당연하다. 보통 샐러리가 얼마이냐는 식의 질문보다는 인사고과 시스템이 어떻게 되는지 또는 트레이닝은 어떤 식으로 진행되는지 등 나 자신이 이 회사에서 성장하겠다는 의지를 드러내는 질문이 좋다. 만약 세일즈 쪽 포지션이라면 가령 외근과 내근의 비율은 어느 정도 인가를 묻는 것도 대표적으로 무난한 질문이다. 또한 내가 인터뷰 전 리서치를 제대로 했다는 것을 확실히 보여주고 좋은 인상을 줄 수 있는 방법으로는 이전 회사에서 내가 실적을 올린 방법을 설명하는데 "나는 A라는 방법을 썼습니다. 근데 당신의 회사는 B방법을 주로 쓰는 것으로 알고 있는데 맞나요?"라는 형식을 사용하면 사전 리서치를 열심히 했다는 좋은 인상을 남길 수 있다.

상대방을 방어적 모드에 놓는 질문

내가 궁금한 질문을 할 때 한 가지 주의할 점은 미리 사전 정보가 없는 상황이라면 굳이 면접관을 방어적 모드에 놓을 수도 있는 질문은 안 하는 편이 낫다. 예를 들어 "여성 임원의 비율을 어떻게 되나요?" 이런 식의 질문은 상대방이 자연스레 방어적인 태도를 취할 가능성이 있음으로 "여성으로서 이 조직에서 어떤 식으로 성장을 할 가능성이 있나요?"라는 식으로 질문의 프레임을 바꿔서 하는 것이 좋다. 그 이유는 많은 기업에서 Value-action gap(가치와 실제 행동의 차이), 즉 현실이 이상을 따라가지 못하는 경향을 보이고 있기 때문이다. 정말로 타협이 불가능할 만큼 중요한 가치가 아니라면 굳이 그것을 건드릴 필요는 없다. 글로벌 흐름 중 하나인 ESG(Environment, Social, Governance) 경영만 하더라도 많은 경영자들이 입버릇처럼 강조를 하지만, 실제 Accenture에서 글로벌 대기업 521곳의 경영진들과 인터뷰를 한 결과, 그들이 ESG에 대한 투자를 약속하는 것에(말) 비해 실천은(행동) 한참 못 미치는 것으로 드러났다. 많은 기업에서 ESG 요소를 강조한다고는 하지만, 정작 직원들은 마지못해 기존에 하던 일을 살짝 포장하는 형태이지 여전히 근본적인 가치나 업무 방식이 바뀐 곳은 매우 드물기 때문이다. 만약 그런 그들에게 ESG에 대한 날카로운 질문을 한다면 당연히 심리적으로 방어적인 태도를 취하게 되는 것이다.

면접 후 감사편지 쓰기

아무리 인터뷰를 잘했다 해도 면접관을 완벽히 설득하기는 어려운 일이다. 그래서 내 생각을 다시 정리해서 글로 적는 동시에 인터뷰를 준 기회에 대해 감사하다는 표현을 하기 위해 Thank you letter(Follow up letter)를 보낸다. 일반적으로 면접이 끝나고 하루 정도 후에 보내면 무난한데 내용은 너무 길지도 짧지도 않게 10줄 내외의 이메일이면 충분하다. 인터뷰 중 나누었던 대화를 추가하고 또 내가 왜 이 포지션에 꼭 적합한 사람인지 다시 한번 짧게 상기시켜주는 것이다. 서구권 기업들의 인사 담당자 중 일부는 Thank you letter를 쓰지 않는 것은 어쩌면 사회적 지능이 떨어질 수도 있다'라고 간주를 한다는 사람도 있다고 한다. 개인의 차이는 있겠으나 그만큼 중요하다는 것이니 단순히 형식적인 감사가 아니라 수많은 지원자들 중 나를 선택해서 또 따로 시간을 빼서 이 회사에 대해 더 잘 알 수 있도록 해준 것에 대해서 진정으로 감사하는 마음을 가지고 이를 표현하면 된다. 단 메일을 보내고 난 뒤, 계속해서 연락을 하는 것은 금물이다. 답장이 없더라도 최소 2~3주 정도는 그냥 기다리고 그래도 답장이 없다면 그 때 다시 한번 정중하게 Follow up 해본다. 너무 절박한 인상을 주면 면접관 입장에서는 심리적으로 매우 부담스러워 진다.

취직했으면 이제 이직준비해야지?

본격적인 피보팅의 시대를 맞이해 필연적인 변화 중 하나는 이직을 대하는 태도이다. 라이프해커 오스트레일리아의 설문 조사에 따르면 호주의 직장인들이 한 직장에 들어가서 이직을 진지하게 고민하기까지 평균적으로 걸리는 시간(span)은 약 2년이라고 한다. 이 기간은 갈수록 짧아지는 추세이고 최근에는 한국에서도 지속적인 이직을 통해 개인의 성장을 만들어가는 것을 당연시하는 잡 호핑(Job hopping) 족이 늘어나고 있다. 실제로 잡 코리아가 성인 남녀 2,448명을 대상으로 실시한 설문 조사에서도 64.3%가 잡 호핑을 긍정적으로 생각한다고 답했고 부정적으로 본다고 답한 사람은 12.3%에 불과했다. 과거에는 직장을 옮겨 다니는 것을 이기적이고 조직에 대한 충성심이 부족하다는 시선으로 바라봤지만 평생직장의 개념이 사라진 지금의 시대에서는 좋은 직장을 찾아 지속적인 이동을 하는 문화가 보편화 되기 시작했다. 이러한 문화가 특히 두드러지게 나타나는 곳이 바로 미국의 실리콘 밸리인데 수많은 스타트업이 모여 있어서 인재의 이동이 굉장히 활발하고 자연스럽다. 그뿐만 아니라 스타트업의 특성상 자신들의 회사가 얼마나 살아남을 수 있을지 정작 창업자 본인도 그 미래를 100% 장담할 수 없기 때문에 오랫동안 일을 할 사람보다는 있는 동안에 최대한의 효율을 내줄 인재를 찾고자 하는 문화가 강하다. 그들이 인재 채용을 하는 사고방식은 "오래 있을 필요는 없다. 여기 있는 동안 열심히 해서 회사와 개인이 서로 윈-윈이 되는 관계를 맺은 뒤 나중에 더 좋은 곳으로 가라."는 식의 쿨한 마인드이다. 그뿐만 아니라 직원이 더 좋은 회사(ex. 구글 등)로 이직을 하는 경우에는 대표 입장에서 오히려 뿌듯해하기도 하는데 본인의 회사에 있던 인재가 대외적으로 인정을 받았으니 그만큼 회사도 인정을 받은 것으로 인식을 하는 넓은 관점의 세계관을 가지고 있기 때문이다.

싱가포르의 이직문화

싱가포르는 산업 구조 자체가 오피스 중심의 국가이며 세계적인 다국적 기업들이 아시아 지역 본부를 두고 있기에 어느 나라 보다도 사무직 근로자의 비율이 높고 선진적인 오피스 문화가 정착되어 있다. 그래서인지 잡 호핑 현상이 이미 오래전부터 일반적이다. 개인적인 경험에 비춰보면 단순히 싱가포르와 호주만 비교를 하더라도 오히려 호주가 더 보수적이라고 느껴질 만큼 싱가포르의 잡 호핑에 대한 개방성은 높은 편이다. 특히나 IT나 광고, 패션 업계 등 기술의 변화나 유행에 민감한 업종은 오히려 한 군데의 직장에 오래 머물게 되면 산업 트렌드를 놓칠 수도 있다. 보통 한 회사에 오래 머무르면 그 회사에서만 쓰는 프로그램과 업무 방식에만 익숙해지기 마련이기 때문이다. 그래서 웬만한 기업들이나 헤드헌터들도 경력과 능력을 차곡차곡 적립하는 식으로 쌓아왔고 또 다양한 업계를 짧은 시간 내에 많이 경험해봤다는 측면에서 잡 호핑을 긍정적인 시선으로 바라보는 경향이 비교적 강하다. 실제로 싱가포르 내 기업의 CEO들을 대상으로 한 설문조사에서 56%가 많은 잡 호핑 레코드가 있는 지원자를 채용하는 것에 전혀 문제가 없다고 답했다. 잦은 이직에 대한 인식은 점점 개선되어가는 추세이고 다만 그 이유에 대한 나만의 설득력 있는 답변은 필요하니 이것만 잘 준비해두면 되겠다.

왜 이직을 하려하는가 – Frame the move in a positive light

Why are you looking to leave your current job(왜 이직을 고려하는가) 또는 Why did you left from your last job(왜 지난 직장을 그만두었는가) 따위의 질문은 본질적으로 같은 맥락의 질문인데 이 또한 인터뷰 시 가장 많이 묻는 질문 중 하나이다. 특히 인사 담당자나 헤드헌터한테 전화가 와서 스크리닝 인터뷰를 할 때는 대부분

빠지지 않고 물어보는 질문인데 회사의 입장에서 생각해보면 이직 그 자체가 부정적이라기 보다는 그 이유를 알고 싶어 하는 것이다. 이전 직장을 떠나기로 결심한 이유는 그다음 직장에서의 태도와 밀접한 연관이 있기 때문인데 이 질문에 답할 때 가장 중요한 것은 내가 어떤 것을 싫어하는 지에 포커스를 맞추어서는 안 된다. 가령 직장 상사와의 불화, 너무 작은 임금, 지나친 오버타임 등 네거티브한 점에 포커스를 맞추면 이 또한 자연스레 면접관의 머릿속에 알람벨이 작동하게 만든다. 반대로 이전에 가지지 못했던 어떤 기회를 다른 곳에서 찾고 싶어 한다는 프레임을 만들어야 한다. 가령 "이전 직장에서는 트레이닝이나 연수의 기회가 없었는데 리서치를 해보니 이 회사에서는 정기적인 연수는 물론 교육 프로그램이 더 다양해서 좋다."든지 "내가 가진 'A'라는 스킬이 있는데 지금 있는 회사에서는 이 능력을 써먹어 볼 기회가 없다. 그런데 Job Description(직무분장)을 보니 이 회사에서는 이 스킬이 주로 필요한 곳 같아서 내장점을 최대한 살려줄 수 있는 회사라는 판단이 들었다." 정도의 답변들이 가장 이상적이다. 이처럼 이전 또는 현재 직장의 네거티브 요소가 아닌 미래 직장의 포지티브 요소에 포커스를 맞추는 것이 정석이다.

그 외 퇴직 사유로 무난한 이유들

새로운 배움의 기회를 원한다는 답변 외에도 무난하게 할 수 있는 다른 이직의 이유로는 출퇴근이 너무 힘들 정도의 거리 또는 경기나 경영 악화가 있다. 출퇴근 거리가 너무 멀어서 힘들다는 것도 흔하게 이직을 고려하는 이유이고 보편적으로 이해를 할 만한 사유이므로 본인이 해당이 되는 경우라면 솔직하게 말을 해도 무방하다. 만약 이전 직업에서 해고가 되어서 직장을 찾는 중이라면 업계의 경기가 나빠져서 혹은 경영 악화로 Redundancy(감원)가 있었는데 그중 한 명이었다고 말을 하고 그 기회를 통해서 많은 생각을 하고 개인적으로 내실을 다지는 계기가 되었다는 식으로, 즉 여기서도 부정적인 이야기를 최대한 긍정적인 프레임으로 풀어내는 것이 좋다.

다른 회사에도 지원했는가

면접 과정에서 이 회사 말고 다른 회사에도 지원을 했는지도 많은 면접관들이 많이 하는 질문이다. 간단한 질문 같지만, 질문을 받는 입장에서는 딱히 뭐라고 답해야 할지 곤란할 수도 있는 질문이니 예상 답안을 미리 마련해 놓는 것이 좋다. 면접관이 이 질문을 통해 알고 싶은 것은 크게 네 가지다:

1. 해당 포지션에 얼마나 관심이 있는가

2. 지원한 포지션들에 일관성이 있는가

3. 혹시 경쟁사에도 지원했는가

4. 면접 후 얼마나 빨리 결정을 내려야 하는가

이에 대답할 때는 너무 많은 포지션이 아닌 관련 업계에 2~3개 정도 인터뷰가 더 잡혀있다는 정도의 암시는 줘도 나쁘지 않다. 그만큼 나의 높은 가치를 은연중에 암시하게 되어 상대방에게 빨리 결정을 해야 한다는 심리적 압박을 줄 수도 있다. 하지만 당연히 현재 면접 중인 회사가 1지망(우선순위) 이라는 것은 드러내 놓고 밝히고 그 이유는 미리 생각해 보아야 한다. 만약 해당 포지션에만 유일하게 지원한 경우라면 내가 다른 회사에는 관심이 없는데 이 회사에 유독 관심이 갔던 이유를 사실대로 말을 하면 된다.

6장

이력서,
내가 가진 패
(극대화)

남들과 차별화되는 이력서 만들기

미국의 우수대학 교육자상을 수상한 심리학자 로버트 펠드먼 (Robert Feldman) 교수는 "자신을 있는 그대로의 모습이 아닌 원하는 모습으로 표현하는 것은 간단하다."라고 말했다. 물론 부정행위를 저지르거나 무언가를 거짓으로 조작해서는 안되지만, 본인이 가진 패을 최대한 돋보이게 하는 능력은 자기 PR을 할 때 꼭 필요한 능력이다. 가령 대부분의 20대 이상의 한국 남성들은 군대를 다녀왔을 텐데 특별히 내세울 만한 경력이 없으면 군대 시절 경력도 잘 활용하면 보기 좋은 경력처럼 보일 수 있다. 특히 한국처럼 의무 복무인 국가가 드물기 때문에 외국에서는 군대 경력이 직업으로 인식이 될 수 있는데, 다만 얼마나 프로페셔널하게 보이게 만드는가가 중요하다. 내가 구체적으로 담당했던 보직이나 업무 분장을 최대한 프로페셔널하게 보이게 불렛 포인트(Bullet point) 형식으로 작성해 놓으면 소위 '있어 보이는' 효과를 줄 수 있다. 군 관련 경력을 적을 때 주의할 점은 군대에서만 쓰는 특수한 용어들은 민간에서 쓰는 용어를 추가 설명을 해 주는 것이 좋다. 예를 들어서 정식 타이틀이 CPO(Chief Petty Officer)라고 했을 때 일반인들이 잘 모를 수도 있으니 옆에 팀 리더(Team Leader)라고 살짝 부연해 주는 식이다.

화려한 이력서가 필요한 것은 아니다

수많은 지원자들 사이에서 튀어 보이기 위해 특별한 이력서를(포토샵으로 만든 이력서 등) 만드는 지원자들이 간혹 있는데 이는 이러한 실력이 필수인 직종(ex. 영상 및 사진 등)을 제외하고 일반적으로는 그다지 추천하는 방법은 아니다. 기업에서 이력서를 받는 근본적인 이유는 해당 기업이 요구하는 경력과 자질을 가지고 있는 지 확인하는 것이며 또한 최근에는 이력서를 ATS로 필터링을 하는 경우가 많기 때문이다. 영문 이력서는 표준화된 기본 양식이 있기 때문에 그 틀 안에서 내 창의성을 최대한 발휘하는 것이 핵심이다. 정말로 튀고 싶다면 이력서를 튀게 만들기보다는 추가적인 서류를 제출하는 방법이 더 낫다. 한 예로 IT 회사에 지원한 한 구직자는 그 회사에 필요하다고 생각이 되는 간단한 어플을 하나 만들어서 그 샘플을 이력서와 함께 보냈다. 당연히 회사 입장에서는 깊은 인상을 받았을 것이고, 그는 최종적으로 채용이 되었다. 물론 이러한 방법을 통해 모든 경우 채용까지 이어지는 것은 아니겠지만 최소한 면접까지는 불려질 확률이 아주 높아질 것만은 자명하다.

직접 우편으로 부치는 방법

최근에 나온 한 자료를 보니 인사 담당자들이 한 명의 이력서를 보는데 평균 7초 정도를 소비한다고 한다. 지원자 입장에서는 이게 실망스러울 수도 있겠지만 현실이 그렇고 좀 더 냉정하게 말하면 여기서 7초란 어떤 이력서는 좀 오래 볼 수도 있고 반대로 쳐다도 보지 않는 이력서도 많다는 말이다. 나도 과거에는 이런 소리를 들을 때 내가 나중에 사람을 채용하는 입장이 되면 그러지 않겠다고 생각했던 적이 있었지만, 막상 인사 책임자 입장이 돼보니 그것이 현실적으로 쉽지 않았다. 한 포지션당 수 백 개의 이력서를 받는데, 기존에 바쁜 업무와 미팅들을 하는 와중에 이런 것들을 추가적으로 봐야 하기 때문에 모든 이력서를 다 꼼꼼히 본다는 것은 정말 힘든 일이며 특히 팀 내 여러 개의 포지션이 동시에 오픈이 될 경우 더더욱 그렇다. 이러한 상황 속에서 내 이력서를 최소한 꼼꼼히 읽게 만들도록 하고 싶다면 가장 좋은 방법은 이력서와 커버레터를 컬러 프린트해서 그 회사의 인사 담당자 이름을 조사한 뒤 그 이름 앞으로 직접 우편을 부치는 것이다. 무조건 뽑힐 수 있는 방법은 아니더라도 최소한 이 방법을 쓸 경우, 대체로 담당자들이 이러한 방식으로 도착한 이력서를 꼼꼼히 보기는 하니 그 정도만 하더라도 먹고 들어가는 것이다. 당연히 면접에 불려질 확률이 올라가며 실제로 내가 써서 성공했던 방법이기도 하다.

이력서에서 뻔한 내용은 뺄 것

이력서에서 뻔한 표현들은(Cliches) 되도록 빼는 것이 좋다. 가령 Workaholic(일 중독자)라는 단어는 어차피 들어도 믿지 못할 말로 인식이 될뿐더러 대부분의 서구권 국가들에서는 Workaholic에 대한 인식이 대체로 부정적이며 '로열' 하다는 인식을 줄 거라는 생각은 착각이다. 그리고 Strong attention to detail(세부 사항을 잘 볼 줄 아는 꼼꼼함)이란 표현도 자주 쓰이는데, 이 또한 지나치게 상투적인 표현이라 별로 도움이 되지 않는다. 오히려 해당 표현을 기재한 이력서에서 단순한 오타가 발견되면 더 큰 냉소를 일으킬 수도 있다. 그래도 내 장점들을 어필하고 싶다면 뻔한 표현들 대신 구체적인 수치를 넣어서 표현하는 방법을 사용하면 더 낫다.

업계 전문용어 및 약어 사용 - Industry Acronym & Jargon

시험 칠 때 질문을 잘 읽으라는 말이 있듯이 취업을 준비할 때도 Job Description(직무분장) 또는 구인 광고 내용을 잘 읽고 이에 맞게 대응을 해야 한다. 가령 조선 해양 분야만을 예로 들어보더라도 세부적인 분야는 아주 다양할 것이다. 배를 만드는 조선소, 배를 운용하는 선박 회사, 선박 금융 전문가 또는 브로커 아니면 항만 공사 같은 공기업일 수도 있을 것이다. 어느 분야를 지원을 하느냐에 따라 쓰는 용어들이 달라져야 정상이다. 해당 업계나 분야에서 사용하는 약어(Industry Acronym) 또는 전문, 특수 용어(Jargon 또는 Lingo)를 적절히 써주는 것은 그 분야에 대한 이해도가 있다는 것을 보여줄 수 있을 뿐만 아니라 그 전 단계인 ATS 필터링에도 도움이 될 것이다.

잡 타이틀(Job Title) 조금 변경해도 괜찮다

예를 들어 내가 A 라는 회사에서 Operations Coordinator로 3년째 근무를 해오고 있는데 동종 업계의 B 라는 회사에서 Project Coordinator를 뽑는 데 지원을 한다고 가정하자. 이럴 경우, 내 이력서에 현재 근무하는 회사에서 Project Coordinator 포지션을 담당하고 있다고 살짝 타이틀을 바꾸는 것은 무관하다. 물론 이는 터무니없이 약력을 뻥튀기를 해도 된다는 말이 아니라 업무 성격이나 직급의 레벨이 본질적으로 매우 유사한 수준일 때 괜찮은 것이다. 이런 사소한 용어 차이를 가지고 허위로 이력을 작성했다고 의문을 제기 할 회사는 없는데 그 이유는 어차피 똑같은 일도 회사마다 포지션을 규정하는 기준이나 역할이 다 다르고 업무 성격이 조금씩 다 다르기 때문이다. 그래서 이왕이면 같은 명칭으로 이력서에 기재하는 것이 Initial screening(초기 필터링)에 통과가 될 확률이 조금 더 높을 것이다. 정말로 중요한 것은 우선 면접까지 가는 것이고 그 다음 면접을 하는 과정에서 이전에 어떤 업무를 맡았었는지 또는 가장 큰 성과가 무엇이었는지 등의 심도있는 토론으로 나를 증명하는 것이다.

'네임밸류' 있는 고객사 이용하기

내가 현재 다니고 있는 회사나 이전 직장이 대중적으로 잘 알려진 회사가 아니라면 회사의 유명 고객사 혹은 원청 업체의 이름을 추가적으로 기입하는 것도 나쁘지 않은 방법이다. 가령 내가 싱가포르에서 일하던 Motion Smith란 회사는 영국 정부 기관인 United Kingdom Hydrographic Office(영국수로기구)의 싱가포르와 홍콩 지역 담당 세일즈 에이전트 역할을 하는 회사였으므로 내 이력서에는 이러한 추가 설명을 간단히 기재했었다. 또는 내가 다니는 회사가 규모가 큰 글로벌 기업이고 관련 업계 사람들은 다 알만한 기업인데 B2B 기업의 한계로 대중적인 인지도가 높지 않은 경우도 많이 있을 것인데 이럴때는 현재 근무하는 회사의 고객 리스트를 활용 할 수도 있다. 보통 Initial screening(초기 필터링)을 하는 부서는 HR Team(인사팀)에서 하는 경우가 많고 경력이 많지 않은 초보 인사 담당자는 업계의 전반적인 지식이나 관련 기업들에 대한 정보가 조금 부족 할 수도 있기 때문이다. 이러한 부분을 미리 짐작한다면 대중적으로 잘 알려진 기업이나 혹은 권위 있는 정부 기관이 우리 회사의 고객사라는 암시를 줄 수도 있는데 가령 그 회사들

의 리스트나 공동으로 진행중인 프로젝트 등을 주석 형태로 기재
하여 내가 현재 근무하는 회사나 프로젝트의 규모를 대략 짐작게
해주는 효과를 줄 수 있는 것이다.

채용하지 않는 곳에 지원하기

내가 핀란드 기업의 호주법인에 지원했던 계기는 채용 공고를 보고 지원을 한 방식이 아니었다. 단순히 당시에 내가 몸담고 있는 업계(선박 엔지니어링)에서 글로벌 빅3 회사들에 무작정 이력서를 돌린 것이다. 다만 이메일이 아닌 출력된 이력서와 회사마다 각기 다른 내용으로 쓴 커버레터를 직접 우편으로 부쳤고 이를 눈여겨본 당시 인사부장(HR Manager)이 나에게 전화를 걸어와서 마침 내부적으로 사람을 채용하려는 계획이 논의 중이라며 바로 전화 인터뷰를 하게 되었다. 통화를 어느 정도 한 뒤 그는 곧바로 대면 인터뷰(face to face)를 하기 위해 시드니로 오는 것이 가능하냐 물었고 나는 당연히 가겠다고 답했다. 그리고 전화 인터뷰가 끝나고 약 1시간 뒤, 회사 측에서 왕복 항공권과 시드니에서 머물 수 있는 호텔 예약 확인 레터를 나에게 이메일로 보내주었다. 시드니에서 심층 인터뷰를 약 4시간 정도를 하고 난 뒤 그날 저녁에 다시 싱가포르로 돌아갔고, 그 후 약 한 달 정도 후에 최종 합격 통보를 받았다. 이 방법을 지인

에게 추천했던 적도 있는데 그 친구도 내가 알려준 방법을 써서 본
인이 원하던 회사에 입사한 케이스가 있다. 이처럼 회사에서 채용
공고를 내지도 않았는데도 무작정 내가 눈여겨본 회사에 용감하게
그냥 이력서를 내보는 것을 Speculative application(추측성 지원)이
라고 한다. 성공할 확률은 낮지만 적어도 나의 적극성과 진정성을
보여주어 눈도장을 찍는 데는 이만한 방법이 없을 것이다.

영문 이력서에는 영어 이름으로

해외 취업을 위해 영문 이력서에 이름을 기재할 때는, 자신의
한국 이름을 그대로 로마자(영어) 표기로 적는 것보다는 영어 이
름을 적는 것을 추천한다. 나도 개인적으로 이력서(CV)에 항상
Junghyeon Park이라는 한글 이름 영문 표기 대신 내 영어 이름인
Elliott Park 으로 이름을 표기한다. 다음 단락에서 자세히 다룰 내
용이지만 아시안계 이름 보다는 영어 이름이 인터뷰에 불려질 확률
이 좀 더 높은 것이 현실이기 때문이다. 물론 Family name(성) 까지
영어 식으로 바꿀 순 없다는 한계는 있지만 적어도 First name(이
름) 만이라도 한국 이름보다는 영어 이름을 적는 것을 추천한다.

영어 이름을 적는 것이 왜 필요한가

캐나다 토론토 소재의 라이어슨(Ryerson) 대학교의 연구진들은

흥미로운 실험을 했는데 그들은 약 13,000개의 가짜 이력서를 만들어 온라인에 올라온 구인 광고를 통해 3,000개의 지원(Job apply)를 했다. 그들은 이 실험을 통해 똑같은 이력을 가졌을 경우 중국계 혹은 인도계 이름을 가진 가짜 지원자들이 순수한 영어 이름을 가진 가짜 지원자들 보다 약 28% 정도 면접에 불려질 확률이 낮아진다고 밝혔다. 이러한 차별은 회사의 규모가 작을수록 더욱 심하게 나타났고 오히려 대기업일 경우 이러한 차별이 비교적 덜한 것으로 나타났다. 프랑스에서도 비슷한 실험이 진행되었는데 여기서는 아프리카 계열의 이름을 가진 지원자들이 면접에 불려지는 확률이 현저하게 낮아지는 것이 관찰되었다. 이러한 현상을 무조건 인종차별이라 단정할 수는 없지만, 최소한 채용 담당자들의 무의식적인 선입관이 큰 영향을 미친다는 것은 확연히 드러나는 것이다. 이를 줄이기 위해서는 기업에서 직원들의 무의식 속에 있는 고정관념을 없애는 트레이닝을 꾸준히 하는 방법밖에 없으니 안타깝게도 당장에 구직자들의 입장에서는 현실적으로 어쩔 도리가 없는 부분이다. 그에 맞춰서 불리함을 인지하고 대응하는 것이 최선이다. 그래서 이력서의 포인트는 거짓말을 하지 않는 선에서 자신을 가장 극대화 시킬 수 있는 방법을 찾는 최적화가 중요하다.

국립대 출신들을 위한 꿀팁

정기적으로 한국인을 따로 채용하는 특별한 이유가 있는 회사가 아니라면 대부분의 외국의 인사 담당자들은 한국의 대학교를 잘 모른다. 물론 잘 모르더라도 한 국가의 수도 이름을 딴 대학은 대체로 일류대학이니 서울대학교나 아니면 아예 국가의 명칭인 'KOREA'를 영어 표기로 쓰는 메리트를 선점한 고려대학교 정도라면 다소 이점을 가질 수도 있겠다. 하지만 그런 특수한 경우를 제외하면 대부분은 국내 대학교의 차이에 대한 감이 없다. 가령 그들의 입장에서는 연세대나 성균관대라 하더라도 좋은 학교인지 아닌지 한눈에 구별하기 힘든 것이다. 해외 취업을 목표로 하는 사람이라면 어느 정도 감안을 해야 하는 부분이라 어쩔 수는 없지만, 그래도 최소한 대처할 수 있는 방법은 있다. 명문대학을 졸업한 경우라면 글로벌 대학 순위를 추가로 기재를 하는 방법이 있고 특정 분야에 뛰어난 학교라면 이러한 면을 간단히 부각시켜 줄 수도 있다. 그리고 국립대를 졸업 한 사람들이라면 학교 영문 이름 앞에 National(국립) 이란 단어를 꼭 붙이기를 추천한다. 가령 'XYZ University'보다는 'National University of XYZ' 라고 표기를 해주는 것이다. 이런 것들이 크게 변별력을 주는 건 아니지만 그래도 이런 사소한 디테일들이 모이면 간혹 시너지가 되어 Tie breaker(동점 상황에서 승자 결정)가 될 수도 있다. 내 이력서를 다시 한번 구석구석 뜯어보고 나를 조금이나마 더 돋보이게 하는 방법을 나름대로 잘 연구를 해보면 도움이 될 것이다.

In Progress(진행 중) 경력 사항 기재하기

가령 회계 관련 학과를 졸업해서 관련 분야로 취직을 하는 것이 목표라고 하자. 공인 회계 자격증인 CA 또는 CPA를 따는 것은 해당 분야에 취직하는 데 필수 요소는 아니지만 중요한 역할을 맡기 위해서는 매우 중요한 절차로 인식이 된다. 어찌 됐건 있는 것이 없는 것보다 분명히 플러스 요인인데, 가령 내가 CPA 과정을 공부하는 중이지만 아직 끝마치지 않은 상황이라 하더라도 당연히 이것을 내 이력서에 집어넣어야 한다. 예를 들어 이수해야 할 여러 과목 중 한 과목만이라도 합격해 놓고 나서 이력서에 In progress(진행 중)라는 표현으로 CPA Status를 어필하는 것이다. 완성된 것이 아니라도 어느 정도 진행 중이라는 어필을 하는 것이 안하는 것보다 나은 것은 당연하다.

예시〉 Candidate for the Uniform CPA Exam

o Passed FAR, AUD, and BEC

o Testing appointment for REG scheduled for 5/8/2022

이러한 방식을 얼마든지 다른 분야에도 적용을 할 수 있다. 예를 들어 파트타임 기준으로 4년짜리 MBA 과정을 등록해서 오늘 첫

강의를 들은 상태라고 해보자. 말 그대로 이제 막 첫걸음을 뗀 상태이지만, 그래도 내 이력서에 In progress(진행 중)라는 명목으로 이 MBA 코스를 기재를 할 수 있는 자격이 생긴다. 이처럼 In progress의 장점은 당장에라도 무언가를 시작하면 바로 유의미한 한 줄을 더 채울 수 있다는 것이다. 물론 인터뷰에서 자세한 내용과 깊이는 드러나겠지만 어찌 됐건 자기개발을 꾸준히 열심히 한다는 그 자세만큼은 분명 플러스 요인이며 또 당장 이력서에서의 목표는 면접에 불려지는 것이라는 것을 기억해야 한다.

나이나 사는 지역에 따른 차별

호주의 한 헤드헌팅 업체에 근무하는 사람과 대화를 나누던 중 들은 사실인데 인종으로 스크린을 하는 것뿐만이 아니라 우편번호 (zip code, postal code)를 기준으로 특정 동네에 사는 지원자만 선별해 주기를 요구하는 고객들도 적지 않다고 한다. 예를들어 서울로 따지면 삼성동 소재의 A라는 회사가 강남구에 주소가 등록된 사람들만 채용하려고 한다는 식의 개념이다. 엄연한 불법이지만 이 또한 공공연하게 탁자 밑에서 오가는 대화들이다. 그 외 나이에 따른 차별은 있기는 해도 한국의 나이 제한과는 개념이 좀 다르다고 볼수 있다. 가령 한국의 경우 신입 사원 포지션(Entry level)에 30대 중반이 들어간다거나 하는 경우는 드문데 이는 구조적인 원인도 있고 또 나이에 따른 서열 문화가 강해서이기도 하다. 직장 상사가 나이가 더 어릴 경우 본인이 다소 껄끄러워질 수 있기 때문에 웬만하면 기피하는 경향이 있기 때문이다. 외국에서는 이런 문화를 찾아보기는 힘들고 다만 Ageism(연령주의) 이라고 하면 보통 50대 이상의 고령의 구직자를 기피한다거나 하는 현상을 말한다. 아무래도 회사 입장에서는 다시 한번 생각하게 만드는 요소인데 그 이유는 가능 근속연수도 있고 또 나이가 40대 후반이나 50대를 넘으면 최소한 직장 생활을 대략 20년 이상 했을 것으로 추정하기 때문이다. 오랜 커리어 빌딩 과정 중 형성된 특유의 스타일과 업무 스타일, 고집 등이 거의 고치기 힘들 것 이라는 편견이 있다.

나이 차별에 대응하는 방법

사실 나이가 좀 많다고 해도 본인만의 강점이 있다면 채용에 큰 장애 요소가 되지는 않는다. 내가 근무하던 회사에서도 그런 케이스가 가끔 있었고 내가 인사팀장(Resource Manager)일 때도, 터보차져 전문 엔지니어(Turbocharger Specialist Engineer)를 물색하던 도중에 가장 적합하다고 생각되는 스위스 국적의 50대 중후반의 엔지니어를 선발해서(호주 취업비자를 제공하고) 고용했던 적이 있다. 그가 이 포지션에 선발이 된 이유는 대형 터보차져(Turbocharger)를 제조하는 회사로는 가장 크고 명성이 있는 스위스의 ABB 라는 기업에서 25년 정도 엔지니어로 근무한 그의 경력과 전문성이 가장 컸다. 굳이 밝히자면 내부적으로 그의 나이에 대한 고민이 전혀 없었던 것은 아니지만 결국 우리 팀은 경력과 전문성만을 바탕으로 해당 포지션에 최상의 지원자를 선발하고자 했다. 결과적으로 그는 비교

적 많은 나이지만, 호주로 이민가서 새로운 도전을 해보고자 하는
자신의 목표를 이룬 셈이다. 이처럼 본인만의 강점이 있다면 나이의
장벽을 충분히 뛰어넘을 수 있고 만약 특별한 경력이나 기술이 없
는 경우라면 비교적 적은 노력으로 온라인 상에서 활발한 활동을
하는 것이 도움이 될 것이다. 가령 Web-based skill에 관한 코스를
공부해서 지속적으로 이력서를 업데이트 시킨다던가 혹은 링크드
인(LinkedIn) 프로필을 세련되게 잘 꾸며 놓고 활발한 커뮤니케이션
을 이어나가는 과정을 거듭한다면 많은 도움이 될 수 있다.

성별에 따른 질문의 차이

여성의 사회적 역할에 대한 목소리를 높여 왔던 잡지 'Sex
Roles'의 조사에 따르면 면접 도중에 받는 질문에 남성과 여성에
차이가 있었다고 한다. 남성에게는 일반적으로 그들이 가진 스킬
(Skill)에 대한 질문이 중심이었다면 여성에게는 사회적 행동(Social
behaviour), 친화성(Friendliness) 그리고 도덕성(Morality)에 관한 질문
의 비율이 상대적으로 더 높았다고 하는데 이는 사회생활에 있어
서 여성이 조직에 충성하고 적응 할 수 있을 확률이 더 낮을 거라는
무의식적인 편견에서 나오는 현상이라고 한다. 즉 이러한 근거 없는
편견 때문에 여성에게 남성보다 좀 더 까다롭고 다각적인 기준이
적용되는 불리한 상황이 생길 가능성도 있다는 것인데 물론 이는

제한적인 데이터를 기준으로 한 실험이므로 무조건 그렇다고 믿기보다는 그냥 참고 정도로만 이해하면 될 것이다.

불법인 채용 광고들

어느 나라든 마찬가지로 채용을 할 때는 모두에게 평등한 고용 기회를 주는 것이 원칙이어야 한다. 호주의 경우를 예로들면 EEO (Equal Employment Opportunity)라는 노동법 규정이 있으며 이는 취업 기회나 임금, 복지 등을 모두에게 공평하게 해야 한다는 취지로 마련된 법안이다. 내가 근무하던 회사의 매뉴얼에는 한 가지 재미있는 조항도 있었다. Employer who specifies a requirement that people must be 180cm tall to do a job may in fact discriminate against women and some ethnic groups, who are less likely to be this height(고용주가 채용 시 자격 요건으로 최소 신장이 180cm는 되어야 한다는 식의 규정을 하는 것은 해당 신장에 도달하지 못할 가능성이 비교적 더 높은 여성이나 특정 인종의 기회를 제한하는 차별로 간주한다) 이러한 세세한 조항을 보면 단순히 겉으로 하는 척만 하는 것이 아니라 그 본래의 취지를 지키려고 노력하고 이를 명문화하는 것도 중요하다는 의도가 엿보이는데 고용주라면 가져야 할 기본 마인드라고 볼 수 있다. 그 이외에 면접을 할 시에도 차별을 할 요소가 있는 성별, 나이, 결혼 여부, 장애 여부, 종교, 문화 등에 관한 질문이나 도를 넘어선 무례한 질문을 할 시에는 문제가 될 수 있음으로 면접관들도 항상 이런 점을 염두에 두고 질문을 해야 한다.

직접 차별적 채용 광고에 대응한 사례

몇 년 전, 호주의 한 기업에서 채용 공고를 SEEK.COM이라는 유명한 구인 광고 플랫폼에다 올렸는데 기본 자격 요건(Requirements) 중 하나가 "호주, 영국, 미국, 유럽에서 받은 인정 받을 만한 대학의 학위"라고 명시가 되어 있어서 내 눈을 의심했던 적이 있다. 거꾸로 말하면 명시된 국가들 이외의 대학 학위는 인정 못 하겠다는 것을 드러내놓고 선전하고 있는 명백한 차별이었다. 물론 영미권 포함 유럽 국가에서 암묵적으로 그러한 관행이 있는 것은 사실이지만, 대외적인 구인 광고에 대놓고 저렇게 적어 놓은 경우를 본 것은 처음이었다. 나의 입장에서는 어차피 갈 생각이 있는 회사가 아니라 그냥 어떤 포지션들이 새로 올라왔나 심심해서 검색해 보던 차에 본 광고여서 딱히 잘 보일 필요가 있는 상황은 아니었다. 바로 적혀있는 이메일 주소로 해당 광고 내용을 고치지 않으면 Fair Work(호주의 고용노동부)에 신고하겠다고 통보를 했고 며칠 뒤 그들은 별다른 답장 없이 해당 광고를 정정했다.

아무 회사나 지원하면 안되는 이유

ADP Research Institute의 조사에 의하면 전 세계적으로 약 16% 정도의 사람들만이 본인의 직업에 상당히 만족하는 수준이라고 한다. 이 말은 적어도 84%는 뭔가 불만이 있거나 부족하다고 느끼는 것인데 대다수의 사람들이 직장 생활에 크게 만족하지 못하는 것은 지극히 당연하다는 말이다. 하지만 그렇다고 지나치게 나와 맞지 않는 직장에 억지로 가야 할 필요는 없으니 애초에 그 선을 정확히 파악할 필요가 있다. 물론 당장 먹고살기 바쁜 상황이라면 고민을 할 럭셔리함이 주어지지 않지만, 어지간히 급한 상황이 아니라면 조금 까다롭게 고민을 할 필요가 있다. 본인에게 맞는 직업이나 환경이 아닐 경우 받는 스트레스는 일반적인 일보다 훨씬 더 크고 더 쉽게 피로감을 느끼기 때문이다. 그러니 과정은 조금 더디더라도 나와 잘 맞는 회사와 포지션을 고심해서 선택하는 것이 좋고 정 상황이 여의치 않는다면 아무 직장이나 우선 징검다리의 개념으로 (Stop gap) 잡아서 일을 하는 동시에 지속적인 Job Searching(구직활동)을 병행하는 것도 방법이 될 수 있다. 회사를 다니는 중에도 이런 노력을 지속적으로 하는 것에 양심의 가책을 느낀다거나 할 필요가 없는 것이 어차피 본인의 운명은 스스로가 만들어나가는 것이니 계속해서 더 나은 것을 위한 시도를 해 보는 것은 전혀 잘못된 행동이 아니다.

직장 상사가 될 사람과의 케미

영어식 표현에는 "회사를 떠나는 것이 아니라 보스를 떠나는 것이다"라는 표현이 있을 정도로 직장 상사(매니저)와의 관계는 직장 생활에서 가장 중요한 요소 중 하나이다. 일 자체보다 내 직장 상사가 누구인가에 따라 결정되는 스트레스의 강도가 큰 변수이기 때문이다. 미국 갤럽(Gallup)의 조사에 따르면 약 50%의 미국인들이 매니저와의 갈등으로 퇴사를 해 본적이 있다고 답한 만큼 미래에 내 보스가 될 사람이 어떤 사람인가 미리 판단해보는 것도 빼놓지 말아야 할 과정이다. 우선 가장 중요한 것은 나에게 멘토가 되어줄 수 있는 사람인지의 여부이다. 물론 짧은 시간 내에 모든 것을 판단할 수 없지만, 면접 도중 트레이닝이나 교육 관련 질문을 했을 때 얼마나 관심을 보이고 성실하게 답변을 해주는가를 잘 보면 대략 어느 정도 판단은 가능하다. 또 그 사람의 커뮤니케이션 방식을 관찰해볼 수도 있는데 가령 내 말을 얼마나 자주 중간에 끊느냐, 내 대답에 귀를 기울이고 듣고 있느냐 등을 보고 판단해 볼 수도 있다. 나를 단순한 기업의 소모품으로 보지 않고 개인의 한 인간으로 보는지 반드시 따져보고 들어가야 나중에 피차간에 시간과 감정을 소모할 일이 줄어든다.

나와 꼭 맞는 회사가 있을까 - Cultural fit

직장을 구하는 데 있어서 Culture fit(문화적 궁합)은 아주 중요한 요소 중 하나이다. 한마디로 'Work ethos'가 맞아야 한다는 것인데 가령 아주 창의적이며 스스로 문제 해결을 해나가는 데서 동기부여를 느끼는 타입의 사람이라면 이러한 성향이 요구되는 회사나 부서에 들어가는 것이 적합하다. 만약 지나치게 수동적인 태도가 요구되며 창의성이 무시되는 문화라면 얼마 버티지 못하거나 버티더라도 엄청난 스트레스를 받으며 직장 생활을 할 확률이 높아진다. 또 경우에 따라서는 일 중독자 타입을 선호하는 조직이 있을 수도 있고 반대로 인간관계를 더 중시하는 조직도 있을 수 있는데 어느 쪽이건 간에 회사와 개인의 성향이 맞지 않으면 버티기 힘들 수밖에 없다. 호주의 대표적 리크루트 전문 기업인 로버트 월터스(Robert Walters)의 조사에 의하면 약 73%의 직장인들이 Cultural fit이 맞지 않아서 사직한 경험이 있다고 답했다. 이직률이 높으면 그만큼 기업 입장에서도 많은 비용 손실이 발생하기 때문에 많은 기업에서 직원들의 Turnover(이직률)을 감소시키기 위한 많은 노력을 하지만, 문제는 상당수 회사의 경영진이나 직원들이 Cultural fit의 의미를 잘못 이해하고 있다는 것이다. 단순히 Culture fit을 태도, 인종, 종교, 문화, 출신지역 및 학교 등이 비슷한 것이라 착각하여 Homogenous(단일) 한 환경으로 만드는 것과 동일선상에 놓는 경우가 있는데, 이 때문에 Culture fit을 생각한다는 것이 채용 과정에서 자연스레 편견과 차별이 들어가버리게 되는 것이다. 하지만 진정한 Culture fit의 의미는 겉으로 드러나는 차이라기보다는 조직의 핵심 가치, 표준적 업무 방식, 근무 여건, 공통의 목표나 비전 등이 구성원들 개개인과 얼마나 일치를 하느냐를 고려해야 한다는 의미이다.

출신 대학교가 중요한가

만약 해외로 눈을 돌리는 것을 생각한다면 워낙 다양한 변수가 존재하므로 한국식 스펙 중심의 사고방식은 통용되지 않는다. 본인이 원하는 목표를 이루는 사람들을 잘 살펴보면 자신에게 맞는 고민을 찾고, 고유의 방법을 개발하거나 없는 길도 스스로 찾아서 만들어 가는 경우가 대부분이고 그래서 그들의 특징은 스펙의 틀 안에 갇히지 않는다. 출신 대학교도 마찬가지다. 과거에는 출신 대학교가 아주 중요하던 시절이었지만 글로벌 기업들의 채용 트렌드를 살펴보면 갈수록 그 중요성은 떨어지는 추세이다. 물론 산업 분야나 포지션에 따라 아직도 중요하게 작용하는 요소 중 하나인 것은 변함이 없으나 최근에는 많은 기업이나 인사 담당자들이 지식과 인성 중 더 중요한 것은 인성이며 지식과 지혜 중 더 중요한 것도 지혜라는 기본을 더 많이 깨달아가고 있는 것은 확실하다. 수많은 조직 내 성공과 실패 사례를 경험하여 데이터가 축적이 되었고 또 조금만 맞지 않아도 이직을 해버리는 것이 당연한 문화가 되어버린 세상이기 때문이다. 트렌드와 그에 따른 결과를 분석하는 다양한 시스템이 발달하고 있어 일머리와 조직 적응 능력이 스펙과 정비례하는 것이 아니라는 것을 많은 기업이 인정하고 있다는 의미이다. 최근 미국에서 MBA(경영전문대학원)에 대한 인식도 돈, 시간 낭비라는 인식이 많아져서 그 인기가 지속적으로 떨어지고 있는 것도 맥락이 비슷하다. 즉 과거 산업화 시대에는 '내가 더 잘났고 똑똑하다'에 중점을 둔 어필을 해야 했다면 이제는 '내가 더 질적으로 나은 사람이다'를 어필하는 데 포인트가 있는 것이다.

해외취업, 유학이 꼭 필요한가

글로벌 무대에서 활동하고 싶다면 물론 유학이 도움이 되는 것은 확실하나 그렇다고 꼭 필요한 것은 아니다. 과거 국내 한 신문사에서 미국의 대학에서 공부 중인 한국인 유학생들과 졸업생 약 1500명을 대상으로 설문조사를 했는데 "졸업 후 미국에서 취직하고 싶은가 아니면 한국에 돌아가서 취직하고 싶은가"라고 물었다. 약 97%의 유학생들이 미국에서 취직 하기를 희망한다고 답했으나 실제 졸업생들의 통계를 내보니 정규직으로 미국에 취업을 제대로 한 케이스가 약 1.8% 정도였다. 수 년 전의 기사라 지금은 상황이 달라졌을 수도 있지만, 적어도 해외 취업을 위해서 유학을 하러 가는 것 만이 능사가 아니라는 것만큼은 확실히 엿 볼 수 있는 대목이다. 개인적으로도 오히려 국내에서 충분한 경력을 쌓은 뒤 해외 진출을 해서 좋은 조건으로 가는 경우를 주변에서 더 많이 보았다. 자기 분야에서 적어도 준전문가가 될 정도로 커리어를 차근차근 밟아 나가는 동시에 꾸준히 준비해서 탄탄한 영어(또는 현지어) 실력을 갖추는 것, 그리고 지속적인 리서치. 이 세 가지가 잘 받쳐준다면 유학이 필수는 아니라고 본다.

한국의 학력과 경력을 인정하는가

호주에 사는 한국 교민들을 만나보면 간혹 "호주 기업들은 한국에서의 경력과 학력은 절대로 인정 안 해준다"라는 식의 자조 섞인 말들을 습관적으로 하는 사람들을 쉽게 볼 수 있는데 대개 이런 사람들의 특징은 부정적인 말을 입에 달고 산다. 설사 일반적으로 그런 것이 현실이라 하더라도 그것도 사람 나름이라는 것을 이해해야 하는 것인데, 그래야 왜 인정을 안 해줄까를 고민해 보고 그럼 나는 어떻게 하면 그 반대의 전략을 세울지 고민하는 능동적인 태도가 생긴다. 다시 한국의 학력과 경력이 외국에서도 도움이 되느냐는 질문으로 돌아가 보면 대체로 어느 정도 도움이 되기는 된다. 하지만 그 효용성의 범위는 업종에 따라 다르고 국가나 회사마다 천차만별이다. 가령 내가 한국에서 IT나 기계 쪽 엔지니어, 간호사 혹은 요리사였다면 외국을 가더라도 얼마든지 호환이 가능하다. 하지만 한국에서 내가 역사 교사였거나 변호사, 공무원 등의 경력이 있었다면 상식적으로 등가적인 호환이 불가능에 가까울 정도로 어려워질 것은 당연하다. 사람 사는 사회의 논리는 엇비슷하다는 가정하에 그 난이도는 본인 스스로 상식선에서 생각해보면 될 것이고 아무리 어려운 상황이라도 그 틈을 비집고 들어가는 예외의 경우는 항상 존재한다는 것도 기억해두면 좋겠다.

내가 속한 분야는 호환이 가능할까

멘토를 필요로 하는 대부분의 사람들은 이미 본인이 정답을 어느 정도 알고 있는데 불 확실성이 자신를 힘들게 하니까 신뢰를 할 만한 사람으로부터 확신의 한마디를 듣고 싶은 것이다. 물론 그렇게 용기와 지혜를 얻는 것도 큰 도움이 되기는 하지만, 더 나아가 본질적으로는 스스로 기본적인 리서치를 통한 분석을 할 줄 알아야 한다. 보통 자신만의 길을 개척하고 자기 분야에서 두각을 드러내는 사람들을 잘 관찰해보면 본인의 방식대로 밀어붙이면 반드시 목표가 이루어질 것이라는 어떤 강한 신념이나 확신을 가지고 있다. 그래서 그들은 어차피 남들에게 물어봤자 자신이 가고자 하는 길을 완전히 이해 못 할 것이라고 생각하는 경향이 크다. 즉 주변 사람들에게 목표를 말하면 이해를 잘 못 해줘서 답답한 느낌이 드는데도 이미 나는 내 미래를 알고 있는 듯한 강력한 확신이 든다면 그냥 꾸

준히 그대로 밀고 나가면 된다. 본인이 느끼는 어렴풋하지만 강력한
확신은 무의식이 주는 시그널이며 결과적으로 정답일 확률이 높다.

해고하기 위해 뽑는다(Hire to fire)

비교적 사회 경험이 많이 없는 시기에는 무조건 크고 유명한 회사에 들어가고 싶다는 생각을 쉽게 할 수 있다. 하지만 단순히 네임 밸류만을 따지다가 함정에 빠질 수도 있으니 주의해야 한다. 작년에 비즈니스 인사이더(Business Insider)에 실린 기사를 보면 아마존(Amazon)에서는 Unregretted Attrition(URA)이라 부르는 정책이 있는데 이는 매년 성과에 따라 일정 비율의 직원을 감원해야 한다는 내부 규정이라고 한다. 각 부서나 팀의 매니저들은 이 타겟(목표)을 맞추어야 하는데 현직에 있는 세 명의 매니저가 인터뷰에 응해서 이 정책이 주는 스트레스가 엄청나다고 밝혔다. 그래서 나온 부작용이 매니저들이 새로운 팀원을 채용할 때 기존의 직원들을 보호하기 위해서 미리 자를 만한 사람을 채용한다는 것이다. 이를 내부적으로 Hire to Fire(해고할 사람을 뽑는다)라고 부르는데 이 정책 때문에 이미 여러 건의 부당 해고 관련 소송도 발생했다고 한다. 그 외 다른 기사들을 통해 이미 대외적으로 드러난 몇 가지 지표만 살펴보더라도 해당 조직의 높은 스트레스 강도를 간접적으로 짐작할 수 있다. 2022년 기준 아마존에서 일하는 노동자의 연간 이직률은 150% 정도로 미국 내 유통 산업계 평균 이직률의 두 배 이상 높은 수준이며 사무직 직원의 평균 근속 연수도 1년 남짓이다. (*마이크로 소프트(MS): 4년, IBM: 6.4년) 퇴사한 직원들은 높은 이직률의 가장 큰 이유로 역시 지나치게 압박이 심하고 경쟁이 치열한 속칭 '글래디에 이터 문화'를 꼽는다. 물론 이러한 데이터들은 이미 언론을 통해 공 개된 내용들을 토대로 할 뿐이며 내가 다녀보지 않은 회사를 함부 로 말할 수는 없다. 하지만 적어도 네임밸류가 높은 회사라고 무조 건 좋은 것이냐는 부분은 한번 생각해 볼 만한 문제이다.

Job Description(직무분장)과 향후 커리어 관리의 연관성

결국 핵심은 Job Description(직무분장)을 잘 읽고 이러한 경력이 앞으로 어떠한 경력으로 이어질 수 있는지 반드시 고민해보는 것이 다. 단순히 조직의 사다리 위로 올라만 가겠다는 생각은 근시안적 인 생각일 수도 있을 뿐만 아니라 큰 목적의식 없이 단순히 높은 연 봉이나 복지, 지명도 등만 보고 입사한 경우에도 현타가 찾아와서 슬럼프에 빠지는 구간을 경험하는 순간이 오기 마련이다. 직장 생 활을 하다 보면 다른 회사로 이직하는 상황이나 타 부서로 이동을 하는 상황이 꽤나 비일비재하니 반드시 이를 염두에 두고 나만의 특기를 창출해 낼 수 있는 Marketable Skill(시장성 있는 기술)을 배울 수 있는 포지션이 좋다. 가령 크고 좋은 회사의 단순 Admin(사무행정)을 담당하는 소위 '물경력' 보다는 장기적으로는 조금 회사의 규모가 작아도 특정 분야의 전문성을 키울 수 있는 알짜배기 포지션에 있는 것이 커리어 빌딩에 더 도움이 되는 경우가 많다. 그러니 회사와 회사 간 Lateral(횡적) 이동을 항상 염두에 두고 이에 유리한 포지션을 생각해 보면 좋다. 성장 기회가 거의 없는 포지션에 오래 머무르면 머무를수록 변화를 두려워하게 된다. 이렇게 되면 한 직장에 지나치게 의존할 수밖에 없고 이것이 오래 지속되면 너무 늦어 버린다. 커리어는 단순히 경력이 아니라 '성장'의 의미를 내포하고 있음으로 이제는 단순히 '어디 회사에 다닌다'라는 개념을 넘어서서 개인이 가지고 있는 Marketable Skill(시장성 있는 기술)과 장기적 관점의 생애경력설계가 중요하다.

Job Description(직무분장)은 반드시 꼼꼼히 읽어야 한다

회사마다 Job Description(직무분장)의 성격은 조금씩 다르다. 보통은 포지션 타이틀, 하는 일, 근무 위치, 자격요건, 보고 체계 등이 대략 드러나는데 해당 포지션이 조직 내에서 어떤 역할을 하는지 보고 체계가 어떻게 되는지 이런 것들을 한눈에 읽어내는 안목이 필요하다. 가령 인사 업무를 보더라도 전 직원이 사무직인 경우와 생산직 혹은 쉬프트 형태로 일하는 직원과 사무직이 섞여 있느냐가 차이가 크게 난다. 단순히 급여를 계산하는 과정에서도 오버타임을 적용하면 더 복잡할 수 있고 그뿐만 아니라 로컬 직원으로만 구성되어 있는지 아니면 다국적 기업이고 다양한 국적의 직원이 일하는가에 따라 비자나 Relocation(국가나 지역 이동) 관련 업무의 유무도 차이가 될 수 있다. 이처럼 똑같은 포지션이라 하더라도 업무의 복잡도가 회사마다 다르고 요구하는 인재상, 성격, 언어 등에 있어서 차이가 있는데 이를 정확히 이해한다면 커버레터나 이력서를 쓰는 방향을 좀 더 해당 포지션에 맞게 쓸 수 있다. 직무의 기본을 이해하지 못하는 수준으로 아무렇게나 지원서를 내고 있다면 취업 자체가 어렵고, 운 좋게 취업이 된다 한들 금방 실망할 가능성이 커진다.

Overqualification(과잉자격)

회사 입장에서 Employee turnover(직원 이직률)는 항상 신경이 쓰이는 과제 중 하나이다. 열심히 트레이닝을 시켜 이제 조금 일을 할 만한데 이직을 해버리면 회사 입장에서 여러모로 손실이 이만저만이 아니다. 특히 이런 일이 여러 번 반복될 경우 조직 내 사기도 저하될 뿐만 아니라 담당 부서장의 리더십 문제 또한 부각되므로 포지션에 비해서 지원자의 자격이(학력이나 경력 등) 비교적 높다 싶으면 어차피 오래 다니지 않을 거라 판단하고 오히려 걸러버리는 경우가 굉장히 흔하다. 채용 과정 중 특히 이 부분을 유심히 살피는 담당자들이 많고 헤드헌터들도 지원자의 Overqualification(과잉자격)이나 혹은 Usual career path(지원자의 일반적 커리어 경향)를 벗어나는 것이 감지되면 전화 인터뷰를 할 때 반드시 먼저 체크를 하는 부분이다. 나도 과거에 이직을 준비할 때 이런 경험을 해 본 적이 있다. 헤드 헌팅 업체에서 클라이언트 회사에 나를 추천 했지만 해당 부서의 매니저가 내 이력서를 보고 살짝 부담을 느꼈다는 답변을 들었는데 그때 실제로 썼던 표현이 "마치 메르세데스(벤츠)가 홀덴(호주의 자동차 기업)에 오려는 것 같다"라는 유머를 섞은 피드백이었다. 내 이력서가 해당 매니저에게 Overqualification으로 인지된 전형적인 케이스인데 특히 부서의 매니저나 팀 리더가 관리자로서의 경험이 많이 없어 자신의 리더십에 대한 자신감이 다소 부족 할 경우 더욱 이러한 경향이 짙어질 확률이 높다.

Overqualification(과잉자격)에 해당할 경우 대응 방법

우선 가장 중요한 것은 내가 정말로 이 일을 하고 싶은 것이 맞는지 다시 한번 생각해 본다. 한 심리학 연구에서도 본인이 수행하고 있는 역할보다 스스로가 더 뛰어나다고 인지하는 과잉 자격 지각(Perceived Overqualification)은 조직 구성원과의 관계, 이직률, 업무 태도 등의 면에서 부정적인 면이 있다고 조사 된 바 있다. 즉 내가 정말로 나 스스로 과잉자격이라고 생각한다면 적응을 하기 힘들 확률이 그만큼 더 높다는 것이다. 만약 그래도 정말로 내가 원하는 일이라면 이를 어필할 수 있는 몇 가지 방법을 소개한다.

1. 솔직하게 내가 이 포지션을 원하는 이유를 자세히 밝히고 내가 정말로 이 일을 하고 싶다는 진정성을 어필한다.

2. 해당 업계에 관한 관심이 있다는 점이나 특정 스킬을 정말로 배우고 싶다는 것을 강조 할 수도 있는데 이럴 경우에는 사전 조사를 미리 많이 해서 그 분야에 이미 어느 정도 지식이나 이해도가 깊다는 것을 통해 그 진정성을 보여 줘야 한다.

3. 과거에 근무했던 회사에서 근속 연수가 긴 경우라면 이를 이용해서 내가 Loyalty(충성도)가 높은 사람이라는 것을 어필한다.

4. 이 회사에 오래 있고 싶도록 만들만한 내가 느끼는 매력적인 조건을 강조 할 수도 있다. 가령 출퇴근 거리가 아주 짧아서 좋다 등의 조건이다.

5. 보통 경력이 많은 직원에 대한 편견은 다루기 힘들지 않을까라는 걱정이 있는데 이전 회사에서 직장 상사나 동료들과 좋은 관계였다는 것을 구체적인 사실을 들어서 강조한다.

경쟁률에 숨겨진 의미

이 사회를 살아가는 한 경쟁은 피할 수 없다. 경쟁은 크게 스크램블 경쟁(scramble competition)과 컨테스트 경쟁(contest competition)으로 나뉠 수 있는데, 스크램블 경쟁은 수요보다 공급이 더 많아서 직접적인 갈등의 필요가 없는 경쟁을 의미한다. 가령 넓은 목초지에 있는 소 떼들의 경우가 그렇다. 하지만 빵 한 조각을 위해 달려드는 비둘기 떼처럼 Shortage(부족)의 개념이 들어가는 순간 컨테스트 경쟁이 되며 양상이 치열해지기 시작한다. 내가 승리하기 위해서 남을 물리칠 수밖에 없는 취업 전선에서의 경쟁이 바로 컨테스트 경쟁이다. 나는 한국, 싱가포르 그리고 호주 3개의 국가를 넘나들며 14년간 직장 생활을 했고 직접 인사 책임자로서 역할도 해보며 여러 가지 포지션이 오픈이 되고 클로징이 되는 것을 직간접적으로 지켜봤다. 많은 경험을 하다 보면 자연스레 어느 정도 패턴이 보이는데 한 가지 확실한 것은 경쟁률이 높다고 들어가기 어려운 것이 절대 아니란 것이다. 일반적으로 특수한 Qualification(자격 요건)을 구인 광고에 명시하는 순간 지원율은 급감 할 수 있는데 과거에 내가 PLC Engineer 라는 포지션을 오픈한 예를 들어보면 이해가 쉽다. 특수한 기술이 필요한 만큼 다양한 자격 요건이나 특수한 경력이 필요한 부분을 상세하게 기재를 했을 때 지원자가 100명 미만이었다면, 오히려 Receptionist(안내 및 접수 담당 직) 포지션의 경우는 특수한 경력이 없어도 되기 때문에 대략 400명 정도가 지원을 했던 경우가 있다. 아이러니한 점은 PLC Engineer의 연봉이 3~4배 정도 더 높지만, 경쟁률은 거꾸로 약 1/4배 수준이라는 것이다. 즉 아주 Specific(특수)한 자격 요건을 명시한 구인광고를 보고 이미 수많은 사람들이 지레 포기를 하거나 지원을 할 엄두조차 못 냈다는 의미이며, 이는 지원하기도 전에 몇 배수의 인원이 이미 걸러진 셈으로 봐야 한다. 한마디로 Nominal(명목상) 경쟁률과 채용 과정의 난이도는 정비례하지 않는다고 볼 수 있다.

경력단절이 있는 경우 대응법

골프공에 굴곡이 있는 이유는 평탄한 것보다 더 멀리 나가기 때문이라고 했다. 인생도 마찬가지다. 살다 보면 내 마음먹은 대로 일이 풀리지 않고 가끔은 후퇴를 하거나 쉬어야 할 일이 생길 수도 있다. 경력 단절은 크게 "Clear red flag(눈에 띄는 빨간불)" 와 "Explainable break(납득할 만한 단절)" 두 가지로 나눌 수 있다. Clear red flag는 특별한 이유 없이 오랜 경력단절이나 잦은 경력 단절의 패턴이 보이는 것이며 Explainable break는 가족 문제, 여행, 유학 등 부득이 한 개인 사정으로 경력 단절이 있다고 인식되는 경우이다. 인사 담당자들은 경력에 공백이 생긴 것에 대해 암묵적으로 추측을 하는 것이 당연하므로 전자의 경우에는 머릿속에 알람 벨이 켜질 것이다. 하지만 후자의 경우는 충분히 이해가 갈 만한 상황이므로 그 이유를 당당하게 말하고 대신 납득이 갈 만하도록 설명하는 것이 중요하다.

1. 나 자신의 지병이나 혹은 아픈 가족을 돌보았다:

- 어떤 병인지 구체적으로 말을 하지는 말 것
- 어떤 식으로 그 기간을 효율적으로 보냈는지 이야기할 것(자원봉사, 독서, 자격증 등)
- 현재는 몸 상태가 완벽히 정상으로 돌아왔다는 것을 증명할 것

2. 여행을 다녔다:

- 왜 여행을 다녔는지 이유에 초점을 맞춘다. 자기계발과 다양한 경험, 세상을 보는 새로운 시각 등이 적절하다.
- 이제는 회사 생활로 돌아올 준비가 되었다는 나의 의지를 전달한다.

3. 자녀 돌보기:

- 자녀를 돌보는 것 때문에 직장 생활을 잠시 그만두었으나 이제는 입장이나 환경이 바뀌어 (자녀의 학교 입학 등) 다시 일에 집중할 환경이 갖추어졌다는 것에 포커스를 맞춘다.

4. 학교 공부를 다시 하게 되다:

- 어떤 스킬이나 학력을 얻기 위해 다시 학교로 돌아갔는지 어떤 결과를 얻었는지 구체적으로 말하고 그 스킬이 해당 포지션에 어떻게 도움이 되는지 언급한다.
- 자기계발을 열심히 한다는 인식을 심어 줄 것

경력 단절의 종류에도 차이가 있다

경력 단절의 이유가 실제로 채용 과정에 영향을 미치는지 알아보기 위해 벨기에의 겐트(Ghent) 대학교 연구원들이 1,700개의 가짜이력서를 만들어 425개의 회사에 지원을 해 보았다. 각각의 이력서에는 경력 단절 기간을 명시하고 그 이유로 3가지 다른 조건을 테스트해 보았다.

1. 특별한 이유 없는 경력 단절
2. 건강상의 이유로 인한 경력 단절
3. 번 아웃(Burnout)으로 인한 경력 단절

결과는 번 아웃으로 인한 경력 단절일 경우에 면접에 불려질 확률이 가장 낮은 것으로 조사 되었고, 반면 가장 불려질 확률이 높았던 것은 건강상의 이유로 인한 경력 단절이었다. 이후에 인사 담당자들을 인터뷰해 본 결과 번 아웃 케이스를 우선적으로 거르게 된이유로 지원자의 반복된 경향일 가능성이 높으며 조직 적응력이나참을성이 부족 할 것 같은 선입견을 가지게 되었다고 응답했다. 추가적으로 한 가지 흥미로운 사실은 인사 담당자가 여성일 경우에는경력 단절의 이유로 차별을 두는 경향성이 더 낮아 번 아웃을 겪은지원자에 대해 비교적 더 관대했다고 조사되었다. 이처럼 구체적으로 번 아웃 때문에 일을 쉬었다고 콕 집어서 말하지만 않는다면 대체로 경력 단절이 큰 방해 요소가 되지는 않는다. 만약 그래도 불안하다면 Unpaid work(무급) 일을 한 것을 경력란에 적는 것도 나쁘지 않은 방법이다. 가령, 환경 단체인 Greenpeace(그린피스) 등 각종 사회단체의 어떤 직책을 맡아서 자원봉사 한 것 정도면 경력란에 적어서 칸을 채워도 괜찮을 것이다.

경력자만 찾는 슬픈 세상

최근에는 한국에서도 신입사원 공채의 비율이 점점 감소하고 상황이나 직무 현황에 변화가 생겨서 T/O가 발생하는 대로 채용이 바로 진행이 되는 수시채용의 비율이 높아지고 있다. 외국에서는 이런 문화가 아주 오래 전부터 당연하게 자리 잡혀 있는데 그러다 보니 회사 측에서는 경력 있는 사람들만 요구하는 곳이 대부분이다. 사회 초년생 구직자 입장에서는 경력이 없고 또 경력을 쌓으려면 우선 직장을 먼저 잡아야 한다는 딜레마가 있고 이는 단순히 해외 취업에만 해당하는 것이 아니라 어느 나라에서나 20대 초 중반의 청년들이 흔히 하는 고민이다. 마치 사업을 하려면 신뢰가 쌓여야 하는데 사업을 처음 시작하면 신뢰를 쌓을 고객이 없는 것과 같다. 이는 경쟁 사회의 본질적인 딜레마라 어쩔 수 없이 받아들여야 하는 부분이고 이러한 난관을 뚫고 들어가는 나만의 방법을 찾는 것이 곧 본인의 능력이다. 꼭 직장 경력이 아니더라도 남들과 다른 특별한 경험이 있다면 도움이 될 것인데 Nature Research Australia 의 조사에 따르면 86%의 기업에서 사회 초년생 지원자들의 자원 봉사 경험이 채용 과정에 도움이 된다고 응답했다. 특히 그 자원봉 사가 해당 업무와 일정 부분 연관성이 있다면 더욱 효과적일 것인 데 가령 Red-cross(적십자)에서 행정 및 사무지원 관련 자원 봉사를 했다면 의료 보건 업계의 코디네이터 포지션에 지원하는 데 상당한 도움이 될 것이다.

Reference check(평판조회)의 중요성

외국 기업에서는 채용을 하기 전 대부분의 기업이 Reference check(평판조회)를 하므로 이 제도에 대한 이해를 잘해두는 것이 중 요하다. 보통 회사에서 Referee(추천인)에게 전화를 하면 물어보는 것은 대략 아래와 같다.

1. 이전 회사에서 담당했던 업무, 포지션
2. 업무의 성격
3. 직원들과의 단합, 성격
4. 업무능력, 성과
5. 근속년수
6. 회사를 떠난 이유

질문은 크게 이 정도 범위에서 벗어나지 않는다. 개인 정보가 갈수록 중요해지는 시대이기 때문에 보통 이력서에는 추천인 연락처를 적지 않고 'References available upon request(요청 시 추천인 정보 제공 가능) 정도의 코멘트만 적어주는 것이 일반적이지만, 비교적 규모가 큰 회사 또는 연방 정부나 주 정부 관련 공직에 지원하는 경우는 대부분 해당 조직의 내부 시스템을 통해 지원하도록 요구된다. 이때 추천인 연락처를 기재하도록 요구함으로 미리미리 준비해 놓는 것이 좋다.

Reference check가 당락을 결정 할 수도 있는가

일반적으로 Reference가 큰 영향을 주지 않고 형식적으로 거치는 과정 정도로 생각하지만, 간혹 당락을 결정하기도 한다. 2019년 말 즈음에 내가 근무하던 부서에서 Propulsion Engineer를 채용하려고 광고를 냈는데 같은 회사 미국 휴스턴 지사의 Propulsion Engineer가 내부 지원을 한 적이 있었다. 화상 인터뷰를 진행했더니 그 지원자는 더 넓은 세상을 경험해보고 싶어서 해외 지사에서 근무하고 싶다는 생각을 하던 차에 그룹 인트라넷을 통해 시드니에서 채용이 진행 중이라는 광고를 봤다고 지원 동기를 밝혔다. 서류상으로만 볼 때는 그룹 내부 지원자인 데다 심지어 미국 법인에서 정확히 같은 포지션을 수행을 하고 있는 지원자이니 이 정도 조건이면 거의 볼 것도 없을 정도의 조건을 갖추었다고 생각했다. 하지만 면접이 다 끝난 뒤 개인적으로 친분이 있던 미국 법인의 매니저와 따로 통화를 했는데, 해당 지원자가 실력은 괜찮은 편인데 지나치게 자기주장이 강하고 다소 제멋대로 구는 성향이 강해서 휴스턴 지사에서 동료들과 문제가 좀 있는 상황이라고 피드백을 받았다. 그제야 왜 갑자기 굳이 미국에서 호주로 오려 했는지 이해가 갔고, 이후 결과는 말할 것도 없이 탈락이었다.

어떤 사람을 Referee(추천인)로 해야 하는가

누구를 Referee(추천인)로 해야 할까 고민 중이라면 일반적으로 바로 이전 직장의 내 직속 상사가 가장 적합하다. 나에 대해 이것저것 물어볼 때 구체적인 예를 들어가면서 설명을 해 줄 수 있기 때문이다. 가령 한국식 직책을 예로 들자면 내가 사원 직책이었는데 대리나 과장급을 건너뛰고 이전 회사 사장님에게 내 Referee를 해 달라고 할 경우 때에 따라서 조금 애매해질 수도 있다. 함께 업무를 진행하고 직접 보고하는 관계가 아니었다면 일반적인 수준의 칭찬 이외에 구체적인 사례나 업무 성과를 예로 들어서 코멘트를 남겨주기 힘들 수도 있기 때문이다. 그래서 단순히 더 높은 사람이었다고 좋은 것이 아니며, 실제로 무조건 이전 직장의 Direct Line Manager(직속상관)의 Reference만을 요구하는 기업도 더러 있다.

만약 이전 직장에서 뭔가 문제가 생겨 나와서 부탁을 하기 껄끄러울 경우는 그 이전 직장도 차선책이 될 수 있고 경력이 많이 없는 경우는 대학교 교수님이나 개인적으로 아는 사업체의 사장들, 혹은 이전 직장에서 중요한 고객들 중에서도 선택을 할 수 있다. Referee 선정을 할 때 가장 중요한 것은 Referee etiquette (추천인에 대한 에티켓)을 지키는 것이다. 반드시 사전 동의를 구해야 하고 내가 어떤 포지션에 지원하는지 설명을 해 주어야 한다. 가령 3년 전 쯤에 동의를 얻고 나서 그대로 놔뒀다가 다른 포지션에 지원할 때 그냥 그대로 쓰는 경우가 있는데 이것은 큰 실례가 될 수 있다. 반드시 오랜 기간이 지났을 때는 다시 전화를 걸어서 다시 동의를 구하거나 아니면 다른 사람으로 교체하는 것이 좋다. 마지막으로 내가 직장을 구하게 되었을 경우 추천을 해준 사람에게 반드시 전화나 메일로 감사를 전하는 것은 기본 예의이다.

가장 중요한, 연봉 협상 하는 법

마지막으로 연봉 협상은 모든 직장인 혹은 구직자에게 민감한 문제이다. 한 헤드헌팅 회사의 설문을 보더라도 취업을 하는 과정에서 구직자들이 가장 불편해하는 순간 중 하나가 Salary expectation(희망연봉)에 대해서 답을 해야 할 때라고 하고 Glassdoor의 조사에서도 52%의 남성과 68%의 여성 직장인이 연봉 협상을 하는 것이 마음이 불편해서 그냥 하지 않는다고 답했다. 연봉 협상이 가능한지는 회사와 포지션마다 다 다르지만, 시도조차 해보지 않으면 손해를 볼 수도 있음으로 반드시 알고 있어야 하는 부분이다. 보통 리크루터나 헤드헌팅 업체가 끼어 있는 경우라면 중간에서 협상을 도와주므로 좀 더 편하게 의견 교환을 하는 것이 가능하다. 만약 직접 기업의 인사팀과 협상을 하는 경우라면 해당 포지션의 연봉 Bracket(책정범위)을 우선 물어보고 그 밴드의 최대치나 혹은 조금 더 높게 불러보고 Negotiable(협상가능) 하다는 의사를 알려준다. 당당히 내가 원하는 만큼의 급여를 말하는 것은 좋지만, 해당 업계에서 대략 이 정도 포지션이라면 어느 정도의 급여를 받을 것인가에 대한 이해도가 전혀 없으면 곤란하다. 무조건 너무 높게 부르기보다는 업계의 평균을 어느 정도 리서치를 하고 내 경력과 조건, 그리고 회사의 기준 등을 감안해서 요구하는 것이 좋다. 그래서 평소 꾸준한 검색을 통해 많은 정보를 알고 있는 것이 유리하다.

너무 조급해할 필요 없다

지금까지 새로운 시대의 글로벌 리더가 되기 위해 가져야 할 마인드와 또 구체적인 실천 방법들을 아주 광범위하게 다루어 보았다. 어떤 측면에서 보면 하나의 큰 흐름이 없는 듯 보일 수도 있지만, 최대한 실용적인(가성비) 측면을 고려하여 내용 구성을 하였다는 점을 다시 한번 강조하고 싶다. 그리고 마지막으로 내가 이 책에서 하고 싶은 말이 있다면 눈앞에 보이는 당장의 이익에 집착하거나 빨리 성공하려 서두르지 말라는 것이다. 소학(小學)에 나오는 말로 소년등과일불행(少年登科一不幸)이라는 말이 있다. 너무 일찍 출세하는 것은 오히려 불행이라는 송나라 학자 정이천의 말인데, 그는 사람 인생의 세 가지 불행을 다음과 같이 꼽았다.

1. 젊은 나이에 출세하는 것
2. 부모의 도움으로 출세하는 것
3. 재능이 특출난 것

너무 일찍 좋은 조건을 가지게 되면 실패와 좌절을 거듭하는 사람을 이해하지 못하고, 부모의 도움을 지나치게 받는 것도 의지와 노력이 부족해지게 되기 쉽다. 또 타고난 재능이 너무 뛰어나면 노력을 게을리하기 쉽다. 이는 단순히 지나간 꼰대들의 옛말이 아니라 현대 사회에서도 그대로 적용이 되는데, 흔히 성공한 기업가들이 사업가의 가장 큰 위험은 자기가 처음에 왜 성공했는지 그 이유를 분명하게 모르고 성공하는 것이라고 말하는 것과 같은 맥락이다. 초심자의 행운과 그로 인한 교만은 미래에 큰 화를 부른다는 것인데 한마디로 당장은 행운처럼 보이나 길게 보면 불행이라는 것이다. 물론 일찍 빛을 보는 사람 모두가 이러한 인생을 산다는 것은 아니지만, 상당히 많은 경우 인생의 업앤 다운(up & down) 사이클을 겪어보고 이에 대한 이해를 내재화하기 전에 소위 잘나간다는 소리를 계속 듣게 되면 오만과 편견에 빠지기 쉽다. 그리고 더 큰 성공에 욕심을 내게 되고 도중에 일이 잘못되면 자기 통제력을 잃게 되는 경우가 아주 흔한 인생의 패턴 중 하나이기 때문이다. 이삼십 대에 내가 남들보다 더 나은 위치에 있다고 우쭐대는 것은 큰 의미가 없는 이유이다. 오히려 잘나간다고 거기서 안주하고 정신적인 성숙을 게을리 하면 반드시 이것은 중년 이후의 삶에서 고통을 받게 되는 화근이 되는데, 그래서 동서고금을 막론하고 '소년등과'는 '센 팔자'로 여겨지며 현인들은 이를 경계했다.

대양을 항해하는 인생이란

우리가 과거와 현재에서 얻게 되는 모든 경험과 관념의 총합은 더 큰 일을 해내야만 하는 미래를 위한 준비 과정이자 운명임에 틀림이 없다. 즉 사람의 운명이라는 것은 마치 물리학의 '관성'과도 같은데, 쉽게 말해 바꿀 수 있는 것들을 바꾸지 않은 연속이 미련 가득한 현재의 '나'를 만든다. 그러니 이 드넓은 우주 공간과 끝도 없는 많은 옵션들 중에서 비슷한 것만 반복하고 비슷한 곳에만 머무르고 비슷한 사람들만 만나는 쳇바퀴 도는 듯한 삶을 살수 밖에 없다는 것은 안타깝게도 특정 에너지장에 갇혀서 산다는 증거이다. 작은 변화가 지속적으로 축적이 되어 운명이 바뀌는 것인데 문제는 생각과 행동을 꾸준히 조정하고 실천하는 것이 매우 어렵기에 보통은 주어진 팔자 대로 사는 것이다. 인간의 자유의지는 반드시 방향성과 목적을 필요로 하기에 주어진 운명을 탓하는 마인드 보다는 내 인생은 앞으로 어떻게 펼쳐질까가 진심으로 궁금하고 기대될 때, 더 나은 운명을 향해 궤도 수정을 할 용기가 생길 것이다.

물론 새로운 도전을 하면서 당연히 좋은 일들만 펼쳐지지는 않을 것이며 놓아버릴 수 없을 것 같은 것들을 놓아버려야 할 때도 있겠지만, 어떤 형태로든 영혼의 울림을 따라가며 얻게 될 그 경험들에 딸려 오는 희로애락은 우리의 생각을 성장시키고 의식 수준을 높여주는 정제되지 않은 지혜의 덩어리일 것이다. 여기서 얻어진 삶의 지혜는 마치 '뫼비우스의 띠'처럼 또 다른 도전을 하게 만드는 선순환 구조를 만들어 가고 그렇게 안전한 항구를 떠나 대양을 향해 하는 인생을 살다 보면 어느 순간 또다시 티핑 포인트를 넘는 순간이 오리라 확신한다. 이 책을 읽는 독자들 모두가 보다 더 큰 무대로 나아가 그것을 증명하는 삶을 살아보기를 바라며 또 그 소중한 경험을 적극적으로 세상과 공유하고 컨텐츠화 시켜 창조와 창작을 통한 고등적인 '선'을 실천하기를 바란다.

마지막으로, 책의 전반부에서 한국을 지나치게 비판하는 것은 아닌지 끊임없이 에고를 견지하며 그 적절한 선을 고민하던 나에게 큰 동기부여가 되었던 글을 하나 소개하며 이 책을 마무리하고자 한다.

"냉정한 책: 좋은 사상가는 훌륭한 생각에 들어 있는 행복을 이해할 수 있는 독자를 기대하고 있다. 따라서 차갑고 매정하게 보이는 책도 올바

른 안목이 있는 지식인에게는 정신의 청명함이라는 햇빛이 아른거리는

참다운 영혼의 위안처럼 보이는 것이다."

<인간적인 너무나 인간적인> 프리드리히 니체

May 27, 2022

-Elliott Park (박중현)

참고문헌

해외서적

1. ALISON HILL, 〈STAND OUT〉, WILEY, 2016

2. STEVE DONAHUE, 〈SHIFTING SANDS - A GUIDEBOOK FOR
    CROSSING THE DESERTS OF CHANGE〉, PAPERBACK, 2004

3. BARBARA EHRENREICH, 〈BRIGHT SIDED〉, PAPERBACK, 2009

4. ANH DO, 〈THE HAPPIEST REFUGEE〉, ALLEN & UNWIN, 2010

5. JOHN C. MAXWELL, 〈HOW SUCCESSFUL PEOPLE THINK〉, CENTER
    STREET, 2011

6. THEO PAULINE NESTOR, 〈WRITING IS MY DRINK〉, SIMON AND
    SCHUSTER PAPERBACKS, 2013

7. JEREMY CLARKSON, 〈THE WORLD ACCORDING TO CLARKSON〉,
    PENGUIN BOOKS, 2006

8. RHONDA BYRNE, 〈THE SECRET〉, ATRIA BOOKS, edition 2018

9. WILL BUCKINGHAM, 〈THE LITTLE BOOK OF PHILOSOPHY〉,
    PENGUIN RANDOM HOUSE, 2018

10. DAVID R. HAWKINS, 〈POWER VS. FORCE : THE HIDDEN
    DETERMINANTS OF HUMAN BEHAVIOR〉, VERITAS, 2013

11. DALAI LAMA, 〈BECOMING ENLIGHTENED〉, RIDER, 2009

12. ROLF DOBELLI, 〈THE ART OF THE GOOD LIFE〉, SCEPTRE, 2017

13. LEELA WILLIAMS, 〈THE BOOK OF CREATIVITY〉, BLUE ANGEL
    PUBLISHING, 2016

국내서적

1. 조지프 캠벨, 〈영웅의 여정〉, 갈라파고스, 2020
2. 최진석, 〈탁월한 사유의 시선〉, 21세기북스, 2018
3. 마빈 토케이어, 〈유대인 수업〉, 탐나는 책, 2019
4. 김지수, 〈이어령의 마지막 수업〉, 열림원, 2021
5. P.D. 우스펜스키, 〈인간 진화의 심리학〉, 부글북스, 2012
6. 김효은, 〈청춘, 국제기구에 거침없이 도전하라〉, 엘컴퍼니, 2013
7. 최송목, 〈사장의 세계에 오신 것을 환영합니다〉, 유노북스, 2017
8. 이경숙, 〈시험국민의 탄생〉, 푸른역사, 2017
9. 김새해, 〈내가 상상하면 꿈이 현실이 된다〉, 미래지식, 2018
10. 최해광, 〈글로벌리더와 자기개발〉, 보명북스, 2014
11. 김승호, 〈돈의 속성〉, 스노우폭스북스, 2020
12. 서주형 외, 〈나는 해외에서 먹고산다〉, 봄빛서원, 2018
13. 한기호, 〈20대 컨셉력에 목숨 걸어라〉, 다산북스, 2009
14. 김남숙, 최정현, 〈나는 글로벌 프로페셔널, 싱가포르로 출근한다〉, 에디션
    더블유, 2010
15. 김난도, 〈아프니까 청춘이다〉, 썸앤파커스, 2010
16. 유수연, 〈20대, 나만의 무대를 세워라〉, 위즈덤 하우스, 2008
17. 자운, 〈운명을 여는 지혜〉, 북랜드, 2016
18. 신영준, 고영성 〈뼈있는 아무말 대잔치〉 로크미디어, 2018
19. 이어령, 〈지성에서 영성으로〉, 도서출판열림원, 2010
20. 김미경, 〈김미경의 리부트〉, 웅진지식하우스, 2020
21. 황규철, 〈오늘도 반올림〉, 북랩, 2015
22. 데이비드 호킨스, 〈의식 혁명〉, 믿음인, 2011
23. 데이비드 호킨스, 〈놓아버림〉, 판미동, 2013

24. 기시미 이치로, 〈다시 피어나려 흔들리는 당신에게〉, 멀리깊이, 2021

25. 프리드리히 니체, 〈초역 니체의 말〉, 삼호미디어, 2020

26. 존 맥도널드, 〈꿈의 기술〉, 21세기 북스, 2004

27. 천공, 〈통찰과 역설〉, 마음서재, 2020

28. 레이첼 백, 〈꼭 한국에서 살아야 할 이유가 없다면〉, 원더박스, 2017

29. 에크하르트 톨레, 〈삶으로 다시 떠오르기〉, 연금술사, 2013

글로벌 리더를 위한 암호

초판인쇄	2022년 7월 19일
초판발행	2022년 7월 25일

지은이	박중현
발행인	조용재
펴낸곳	도서출판 북퀘이크
마케팅	최관호 최문섭
편집	황지혜
디자인	호기심고양이

주소	경기도 고양시 일산동구 백석2동 1301-2 넥스빌오피스텔 704호
전화	031-925-5366~7
팩스	031-925-5368
이메일	yongjae1110@naver.com
등록번호	제2018-000111호
등록	2018년 6월 27일

정가 16,000원
ISBN 979-11-90860-17-8 03810